Marco Malvaldi

Oscura e celeste

GIUNTI

La mappa di Firenze e Arcetri alle pp. 8-9 e le altre immagini alle pp. 113, 165, 185, 193, 194, 264 sono state realizzate da Studio Dispari, Milano.
L'immagine dell'artigliere che fa partire un colpo di cannone di p. 242 è un'incisione del 1561 tratta da Daniel Santbech, *Problematum astronomicorum et geometricorum sectiones septem* (Basilea) © World History Archive / Alamy Stock Photo / IPA
L'immagine di p. 312 è l'antiporta del *Dialogo sopra i due massimi sistemi del mondo*, incisione di Stefano Della Bella, 1632, Firenze © Heritage Image Partnership Ltd / Alamy Stock Photo / IPA

www.giunti.it

Via Bolognese 165 – 50139 Firenze – Italia
Via G. B. Pirelli 30 – 20124 Milano – Italia

Prima edizione: aprile 2023

A don Piero Malvaldi,
grande nel corpo, nel cervello e nel cuore,
autentico orgoglio della famiglia

La matematica è l'arte di dare lo stesso nome a cose diverse.

Henri Poincaré

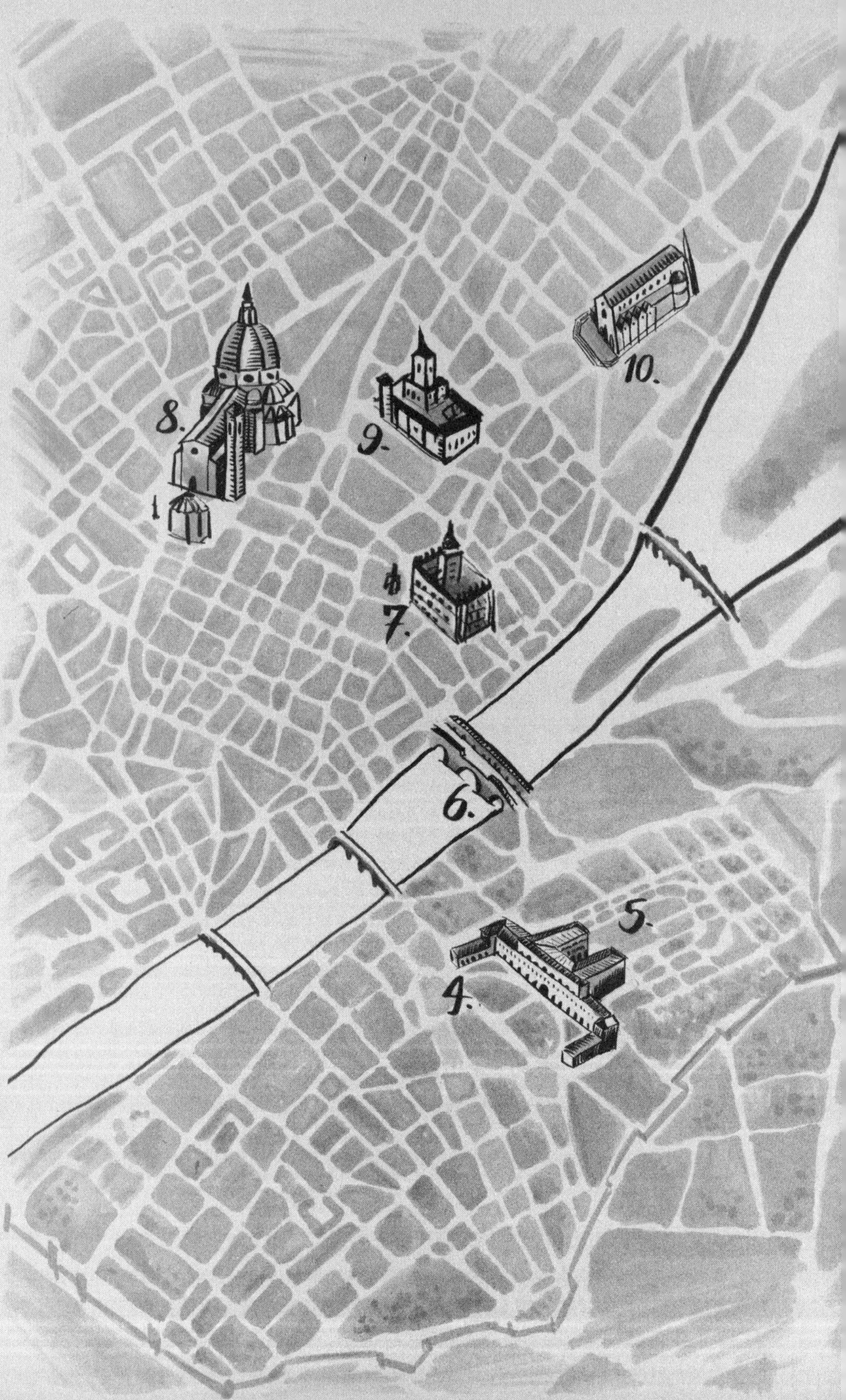
8.
9.
10.
1
4
7.
6.
5.
4.

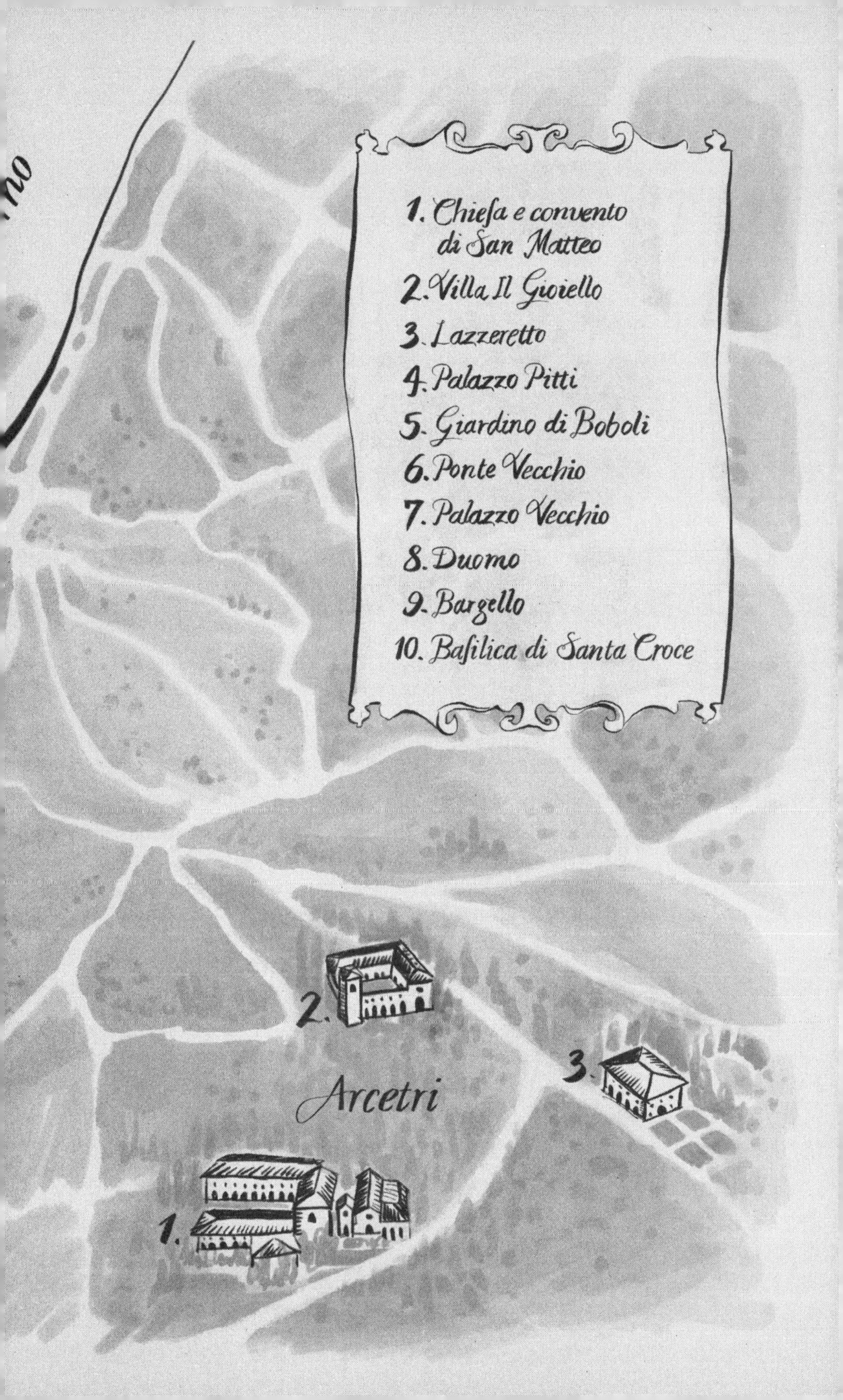
1. Chiesa e convento di San Matteo
2. Villa Il Gioiello
3. Lazzeretto
4. Palazzo Pitti
5. Giardino di Boboli
6. Ponte Vecchio
7. Palazzo Vecchio
8. Duomo
9. Bargello
10. Basilica di Santa Croce
2.
3.
Arcetri
1.

DRAMATIS PERSONÆ

PRESSO LA VILLA IL GIOIELLO

GALILEO GALILEI: filosofo, astronomo, matematico granducale, ingegnario, vignaiuolo, musicista, disegnatore, poeta, scrittore, divulgatore, accademico dei Lincei. Insomma, un personaggio ingombrante, benché spesso vestito con un grembiulaccio di cuoio e più incline al motteggio che al parlare forbito. Ma se uno ha scoperto i satelliti di Giove, le macchie solari, le fasi lunari, quelle di Venere, gli anelli di Saturno e fors'anche che la Terra si muove attorno al Sole, se lo può permettere. A sessantasette anni suonati e nonostante la vista ormai calante è alle prese con un'opera che cambierà il cielo per sempre. E poi non dite che i vecchi sono rimbambiti.

LA PIERA: domestica di Galileo, paurosa e flemmatica in tutto ma linguacciuta come poche. Il suo datore di lavoro la patisce ma sa che non potrebbe vivere senza di lei, anche perché le figlie che avrebbero potuto prendersi cura di lui le ha chiuse in convento.

PRESSO IL CONVENTO DI SAN MATTEO

SUOR MARIA CELESTE, al secolo VIRGINIA GALILEI: maestra di coro e segretaria del convento, figlia prediletta di Galileo, da mesi trascrive in bella copia le pagine del *Dialogo* affinché poi il tipografo possa comporle senza errori. Buona, giudiziosa, perspicace, ma nata in uno dei (molti) secoli poco generosi con le sue simili.

SUOR ARCANGELA, al secolo LIVIA GALILEI: provveditora di San Matteo, colei che fa quagliare i conti anche in tempo di peste. Fegatosa e manesca, a differenza della sorella è furibonda per essere stata messa in monastero dal padre, e non ne fa mistero.

SUOR LUCIA, al secolo ELISABETTA LANDI: ex portinara, bella fanciulla, curiosa come una bertuccia e piena di vita. Il contrario del posto dove sta, per tanti versi.

SUOR CHIARA, al secolo VIRGINIA LANDUCCI: è la nipote di Galileo e dunque cugina di Livia e Virginia. Come si sa, i conventi all'epoca erano comode succursali in cui le famiglie sistemavano le eredi un po' stagionate o quelle prive di dote.

SUOR AGNESE, al secolo DOROTEA ZANNONI da Peretola: buona amica delle sorelle Galilei, intelligentissima, da sempre affascinata dai fenomeni della natura. Ha una cella tutta per sé. Ma non abbastanza tempo.

GIOACCHINO DA RIMINI: gesuita, padre confessore e addetto alla posta del convento di San Matteo. Basso ma ancora più largo, calvo e barbuto. Piacevolissimo nelle conversazioni, buona forchetta e ottimo bicchiere.

Damiano da Velletri: francescano, nuovo padre confessore del convento di San Matteo. Giovane, ricciuto, affascinante. E implacabile contro gli uomini di poca fede. Purtroppo per chi deve ascoltarne i sermoni una volta al dì, non ha il dono della sintesi.

Caterina Angela Anselmi: madre badessa. Sa tutto quello che accade in San Matteo, ma non si rende conto che le grate del parlatorio sono pur sempre bucherellate. E che anche il povero ragazzo che pende dalla croce in ogni stanza ha predicato la via della verità.

Suor Benedetta: vicaria della badessa.

Suor Achillea: officinaria a guardia della farmacia, esperta di cataplasmi e decotti per le inferme, ciarliera notevole.

Suor Agostina: ruotara, cioè addetta alla ruota attraverso la quale entrano in convento le donazioni dei devoti (e qualche volta anche gli orfanelli esposti).

Suor Orsola: canovaia, cioè responsabile della cantina. Un cuore grande e un fegato ancor più grosso.

Suor Agata, detta Arpia: portinara, ha le chiavi di tutte le stanze e le celle del convento. Spera di diventare, un giorno vicino o lontano, madre badessa.

Suor Agata, detta Behemoth: maestra delle novizie. Come si capisce dal soprannome, non è benvoluta.

Suor Bruna: una vecchia monaca stralunata con un grattacapo bislacco.

Suor Maria Cleofe: suora ascoltatrice, presenzia agli incontri tra le monache e i parenti russando su ciò che viene detto.

Suor Taddea: idem, però più irsuta.

Berto: il tuttofare del convento.

Suor Bettina: cuciniera.

AMICI, PARENTI & ALLIEVI DI GALILEO

Niccolò Cini: canonico della Chiesa metropolitana di Firenze, già arciconsolo della Crusca e discepolo di Galileo. Il Granduca di Toscana gli affida una missione speciale (in italiano secentesco: un trappolone gigabolico).

Buonaventura Cavalieri: membro dell'Ordine mendicante dei gesuati, matematico di vaglia, da tempo lavora a un inusuale metodo per determinare volumi e superfici. Galileo, che coi conti ci sa fare, è l'unico che lo calcola.

Benedetto Castelli: da giovane discepolo di Galileo a Pisa, ora professore di matematica all'Università di Roma.

Federico Cesi: duca dell'Acquasparta, fondatore dell'Accademia dei Lincei, ricco sfondato. Doveva pagare le spese di stampa del *Dialogo sopra i due massimi sistemi*, ma poi c'è stato un dietrofront: non è tirchio, è semplicemente morto.

Vincenzio Galilei: primogenito di Galileo, giovane scapestrato e mangiapreti.

Sestilia Bocchineri: sposa di Vincenzio Galilei.

Mario Guiducci: studioso del cielo, discepolo di Galileo e suo sodale nelle prese per il deretano altrui.

Giovanni Ciampoli: ex allievo di Galileo, segretario dei brevi (ovvero addetto alla corrispondenza pontificia) e cameriere segreto di Sua Santità Urbano VIII.

Artemisia Gentileschi: pittrice originalissima e anticonformista, amica di Galileo, al momento è di stanza a Napoli. Il precedente Granduca le avanza il pagamento per un quadro bello e terribile.

Vincenzio Viviani: per ora non è che un bambino, nulla più di un bambino. Ma promette benissimo.

ALLA CORTE DEL GRANDUCATO

Ferdinando II de' Medici: giovanissimo Granduca di Toscana, altrimenti detto Sua Altezza Serenissima, ma non quando lo fanno incazzare.

Cristina di Lorena: anziana Granduchessa di Toscana, nonna di Ferdinando II, baciapile col pallino della scienza. Galileo le ha inviato una delle *Lettere copernicane* per spiegarle che in caso di contrasto tra fede e scienza nello studio della natura, non bisognerà cambiare le fondate proposizioni scientifiche, ma reinterpretare la Bibbia. Non l'ha presa benissimo.

Maria Maddalena d'Austria: madre del Granduca. Quasi più bigotta della suocera.

Andrea Cioli: segretario di Stato del Granduca di Toscana, è stato membro del Consiglio di Reggenza con la madre e la nonna di Ferdinando II finché questi non ha compiuto la maggiore età.

Geri di Carlo Bocchineri: segretario privato del Granduca, fratello di Sestilia e cognato di Vincenzio Galilei.

Giovanni Battista Landini: tipografo fiorentino. Gli è stata commissionata la stampa di un libro, il *Dialogo di Galileo Galilei Linceo Matematico sopraordinario dello studio di Pisa; e Filosofo, e Matematico primario del Serenissimo Granduca di Toscana; dove nei congressi di quattro giornate si discorre sopra i due massimi sistemi del mondo tolemaico, e copernicano; proponendo indeterminatamente le ragioni Filosofiche, e Naturali tanto per l'una, quanto per l'altra parte.* Insomma, gli conviene approvvigionarsi subito di carta e inchiostro.

Pietro Niccolini: vicario generale e, quindi, rappresentante del vescovo di Firenze. Alla morte di Alessandro Marzi Medici, ne occupa la cattedra in attesa di essere consacrato arcivescovo.

Francesco Niccolini: ambasciatore del Granduca di Toscana nella Città Santa, marito della cugina del Padre Mostro, riguardo al quale si legga qui sotto.

GLI INQUISITORI

Niccolò Riccardi, detto Padre Mostro: domenicano, corpulento maestro del Sacro Palazzo, in grado di rinunciare alla superiorità della fede sulla scienza ma non di saltare un pasto. Ha da poco dato l'imprimatur al *Dialogo* di Galileo ma quando – a causa della peste – la stampa viene spostata da Roma a Firenze e il libro non si decide a uscire, viene assalito dal timore che Galileo lo stia riscrivendo da capo.

Urbano VIII, al secolo Maffeo Barberini: il Papa in persona, in mitra e ossa. Fiorentino, già membro del Sant'Uffizio ma ammiratore di Galileo, ride spesso per i suoi sfottò verso i gesuiti. Con la guerra dei Trent'anni è diventato però malfidato, ubbioso.

Geronimo Alvarado, Benedetto Fordini, Nicanor Rodríguez, Fabrizio Rosco, Jakob Bidermann: due spagnoli, due italiani e un tedesco, ma non è una barzelletta, è il Consiglio dei revisori del Collegio Romano della Compagnia di Gesù. Le nuove idee scientifiche e filosofiche, per poter essere insegnate nelle scuole dei gesuiti, devono prima passare dal loro angustissimo vaglio.

Christoph Scheiner: padre gesuita, astronomo e matematico, crucco. Sostiene di aver scoperto per primo le macchie solari (falso) e di essere stato preso per i fondelli da Galileo (verissimo). Vuole proibire a tutti i costi la pubblicazione del *Dialogo*.

CRISTOFORO CLAVIO: matematico tedesco, è morto nel 1612. In un mondo in cui ancora non esistono orologi che misurino precisamente ore, minuti e secondi, ha contribuito a stilare il calendario perfetto. Un gesuita, ma anche un ganzo.

ORAZIO GRASSI: matematico, rivale di Galileo nella disputa sulle comete, ha in odio il pisano dopo che questi, con *Il Saggiatore*, ha deriso la sua *Libra astronomica*. Un gesuita, ma anche un fesso.

CLEMENTE EGIDI: l'inquisitore generale di Firenze.

GIACINTO STEFANI: domenicano, consultore per il Santo Uffizio con l'incarico di revisionare il *Dialogo* e correggerlo.

ASCANIO II PICCOLOMINI: fiorentino, Arcivescovo di Siena e appassionato di scienze.

FRANCESCO BARBERINI: cardinale e fine umanista, figlio del fratello del Papa. Nipote d'arte, insomma.

Oscura e celeste

Zero

Forare il fondo di un secchio di ferro con uno spillo non è facile.

La ragazza ci stava lavorando da una mezz'oretta, nel buio della sua cella, i gesti misurati e trattenuti. Non doveva in nessun modo svegliare le altre. Non avrebbero capito quello che stava facendo. E se avessero capito, non lo avrebbero approvato.

A un certo punto, d'improvviso, lo spillo passò, attraversando il fondo del recipiente. Lei lo levò davanti a sé e si chinò a guardare dal foro, verso la candela. Filtrava solo un minuscolo bagliore di luce, ma poteva bastare. Mai fidarsi, però. Troppo importante, troppo prezioso quello che stava per fare.

Versò dalla brocca un po' d'acqua dentro il secchio, lo alzò e aspettò che cadesse la prima goccia. Poi la seconda, e poi la terza. Funzionava.

Con il cuore che le martellava nel petto, chiuse il forellino sul fondo con un dito e riempì il secchio col vino che tanto pazientemente era riuscita a mettere da parte. Poi lo prese tra le mani, sollevandolo lievemente come un trofeo appena vinto, e lo guardò un secondo con un misto di orgoglio e paura.

Quella notte non avrebbe dormito. Ma non per l'inquietudine, no: per l'emozione.

Doveva solo aspettare. E la mattina dopo, forse, il mondo sarebbe cambiato per sempre.

I

Stolta la cecità degli huomini

Dove viene letta una missiva al Granduca di Toscana
& al canonico Cini affidano un incarico delicato

– «... *stolta la cecità degli huomini, i quali si pensano contra consilium Altissimi con le pure diligenze humane di riparare a questa mortalità che viene dal Cielo...*»

Le parole rimbombavano nell'ampio salone di Palazzo Pitti, situato al piano nobile, nell'angolo più remoto e lontano dall'ingresso. Oggigiorno questa stanza viene indicata con l'altisonante nome di Sala dell'Iliade, e al turista che volesse visitarla basterebbe pagare un biglietto d'entrata e, eventualmente, chiedere a un custode di indicargli la strada; arriverebbe a un ambiente spazioso, con al centro una statua neoclassica e il soffitto decorato con gli eventi che portarono alla guerra di Troia. All'epoca di cui scriviamo, invece, entrare in tale stanza non sarebbe stato facile. Anche se le guardie vi avessero lasciati arrivare in quest'ala del palazzo – cosa decisamente difficile a meno di non essere amici o familiari del Granduca –, alla richiesta di vedere la Sala dell'Iliade vi avrebbero guardato interdetti. La stanza nel 1631 era nota come Sala del Trucco, e se aveste sperato di trovarvi delle dame o anche dei gentiluomini alla moda intenti ad acconciarsi sareste rimasti delusi. Il «trucco» infatti era un enorme biliardo, lungo cinque metri e mezzo e largo due, intorno a cui si radunavano gli amici del Granduca. Si poteva giocare in vari modi, ma in soldoni lo scopo era buttar giù quanti più birilli possibile colpendo delle biglie con una stecca, in modo simile al bowling. Ed esattamente come quest'ultimo, il trucco era un gioco di compagnia, che divertiva e accendeva gli animi, talmente tanto che le regole riguardavano più il comportamento dei giocatori che il gioco effettivo. Prima di iniziare, infatti, era necessario che il padrone di casa avvertisse gli invitati «di stare con ogni modestia, senza nominare il nome di Dio invano, o altri giuramenti, né parole disoneste, e se alcuno trascorresse in simili cose sia tenuto il Padrone riprenderli ad alta voce».

Ma nel momento di cui qui si narra, non c'era alcun bisogno che il padrone di casa si facesse rispettare urlando. In primo luogo perché al tavolo si trovavano solo uomini di nobile lignaggio: Sua Altezza Serenissima Ferdinando II, il Granduca di Toscana, il Gran Maestro dell'Ordine di Santo Stefano e il Gran Balivo d'Ordine e Devozione del sovrano e militare Ordine di Malta. In secondo luogo perché ognuno di quei titoli si riferiva alla stessa persona, cioè Ferdinando II de' Medici, che era l'unico essere vivente effettivamente chinato sul biliardo – l'unico ulteriore nobile in carica era Ferdinando stesso, nel ritratto in armatura fattogli dieci anni prima da Justus Sustermans. L'altro essere umano in presenza era Andrea Cioli, segretario di Stato di Sua Altezza Serenissima, ovvero l'uomo in piedi che leggeva con tono chiaro una lettera spiegata di fronte a sé, ed è inutile dire che per farsi rispettare dal proprio segretario il Granduca di Toscana non avrebbe avuto alcun bisogno di alzare la voce.

Mentre leggeva, il segretario dava di sfuggita rapide occhiate per cercare di carpire qualcosa dall'espressione del suo signore. Il quale sembrava molto concentrato a guardare le biglie sul tavolo, ma in realtà era principalmente attento a ciò che ascoltava. E per il segretario Cioli, che conosceva il Granduca meglio di quanto questi conoscesse se stesso, era piuttosto chiaro che Sua Altezza era ben poco Serenissima in quel momento.

Ad essere completamente ragionevoli, oltre che sinceri, c'era ben poco da essere contenti. In fondo, era ormai più di un anno che la peste era arrivata a Firenze.

La lettera che il segretario stava leggendo era opera del priore del convento di San Marco in Firenze; una delle tante che arrivavano da parte di canonici, piovani, prevosti di ogni ordine e grado, i quali non si stancavano di offrire al Granduca i loro servigi per contrastare il contagio.

– «*... che non havvi dubbio che il severo flagello sia stato mandato dall'Onnipossente, al colmo de' suoi tesori di sdegno...*»

Di fronte al biliardo, brandeggiando la stecca più del necessario, il Granduca ascoltava e rifletteva.

Il contributo della Chiesa riguardo al diffondersi della peste era stato senza dubbio significativo: non era chiaro, però, se più nel rallentarlo o accelerarlo. Nell'agosto del 1630, infatti, saputo che il flagello di Dio stava calando da nord, l'arcivescovo Alessandro Marzi Medici aveva preso adeguate contromisure. Siccome la peste era un flagello di Dio – su questo tutti erano d'accordo – per evitare l'arrivo del contagio occorreva mostrarsi devoti e non far arrabbiare l'Altissimo. Così, l'alto prelato aveva dato ordine che tutte le campane della città suonassero venti volte a orari stabiliti del giorno: quando si sentivano suonare, chiunque, povero o ricco, dovunque si trovasse doveva inginocchiarsi e recitare il *De pro-*

fundis. Inoltre, per mostrare al loro Signore che avevano capito, e che non c'era adito a dubbi, i capi dei principali ordini religiosi avrebbero tenuto ogni domenica dei sermoni a tema, nei quali avrebbero dottamente dimostrato che la peste era, appunto, una punizione divina e che la causa della giustissima ira del Signore erano i peccati degli uomini. Ora, nonostante gli oratori fossero stati di ottimo livello – a partire dal primo, il padre gesuita maestro Albizi, tutte persone di grande facondia e notevole capacità espositiva –, si vede che Chi doveva capire non aveva capito, perché in breve tempo il contagio aveva fatto irruzione in città. I fiorentini avevano allora provato a spiegarsi meglio, e l'Arcivescovo li aveva invitati a rivolgersi direttamente alla Vergine Maria; d'altronde si sa che, quando il capofamiglia fa finta di non ascoltare, parlare direttamente con la padrona di casa fa miracoli. Fu quindi organizzata una grande processione per il 15 agosto, giorno dell'Assunzione della Vergine, preceduta come sempre da un sermone di un padre di grandissimo merito. Non dell'Arcivescovo, che purtroppo nelle more dell'iter era deceduto, anche se – pare – non di peste. Pochi giorni dopo, i primi segni del contagio comparvero anche nelle campagne a sud di Firenze. A questo punto, era ovvio che chi non aveva capito come funzionavano le cose erano quelli scritti con la minuscola, religiosi e non.

In compenso, a recepire il messaggio evangelico sin troppo bene, specialmente laddove il predicatore esortava «crescete e moltiplicatevi», fu qualcun altro: le pulci. Il nome scientifico sarebbe *Pulex irritans*, ma a quel tempo non era noto; anzi, a dire il vero, non era noto nemmeno che fossero le pulci a trasmettere la peste. Questi animaletti erano considerati un fastidio, certo, ma pur sempre troppo piccoli per essere una piaga; per molti veri uomini dell'epoca, che magari erano sopravvissuti a colpi di alabarda sul campo di battaglia, sembrava impossibile che un essere così piccolo potesse causare problemi così grandi.

Tra gli umani, insomma, nessuno aveva capito bene cosa stesse succedendo. Ma, come spesso capita, ci fu chi si convinse di aver capito tutto; non sorprendentemente, erano quelli che avevano capito ancor meno della media.

– «*... e temo anco che Domeneddio teuzarizet nobis iram in hac die irae...*»

Fra questi, il priore del convento di San Marco si era distinto, oltre che per il suo disinvolto uso della grammatica latina, per la innegabile capacità di rompere i coglioni a destra e a manca, sentendo suo il dovere di salvare la città dalla pestilenza. Il sant'uomo infatti, pur convenendo sulla diagnosi dei suoi colleghi di tonaca (incontinenza morale e materiale del popolo fiorentino nei confronti delle pulsioni peccaminose), non era per nulla d'accordo sulla terapia prescritta. Mentre la città cadeva preda del morbo le preghiere, i sermoni e gli atti di penitenza in ginocchio erano inutili: quello che ci voleva era un'altra bella processione.

E su quello né il Granduca né chi gli stava intorno era minimamente d'accordo. Sì, perché sebbene nessuno avesse capito le cause del contagio, qualcuno per lo meno era abbastanza umile, sia tra gli ufficiali che tra il clero, da fidarsi della propria capacità di contare, più che di quella di saper leggere la Bibbia: pregare Dio pentendosi dei propri peccati era una possibilità, ma l'aumento dei casi a seguito di grossi assembramenti di popolazione era una certezza.

– «*... mentre qui siamo a piangere il male et temere il peggio, dubitando che questo silenzio della Città con Dio gli dispiaccia...*»

– Basta così – disse il Granduca, alzando la mano.

– Vostra Signoria Eccellentissima, la lettera si estende per un'altra pagina... – disse il Cioli, mostrando la missiva.

– Non ne dubito – rispose il Granduca. – Al priore quello che manca non sono certo le parole. Sapete, Cioli, qual è la prima capacità di un buon governante?

– Sono certo che Vostra Signoria Eccellentissima me lo saprà illustrare perfettamente.

– Siete un ruffiano, Cioli.

– Vostra Signoria ha ragione. Altrimenti non sarei qui.

Il giovane Granduca sorrise.

Alla morte del suo predecessore Cosimo II de' Medici, Ferdinando aveva appena undici anni: pochi, sia per perdere il padre sia per governare la Toscana. Per volere di Cosimo, scritto sul testamento, Andrea Cioli era entrato a far parte del Consiglio di Reggenza con il compito – esplicito – di «consigliare con esperientia e pazientemente spiegare al futuro governante le cagioni della decision di Stato» e quello – implicito – di far ragionare quelle scellerate e bigotte della madre e della nonna, Maria Maddalena d'Austria e Cristina di Lorena, entrambe reggenti del Granducato, finché Ferdinando da gerundio non fosse diventato presente, cioè maggiorenne e in grado di governare.

Insomma, c'erano parecchie persone di cui Ferdinando II si fidava, ma il Cioli era parecchio in cima alla lista, tanto che in privato sapeva benissimo di potersi considerare al pari di uno dei fratelli minori del Granduca.

– La prima capacità di un governante, caro Cioli, è prevedere il futuro – disse Ferdinando dopo qualche secondo. – Che siano minuti, giorni o mesi. Di anni non parlo, perché solo Domeneddio e il priore del convento di San Marco ne sono in grado. Io, invece, devo limitarmi a predire eventi prossimi.

Il Granduca stese una mano, indicando col palmo in su la lettera che il segretario di Stato teneva fra le dita.

– Per esempio, so che nella restante pagina che vi apprestavate a leggere il buon priore dirà che l'anno scorso la processione e l'ostensione delle reliquie di sant'Antonino hanno guarito quattrocento ammalati. E quindi mi chiederà, o meglio, tenterà di far ricadere su di me la colpa nel caso in cui non accordi il permesso.

– E quindi Vostra Signoria Illustrissima intende concederlo?

Il Granduca appoggiò il fondo della stecca sul pavimento, rotolandosela fra le mani, e alzò lo sguardo.

– So anche prevedere che se proibissi tale manifestazione non mi renderei certamente popolare fra i cittadini.

Ferdinando, pur essendo nobile, era uomo di mondo e conosceva la sua gente. Ogni settimana visitava i lazzeretti, girava tra i malati, confortava i parenti dei defunti. E sapeva che le funzioni religiose, per gran parte del popolo, erano la principale forma di intrattenimento. Senza scendere nel dettaglio di quanto la gente vivesse male in quel periodo, proibire l'unica forma di svago e di contatto sociale era probabilmente saggio, ma sicuramente fastidioso. Da che mondo è mondo, e da che pandemia è pandemia, le misure sanitarie sono impopolari, e una certa parte di potere non manca mai di marciarci.

Il Granduca riportò lo sguardo sul biliardo, sospirando.

– Mi sbaglio, Cioli?

– Non ho mai sentito né udito Vostra Signoria Illustrissima fare errori di giudizio, in mia presenza.

– Voi scherzate, ma questo è un affare serio. Lo Stato, caro Cioli, per il popolo è come una bilancia. Da una parte la Chiesa, dall'altra la Signoria. E il popolo accorda il suo favore all'una o all'altra, a seconda di come pende la bilancia. Quando, come adesso, pende dalla parte della Chiesa, è più facile salirvi sopra. C'è solo un modo per abbassare il piatto della Signoria, dello Stato, caro Cioli.

– Spero non sia buttare giù la gente dal piatto della Chiesa, Vostra Signoria Illustrissima.

Ferdinando II sorrise di nuovo, sempre rotolandosi la stecca fra i due palmi. Poi, drizzandosi, la tirò su e la appoggiò sul proprio dito indice, tenendola in equilibrio.

– No, non è necessario buttare nessuno di sotto. Occorre muovere il fulcro, caro Cioli – disse, guardando la stecca che dondolava lentamente. – Muoversi per mantenere l'equilibrio, come un giocoliere che regge i piatti. Mantenere stabile qualcosa che in realtà, se chi governa si fermasse, crollerebbe.

– E quindi, che cosa intende fare Vostra Signoria Eccellentissima con la richiesta del priore?

Sua Signoria posò la stecca sul piano del biliardo, scuotendo la testa.

Finora, abbiamo avuto gioco facile nel dare nomi e cognomi agli uomini di Chiesa che, tentando di arginare il contagio, lo avevano favorito; ma non si può negare il ruolo dei tanti ignoti frati, preti e chierici che assistevano i malati, e che erano gli unici a farlo. Non possiamo dare loro, tranne che in rari casi, né un nome né una faccia, così come non potevano i loro assistiti; i membri delle compagnie di Misericordia, per esempio, vestivano un cappuccio che nascondeva il volto, garantendo l'assoluto anonimato di chi prestava l'opera, secondo il principio per cui la beneficienza deve rimanere anonima e lontana dalle celebrazioni. Un abbigliamento che genererà il nomignolo con cui a lungo sono stati chiamati i confratelli della Misericordia – gli sfacciati. Persone che, oltre ad assistere i malati nei lazzeretti, si riunivano per decidere cosa fare, come agire, come organizzarsi; assembramenti tra probabili portatori di contagio, certo, ma nel Seicento le teleconferenze non esistevano e organizzare la sanità di una metropoli urlando da una finestra all'altra avrebbe portato non pochi disguidi

Dei molti che persero la vita, tentando di salvare quella di persone che nemmeno conoscevano, abbiamo perso anche il nome. Di pochi ci è rimasto, e sono quelli sui quali il Granduca sapeva di poter contare.

– Messer Cioli, chiamatemi subito il canonico Cini.

– Solo Domeneddio, monsignor Cini, sa tutto e vede tutto.

Di fronte al Granduca, il canonico della Chiesa metropolitana di Firenze stava in piedi, diritto e sereno, con gli occhi fissi sulla figura del Granduca in piedi accanto al biliardo, senza farsi distrarre dalla magnificenza dei quadri e degli affreschi apparentemente ben più seri che lo circondavano.

A proposito, se oggi il visitatore entrasse nella Sala dell'Iliade troverebbe ancora il ritratto di Ferdinando II de' Medici in armatura, insieme a molti altri quadri di gran pregio, tra cui un Raffaello. Nei secoli le altre decorazioni, invece, sono pesantemente cambiate. E infatti, al posto delle scene della guerra di Troia dipinte da Luigi Sabatelli all'inizio dell'Ottocento, adesso il Cini vedeva sui muri della stanza gli affreschi di Giuseppe Nicola Nasini, che affrontavano i momenti ultimi della vita: Morte, Giudizio, Inferno e Paradiso. Insomma, una discussione sul fine vita coi mezzi di allora, e con argomenti che all'epoca erano praticamente indiscutibili. Così come indiscutibili erano anche altri argomenti.

– Io sono solo un povero peccatore, Cini, e debbo affidarmi a quello che so. E so che questo morbo che dilaga è un castigo divino per i nostri peccati.

Il canonico annuì chinando lievemente il capo.

All'epoca dei fatti, Niccolò Cini aveva tra i quaranta e i cinquant'anni, ed era canonico della Chiesa metropolitana da quasi venti. I capelli erano completamente bianchi, le sopracciglia nere, e aveva sempre un'espressione sghemba, un angolo della bocca lievemente su, in un mezzo sorriso, e quello opposto lievemente giù, in un accenno di smorfia, come plasmata da decenni di constatazione che il mondo è più complesso di quanto non si creda.

– Mi scrive oggi il priore del convento di San Marco per chiedermi di autorizzare una nuova processione così da fermare il dilagare del castigo divino. Ora vi chiedo sinceramente: voi credete che basterebbe una processione se non cessiamo di comportarci male? Che Nostro Signore Onnipotente farà terminare la piaga se facciamo solo mostra di aver compreso i nostri errori?

– Iddio Onnipotente vede anche nei nostri cuori, come Vostra Altezza Serenissima ha giustamente osservato, e comprendo bene cosa volete dire. Dio non ci perdonerà la nostra ipocrisia.

– Vi ringrazio delle vostre parole. Allora mi perdonerete se andrò diritto al punto. Questa settimana, si sono verificate dentro le mura già tre violazioni del divieto di congrega. Gruppi di persone che si riunivano per i motivi più disparati. Di queste, due erano di frati.

– E l'altra, se posso chiedere?

– L'altra era di frati e suore. Sei domenicani, quattro carmelitane e una chitarra. Se il clero si comporta così, monsignore, cosa possiamo aspettarci dalla plebe? Dal volgo del contado?

Ed eccoci al dunque.

– Ho bisogno che la Chiesa si mostri per quello che è, la guida morale e spirituale per attraversare questa selva. E non posso essere io, il Granduca, a dire agli uomini del Papa ciò che devono fare. Non perché non abbia diritto di farlo, ma perché non mi ascolterebbero. Deve essere uno di loro, una autorità religiosa indiscussa, a vigilare.

Il canonico Cini rimase fermo e in silenzio. Era dal momento in cui era entrato nella Sala del Trucco che si aspettava quelle parole, e le temeva. Il Granduca sapeva di non poter fare a meno delle riunioni di religiosi, e al tempo stesso sapeva che era saggio impedire le riunioni di religiosi, almeno quelle non necessarie. Non era saggio perché si sarebbe reso impopolare. Aveva bisogno di qualcuno che si rendesse impopolare al posto suo. E aveva bisogno di un uomo di Chiesa, di qualcuno che non potesse essere accusato di ignorare le esigenze della religione – come a Sua Altezza Serenissima ogni tanto veniva rimproverato.

– Per questo ho bisogno di voi, monsignore. Non mi negate la vostra esperienza e la vostra dirittura morale.

Appunto.

– Come canonico della Chiesa metropolitana di Firenze sono al servizio di Vostra Signoria Eccellentissima.

Cioè, chiedimi pure di andare contro ai preti, ma non mi chiedere di andare contro i miei principi.

– Questo volevo sentirvi dire, monsignore. Messer Cioli…

Andrea Cioli, fino a quel momento immobile con le spalle rivolte alla parete, si schiarì la voce.

– Monsignor Niccolò Cini, da questo momento e con effetto immediato siete nominato commissario generale della Sanità per la parte sud di Firenze, dall'Arno verso Roma, con la pienissima autorità di fare e disfare, in nome di Sua Signoria Eccellentissima il Granduca di Firenze.

– Allora, monsignore, eccoci qua – disse il Cioli mentre percorreva il corridoio accanto al nuovo commissario. – Vi ringrazio di aver accettato anche questa incombenza.

– Il mio dovere è di servire Dio, e Vostra Altezza di conseguenza – tagliò corto il Cini. – Ditemi, vi prego, se avete in mente qualche posto che dovrei visitare prima degli altri.

– In effetti sì, monsignore. Qui in città le negligenze possono essere coperte dalla guardia e dagli uomini di Vostra Altezza, e ci si può rivolgere all'Arcivescovo con prontezza e confidenza, ma fuori città la situazione è ben diversa. C'è un luogo, in particolare, che ci preoccupa. Il convento delle clarisse di San Matteo in Arcetri, lungo la via Imprunetana.

– Sì, so dov'è. E cosa vi preoccupa?

Il segretario di Stato tossicchiò, prima di parlare.

– È voce comune nel contado che le suore… ecco, diciamo così, ricevano.

II

Deus, in adiutorium meum

Dove si prega tutte lo stesso Dio,
ma ognuna con diverso intento

Deus, in adiutorium meum inte-e-ndeee…

Se un qualche viandante, cercando riparo dal freddo, si fosse intrufolato la sera prima nella chiesa del convento di San Matteo e si fosse addormentato, verso mezzanotte sarebbe stato svegliato d'improvviso da un coro gregoriano.

Domine, ad adiuvandum me fes-ti-naaa…

Se a quel punto, completamente sveglio, si fosse guardato intorno, non avrebbe visto nessuno, nonostante le sue orecchie fossero inequivocabilmente circondate dal canto di trenta monache invisibili.

Nessun evento miracoloso: la voce arrivava in chiesa da dietro una grossa grata di ferro accanto all'altare. San Matteo in Arcetri, infatti, era un convento di clausura, e le monache non potevano avere contatti con l'esterno: anche quando si recavano in chiesa, lo spazio era protetto da delle inferriate che, delle monache, facevano passare la voce e nient'altro.

Probabilmente, a causa del buio e del sonno, il viandante agonizzante non sarebbe riuscito a capire subito che cosa stesse succedendo, e non possiamo escludere che gli potesse venire anche un infarto. Niente di cui preoccuparsi: le monache, terminata l'invocazione, seguendo il rito si sarebbero inginocchiate e avrebbero iniziato a pregare per tutti i bisognosi della città. Quindi, sì, anche per lui, noncuranti del fatto che magari, forse, nel sopraggiungere del dolore atroce tipico dell'attacco cardiaco si fosse lasciato sfuggire un bestemmione terrificante, per di più a casa loro.

Ad ogni modo, in quel momento in chiesa non c'era nessuno, nemmeno il viandante che si ipotizzava sopra: il che non deve stupire, perché era notte fonda. Mezzanotte e sedici minuti per i nostri cronometri digitali, ora di dormire per tutte le persone perbene, e mattutino per le monache. La prima campana del giorno, che quotidianamente svegliava le religiose a un'ora impietosa, e le faceva alzare dai loro paglericci per dirigersi sotto la grata, a ringraziare il Signore di averle conservate durante il sonno prima di tornare a dormire per qualche ora, allo sfuggente tepore del loro saio di tela marrone su un letto di paglia intrecciata, riparate dalle mura fredde ma solide del convento di San Matteo in Arcetri.

Pregava la badessa, mentre il canto si dipanava, affinché la peste cessasse di tormentare Firenze e tutti i suoi abitanti.

Pregava suor Agata portinara per la salute della badessa attuale e di quella futura, specialmente se avesse dovuto diventarlo lei stessa, cosa che negli ultimi anni aveva sempre dato per scontata.

Pregava suor Achillea officinaria che Dio guardasse la madre badessa, che badasse un po' di più al benessere delle sorelle e un po' di meno ai conti del convento.

Pregava suor Orsola canovaia che Dio guardasse la madre badessa, che badasse un po' di meno al benessere delle sorelle e un po' di più ai conti del convento.

Pregava suor Agnese che il Signore conservasse lei e le sue sorelle e la sua città e tutto quanto, perché quando è il momento di pregare si prega e non si pensa agli affari nostri.

Pregava suor Lucia che il Signore, in questo periodo buio, allontanasse da lei le tentazioni e le mostrasse la via per la castità e continenza, in una maniera che sant'Agostino forse avrebbe approvato, ma la madre badessa giammai.

Pregava suor Maria Cleofe ascoltatrice che il mattutino finisse presto, perché crollava dal sonno e tremava dal freddo e lei non chiedeva niente, né la salvezza di Firenze né la santità per lei, non chiedeva altro che tornare nel proprio giaciglio al caldo.

Pregava suor Arcangela che la sua missione andasse a buon fine e che nessuno ne venisse a sapere nulla, e siccome lì dentro i pensieri viaggiavano più veloci delle parole lei stessa evitava di pensare alla natura dell'impresa in questione.

E tante altre preghiere nascevano, si mischiavano e si spengevano.

Il convento, all'epoca, ospitava poco più di trenta monache che vi passavano le loro giornate al servizio del Signore seguendo la regola di santa Chiara in clausura, castità, obbedienza e povertà. Soprattutto, occorre ribadirlo, povertà.

Non che sugli altri aspetti ci picchiassero piano, intendiamoci. «Clausura», all'epoca della Controriforma, significava che dal momento in cui si prendevano i voti i contatti con l'esterno erano ridotti praticamente a zero.

Dopo la messa sarebbero tornate nelle loro celle, attraversando il lungo corridoio tappezzato di balle di paglia per mitigare il freddo e l'umidità, e che conferiva all'interno del convento un tanfo di muffa talmente forte che si sarebbe potuto scolpire. Ma le sorelle, a quell'odore, non ci badavano più, anzi nemmeno lo sentivano.

Anche alla messa, come si diceva, le suore partecipavano solo con la voce, intonando da dietro alla grata il sacro ufficio per i fedeli che potevano udirle, ma non vederle. A proposito della voce: secondo la regola, le monache avrebbero dovuto astenersi dal parlare fino all'ora terza, quella che noi italiantropi chiamiamo «nove di mattina», e per rispetto nei loro confronti sembra opportuno anche a noi descrivere la situazione in silenzio. Rispetto, si diceva: sempre per lo stesso motivo, erano ammessi alle visite solo i familiari più stretti, alla presenza – oltre che della solita grata – di una delle consorelle ascoltatrici, suor Maria Cleofe o suor Taddea; se si avevano dei doni, non si potevano consegnare direttamente ma si dovevano portare alla ruotara, suor Agostina, che li avrebbe condivisi con le altre consorelle. E di quei doni c'era un gran bisogno, perché nonostante quello che abbiamo detto finora l'aspetto peggiore della vita delle clarisse di San

Matteo in Arcetri era, senza ombra di dubbio, la più assoluta indigenza – parola sin troppo elegante per descrivere in modo adeguato quella che, in realtà, era vera e propria miseria.

L'Ordine delle sorelle povere, fondato poco più di quattro secoli prima da santa Chiara con l'approvazione del Papa, prevedeva che dette sorelle, coerentemente con il brand, per mostrare il loro infinito amore al Padre Loro non potessero possedere nulla, anche a costo di rischiare di morire di inedia – evento che non di rado si verificava, come si diceva prima. La cosa potrebbe apparire strana, dato che il nostro concetto di «padre amorevole» non si accorda bene con una regola che dice «piuttosto crepa di fame, ma non possedere niente»; ma bisogna ricordarsi che le regole degli istituti monastici non sono figlie di Dio, ma figlie degli uomini. E delle donne, poiché a ben pensarci anche santa Chiara, la prima femmina fra i discepoli di san Francesco, era una donna.

Il lettore contemporaneo potrebbe pensare che ci siano altri modi di raggiungere una auspicabile parità fra i sessi che non fondare ordini religiosi basati su regole deliranti; ma dato che l'epoca in cui viviamo è quella in cui si è pensato che fosse un'idea migliore imporre delle quote rosa piuttosto che costruire asili nido, e che nominare un architetto femmina «architetta» sia un buon modo di favorire la parità fra i generi, sarà forse il caso di non inorgoglirsi troppo della nostra presunta razionalità.

Ma scusate: nel frattempo, mentre ci perdevamo nei nostri soliloqui, le monache avrebbero completato la preghiera del mattutino. Adesso, finito il loro ufficio, sarebbero tornate in ordine sparso alle celle, per qualche ora di sonno ulteriore. Oddio, non tutte: nel segreto delle loro celle, una o più monache – non diciamo quante – in realtà sarebbero rimaste sveglie, molto sveglie. Molte delle consorelle lo sospettavano, alcune lo sapevano, altre condannavano, altre ancora cercavano di non pensarci.

Tutte, comunque, sarebbero uscite definitivamente dalla propria cella o dal dormitorio all'alba, per dedicarsi all'occupazione principale: la preghiera. Nella fattispecie, all'alba, le laudi. Per quale motivo queste povere ragazze dovessero lodare un Essere che non aveva nome e che pretendeva da loro, tramite una ghenga di cardinali opulenti, assoluta povertà, severissima clausura e assidua devozione, non è chiaro: così come la gravità esisteva già da centinaia di millenni prima che sir Isaac Newton la scoprisse, anche la sindrome di Stoccolma, evidentemente, nacque ben prima di venire descritta nei testi di psicologia. Ma quel giorno di ottobre del 1631 una delle consorelle, una donna di appena trent'anni e dallo sguardo meno assonnato delle altre, la donna che poco prima stava dirigendo il coro, aveva un motivo ben più valido delle altre per alzarsi all'alba e ringraziare Egli per il nuovo giorno sul punto di sorgere: perché quella sera, finalmente, avrebbe potuto incontrarsi col padre suo. Dall'assenza di maiuscole negli ultimi due lessemi, si può capire facilmente che la monaca in questione non intendeva cadere in estasi né tantomeno uccidersi: quella sera, sarebbe venuto a trovarla in convento l'uomo che l'aveva fatta nascere. Che l'aveva riconosciuta, benché nata fuori dal matrimonio, e battezzata col nome di Virginia.

E che poi l'aveva chiusa in convento, anche. Da Virginia, si era ritrovata suor Maria Celeste.

Ma non è il caso di stare a sottilizzare, perché suor Maria Celeste amava quell'uomo più di ogni altra cosa al mondo; e poiché lei non covava alcun risentimento, sarebbe parecchio ipocrita da parte nostra mostrarne anche solo un pochino. D'altronde, come diceva il manuale d'istruzioni del convento, chi è senza peccato scagli la prima pietra; e anche se tutti i suoi contemporanei probabilmente avevano sulla coscienza comportamenti gravi come e più di quelli del suo signor padre, ben pochi potevano attribuirsi i meriti di Galileo Galilei.

III

Poco lontano nel tempo

Dove il padre Niccolò Riccardi è in angoscia per un libro che ancora ha da essere stampato

Poco lontano nel tempo, cioè più o meno a mezzanotte, ma molto lontano nello spazio, cioè a Roma, un frate dalla tonaca bianca camminava pesantemente davanti a una grossa scrivania di noce. E, mentre camminava, sbuffava.

Quando diciamo «pesantemente», non intendiamo solo il modo di portare i passi: padre Niccolò Riccardi, domenicano, maestro del Sacro Palazzo di Sua Santità Urbano VIII, era largo quanto sette o otto suore di San Matteo legate insieme.

E lo sbuffare non era dovuto solo al suo eccessivo sovrappeso. Era sempre stato obeso, padre Riccardi, anzi, la prima volta che aveva predicato alla presenza di Filippo III re di Spagna, questo era rimasto talmente impressionato dalla mole del domenicano da battezzarlo «Padre Mostro». Nomignolo che gli era rimasto appiccicato al corpicione da lì in poi, fino a quando era entrato alle dipendenze del pontefice. Fino al giorno disgraziato in cui il Papa lo aveva incaricato di rivedere il nuovo libro del grande scienziato toscano Galileo Galilei. Per quello sbuffava, il Padre Mostro. Perché si rendeva conto pienamente del bordello in cui lo avevano cacciato.

Capita, specialmente nei libri ambientati durante una pestilenza nel Seicento, di veder paragonato un prete debole costretto tra due poteri forti a un vaso di coccio fra vasi di ferro; ecco, il Padre Mostro non si sentiva un vaso di coccio, quanto piuttosto una palla di gomma. Che si deforma dall'una e dall'opposta parte senza che nessuna delle due si accorga di quanto è forte la pressione altrui.

Padre Mostro tornò alla scrivania, dove aveva allineato in ordine cronologico le lettere che gli erano arrivate da destra e da sinistra, e nel mezzo sempre lui.

... di ovviare con ogni vivezza e quanto prima l'offizio desiderato da lui per il signor Galilei...

Questa era la nota di Francesco Niccolini, ambasciatore del Granduca di Toscana a Roma, il quale gli scriveva di far approvare il libro quanto prima perché Galilei si era lamentato lungamente delle lungaggini romane. Alla lettera, o meglio, alle numerose lettere dell'ambasciatore che peroravano la causa di Galileo, il Padre Mostro non poteva rimanere indifferente, sia perché l'ambasciatore era sposato con sua cugina Caterina Riccardi, sia perché la suddetta faceva accompagnare ogni singola lettera del marito da una botticella di vino fatto venire apposta dalla tenuta di Pèppoli.

... con che Sua Santità li comanda di approvare il detto libro...

Questa era, invece, la nota a margine della lettera di monsignor Ciampoli, segretario dei brevi e cameriere segreto di Urbano VIII, il quale lo avvertiva che il Papa, spazientito, aveva detto di far approvare il *Dialogo* una volta per tutte. Le lettere dell'entourage di Sua Santità non erano accompagnate da botti di vino di alcuna sorta, ma S. S. aveva comunque degli ottimi argomenti per assicurarsi che il suo volere non venisse ignorato.

Insomma, il Granduca di Toscana Ferdinando II premeva perché venisse pubblicato il libro. Anche Sua Santità Urbano VIII premeva perché venisse pubblicato il libro.

In pratica, tutti volevano che venisse pubblicato il libro.

E allora dove stava il problema?

Padre Riccardi prese in mano il penultimo foglio, scritto con una grafia da vecchio malato, malcerta e inclinata.

> *... e mi conforta nel maestro del Sacro Palazzo la ben ferma opinione che questa non sia materia di fede, né che convenga in modo alcuno impegnarci le Scritture...*

La grafia di Galileo si leggeva a malapena. Ma il problema, invece, era chiarissimo: trincerandosi dietro a mille scuse, Galileo si rifiutava di inviarlo a Roma. Insomma, in parole povere come le monache di San Matteo, Galileo lo stava prendendo per il culo.

La prima volta che aveva sentito parlare del *Dialogo* era stato l'anno prima, nella primavera del 1630, quando Galileo era arrivato a Roma per ottenere l'imprimatur.

Nihil obstat quominus imprimatur, ovvero «nulla osta a che si stampi». Galileo ne aveva chiesti addirittura due, uno a Roma e uno a Firenze, anche se uno solo dei due sarebbe bastato: a quel punto il libro poteva essere mandato alle stampe, con il suggello papale che significava «qui dentro non ci sono errori riguardo la fede cattolica». Un po' come le etichette sul cibo senza glutine, per intenderci.

Il Padre Mostro aveva letto il manoscritto e lo aveva portato al Papa, il quale gli aveva detto senza troppi giri di parole che aveva altro a cui pensare (leggi: guerra dei Trent'anni) e che ci pensasse lui. Cosa che il buon Padre Mostro aveva fatto, non senza difficoltà.

Il *Dialogo sopra i due massimi sistemi del mondo* parlava, come prometteva il titolo, dei due massimi sistemi del mondo: quello tolemaico e quello copernicano. Terra al centro, nel primo, e Sole al centro, nel secondo. Sistemi, modelli, mere ipotesi matematiche secondo quello che diceva la Chiesa: già un bell'avanzamento dall'editto del cardinale Bellarmino, quindici anni prima, secondo il quale del sistema copernicano non se ne doveva parlare proprio, *et de hoc satis*. Invece, adesso, grazie a un Papa un po' più dinamico e moderno perlomeno se ne poteva discutere, ma senza la pretesa di avere ragione. Come andava il Cielo, lo sapeva solo Dio.

Nella prima versione del *Dialogo*, purtroppo, Galileo diceva a chiare e belle lettere che la Terra girava intorno al Sole, e che questo era un fatto, non una ipotesi. Il modello copernicano era giusto, quell'altro era robaccia.

Bisognava in qualche modo rimediare.

Era toccato così a lui, il Padre Mostro, e al padre Raffaello Visconti di ingentilire e riformulare tutte le volte in cui Galileo asseriva, dicendo che era possibile. Di inserire una introduzione, negli stessi caratteri del libro, nella quale si diceva chiaramente che quelle che venivano fatte erano soltanto ipotesi e che la teoria copernicana non avrebbe mai potuto essere provata vera, e così via. Insomma, di correggerlo. Si arriva, in questo modo, al 26 giugno dell'anno 1630, quando Galileo riparte per Firenze con i compiti a casa dati dalla Santa Sede.

Subito dopo, inizia a morire un sacco di gente.

A luglio la peste scoppia a Trespiano, vicino Firenze; una famiglia che aveva ospitato un pollaiolo di Bologna, e da lì il contagio parte e si diffonde in tutta la città. Oltretutto, il primo di agosto, muore Federico Cesi, fondatore dell'Accademia dei Lincei: il mecenate che avrebbe permesso la stampa del libro. Quello che ci metteva i soldi, per intendersi.

Galileo, che sarebbe dovuto tornare a Roma in autunno, rimane a Firenze e decide di far stampare il libro laggiù.

E Padre Mostro – l'abbiamo detto – si ritrova sotto un fuoco incrociato. Sì, perché – abbiamo detto anche questo – tutti volevano che il *Dialogo* venisse stampato. Erano tutti impazienti di vedere stampato questo benedetto libro. Solo che ognuno si aspettava che il libro contenesse quello che voleva lui.

Il Padre Mostro sapeva benissimo di aver concesso l'imprimatur, l'approvazione papale, a un libro che ancora non esisteva. Sapeva benissimo che Galileo ci teneva a dire che il sistema copernicano era giusto; e sapeva benissimo che se il Papa avesse trovato tale concetto nel libro si sarebbe imbestialito. Andava presentata come ipotesi, come mero calcolo matematico, ecco. Galileo aveva detto certo, sissì, va benissimo, aveva ottenuto l'imprimatur a Roma e poi con la scusa della peste aveva trasferito la stampa a Firenze. A quel punto Galileo poteva scriverci veramente cosa pareva a lui, anche che la Luna era fatta di cacio pecorino o che Cristo era morto dal sonno; e un libro del genere sarebbe uscito con il suo imprimatur, con il timbro che assicurava «nessuna idea della Chiesa di Roma è stata maltrattata in questo libro».

Inutili erano state tutte le rimostranze del Padre Mostro, che a quel punto aveva fatto una richiesta plausibile: di mandargli il manoscritto per posta. All'invito, Galileo aveva rifiutato, «*per i pericoli della perdita e il contagio*». Presa in giro, anche questa: la posta diplomatica, quella tra l'ambasciatore Niccolini a Roma e il Granduca Ferdinando II a Firenze, funzionava benissimo. Allora perché non usare quella? Visto che il Granduca aveva così tanta fretta che si stampasse 'sto libro, perché Galileo non usava la sua posta diplomatica?

Ma facciamo finta di niente. *Obtorto collo*, il Padre Mostro accetta di farlo stampare a Firenze: e a quel punto lo fanno leggere a un domenicano, Stefani. Un presuntuoso che invece di guardare la sostanza aveva, così gli aveva scritto, modificato alcune imperfezioni nell'espressione. Aveva corretto l'italiano a Galileo, che è come a dire che aveva tentato di insegnare a Maradona a tirare le punizioni. Cosa ti puoi aspettare da un deficiente così?

Perché farlo leggere a questo domenicano ignorante, Stefani, invece che a padre Ignazio del Nente, la persona specificamente indicata dal Padre Mostro e da Roma?

La risposta a tutti questi perché, secondo il Padre Mostro, era chiara: perché a Roma o da Roma non potessero controllare la stampa foglio dopo foglio, guardare che l'introduzione fosse stata inserita come era stato prescritto, che le correzioni fossero state fatte, prima che andasse sotto il torchio.

In quella maniera, sotto il torchio ci era finito lui, padre Niccolò Riccardi da Genova. Che si stava arrabattando per essere in grado di dimostrare a Sua Santità, nel caso ce ne fosse stato bisogno, che lui aveva fatto tutto quello che gli era stato detto.

E infine, per metterci il carico da undici, c'era l'ultima lettera della pila, la lettera arrivata quella sera.

> *Che sia stato autorizzato ad imprimatur, lo dobbiamo accettare per l'obbedienza che portiamo al Santo Pontefice e a chi ne promuove la volontà per il bene di tutta la Chiesa. Ma vi conforto nel dirvi che la Compagnia possa conoscere il contenuto del manoscritto nei più minuti dettagli prima che detto venga pubblicato. Se non è stata possibile la visione foglio a foglio in Roma, come voi sostenete che non lo sia poiché il Galileo ancora non lo mandò, la Divina Provvidenza ci è venuta in soccorso in altro modo.*

Firmato padre Antonio Bencivenga, *per conto del padre reverendissimo Christoph Scheiner*. Il quale non sapeva l'italiano, o ancora non abbastanza, e siccome padre Riccardi non sapeva il tedesco, i due erano costretti a scriversi per interposto prete. Ma padre Scheiner sapeva molte altre cose, e altre ancora ne avrebbe volute sapere.

Non proprio tutti volevano la pubblicazione del libro, infatti. Padre Christoph Scheiner, gesuita, matematico ed astronomo, autore del ponderoso saggio sulle macchie solari *Rosa Ursina, sive sol ex admirando facularum*, non ci teneva affatto a veder dato alle stampe il libro di Galileo, e le aveva tentate tutte per farne bloccare la pubblicazione. Non riuscendoci, aveva chiesto espressamente al Padre Mostro di poter leggere in anteprima il manoscritto mano a mano che Galileo glielo inviava – sì, perché lo Scheiner era convinto che Galileo avesse mandato veramente a Roma il testo per la supervisione, e che il Padre Mostro facesse finta di non averlo.

Ma adesso, uno dei tirapiedi di Scheiner lo avvisava chiaramente. La Divina Provvidenza era venuta loro in soccorso in altro modo.

Divina Provvidenza un tubo. I gesuiti come minimo avevano mandato una spia a Firenze, a leggere il manoscritto di nascosto.

IV

Apellem se non fecisse primum

Dove Galileo, provocato dal libro di un gesuita, ci tiene a ribadire chi per primo abbia scoperto le macchie solari e cosa sieno

– «*Apellem se non fecisse primum Macularum solarium Inventorem post Censorem*». Capite? Roba da matti.

L'uomo col grembiule di pelle era in piedi, le mani appoggiate sul grande tavolo di noce che era a sua volta appoggiato sul pavimento in cotto a spina di pesce, il quale a sua volta poggiava sulla collina accanto al Pian dei Giullari, ad Arcetri, non troppo lontano da Firenze. Fuori dalla finestra aperta, le colline si adagiavano l'una all'altra, con i filari di vite appena vendemmiata che sembravano tracce, sentieri che portavano al convento che si vedeva vicino, a un tiro di schioppo – da intendersi come unità di misura: nessuno dei due gentiluomini presenti nella stanza avrebbe mai aperto il fuoco verso un edificio qualsiasi, figuriamoci se consacrato.

– Il padre Castelli che ne pensa? – chiese l'altro, un uomo tra i quaranta e i cinquant'anni, il che significa che se lo avessimo incontrato al giorno d'oggi gliene avremmo dati facilmente una sessantina. Certo, se lo avessimo incontrato al giorno d'oggi forse ci avrebbe stupito di più il fatto che un signore di età così avanzata andasse in giro con i pantaloncini a sbuffo e il colletto di pizzo, ma la moda era quella, e Mario Guiducci, accademico dei Lincei e membro patrizio dell'amministrazione del sestiere di Santa Maria Novella, era un uomo alla moda.

– È avvelenato più di me – rispose l'uomo in grembiule di pelle. – Mi ha scritto non è molto, dicendomi che secondo lui dovrei rispondere direttamente al Generale dell'ordine dei gesuiti. Dev'esser qui... Ah, eccola. Dovrei rispondere direttamente al Generale per... – l'uomo strinse gli occhi mentre leggeva – ... *«evitare in futuro che eschino fuori simili sciaguratagini, una delle quali sola è atta a infamare il nome della Compagnia»*. Si preoccupa della reputazione della Compagnia di Gesù, il buon Castelli. E giustamente.

Mario Guiducci non rispose niente. Quando il maestro partiva con le sue tirate, non era facile interromperlo.

– Ormai non son più un ordine religioso, i gesuiti – continuò l'uomo in grembiule. – Sono un marchingegno per proibire le cose più diverse. Sempre lì a dire che quel che è stato già detto non si può contraddire. T'è venuto in mente questo? Spiacente, Ticone afferma diversamente. Hai osservato quest'altro? Dolentissimi, Aristotele ha già detto il contrario. È una fortuna che non esistessero simili figuri al tempo di Tolomeo. La Terra altrimenti sarebbe ancora piatta. Anche il povero Cavalieri se ne sta dolendo, e su una questione di conto così misero che... Lasciamo perdere, datemi retta.

– Anche il padre Cavalieri avete sentito, quindi?

– Certamente – rispose l'uomo in grembiule. – Il Cavalieri consiglia di aggiungere al *Dialogo* delle pagine dedicate. Quattro pagine dove si confutino le accuse di questo gesuita balordo.

E l'uomo mostrò a mano aperta, sul tavolo, il destinatario di quest'ultimo aggettivo. In realtà, sul piano del tavolo non si trovava un gesuita sdraiato a pelle di leone, bensì un tomo:

Rosa Ursina, sive Sol, ex admirando Facularum & Macularum suarum Phoenomeno varius. Dai discorsi che ci hanno fino a questo punto preceduti, è facile inferire che il balordo di cui sopra era l'autore del libro, Christoph Scheiner, gesuita dal 1595, professore di matematica e astronomia a Roma dal 1624, nemico di Galileo da sempre. Perché, come anche il lettore meno arguto avrà capito sin dall'inizio dalla parola «Arcetri», il libro si trovava nella casa di Galileo Galilei, e l'uomo col grembiule di pelle non era altri se non Galileo Galilei medesimo.

– Non so se sia la cosa più giusta da fare.

– Rispondere direttamente? No. Anche il Ciampoli la pensa così. Ad ogni modo, dovrò rispondere. *Apellem se non fecisse primum Macularum solarium Inventorem post Censorem.* Questo tanghero dice apertamente di aver osservato per primo le macchie solari. Ma per cortesia. Non solo è arrivato dopo la banda, le aveva anche scambiate per pianeti.

– Be', adesso almeno dice che sono macchie sulla superficie del Sole?

– Ora sì. Vent'anni dopo la mia risposta al suo libercolo, si sveglia e dice che le macchie sul Sole sono davvero macchie sul Sole e che le ha viste per primo lui. Nel prossimo libro dirà che il cannocchiale l'ha inventato lui. Nel prossimo ancora dirà che ha insegnato a suo babbo a trombare.

Mario Guiducci ridacchiò. Da quando lo conosceva, da quando era stato suo maestro di matematica e fisica nello Studio pisano, Galileo prendeva lo slancio e si sfogava. Bisognava aspettare che si fermasse da solo. Il problema era che gli altri non lo sapevano.

Anni prima, era stato pubblicato a Ingolstadt un libriccino dal lapidario titolo *Tres epistolae de maculis Solaribus*, nel quale l'autore (che si identificava con l'altrettanto misterioso nome di «Apelle») sosteneva che le macchie solari, ben visibili con il cannocchiale perfezionato da Galileo stesso, non fossero altro che pianeti orbitanti intorno al Sole, i quali si interponevano così fra il Sole e la Terra dando l'impressione che il Sole girasse su se stesso. L'astronomo toscano aveva replicato dimostrando alcuni errori, sia di misura che di ragionamento, contenuti nel libriccino, e portando argomenti piuttosto convincenti alla teoria che le macchie solari fossero difetti sulla superficie del Sole. Al di là delle dimostrazioni scientifiche, la penna di Galileo era andata pesantemente sulla presa per i fondelli quando attribuiva all'autore il voler vedere dei pianeti in queste macchie pur di non riconoscere che i cieli non erano incorruttibili ed eterni come voleva Aristotele; Galileo non vedeva alcun male nel fatto che le cose cambiassero, o come diceva il toscano stesso, «*né parmi che ragionevolmente alcuno si querelasse della corruzion dell'uovo, mentre di quello si genera il pulcino*».

Insomma, il fatto che l'uovo si trasformi in pulcino non era certo causa di morte o distruzione; a causa della risposta di Galileo, invece, il misterioso Apelle aveva fatto la figura del pollo, e se n'era risentito parecchio. Già, perché dietro lo pseudonimo da artigiano fabbricante di sfere fatte di epidermide di pennuti c'era proprio padre Christoph Scheiner.

– È fatto così, il nostro gesuita. Bisogna rispondere, prima che questo pubblichi un nuovo libro sotto lo pseudonimo di «Domine Deus» in cui affermi di aver creato l'uomo a sua immagine e somiglianza. E che tutto il resto della Chiesa smetta di ridergli dietro e lo faccia arrosto come il povero Giordano Bruno. Insomma, bisogna rispondere, e lo faremo nel *Dialogo*. Prima però... – Galileo indicò il tavolo pieno di fogli, con il librone aperto sopra – ... dobbiamo risolvere questo problema.

Il Guiducci girò intorno al tavolo, con lo sguardo attento. Da allievo di Galileo, sapeva che l'attenzione ai dettagli era fondamentale. Doveva funzionare tutto alla perfezione. Bastava un errore, uno scarto di qualche grado, per rendere inutili mesi di lavoro.

Specialmente in quel periodo. E, specialmente, se si aveva a che fare con i gesuiti.

Correva l'anno 1631, e si era nel mese di ottobre. Da più di quattro mesi, nella tipografia di Giovanni Battista Landini in Firenze, era iniziata la stampa del *Dialogo sopra i due massimi sistemi del mondo*, il libro nel quale Galileo avrebbe parlato del confronto fra il sistema copernicano, con la Terra in moto orbitante intorno a un centro luminoso, il Sole, e quello tolemaico, con il nostro globo bello piantato al centro dell'universo. Un libro che, a Roma, attendevano con ansia. Lo attendevano studiosi, matematici, astronomi di ogni ordine e grado, dal più umile lettore di matematiche delle scuole inferiori fino a Sua Santità Urbano VIII, al secolo Maffeo Barberini a.k.a. «il Papa». Il pontefice era un grande ammiratore di Galileo da almeno un decennio: gli aveva addirittura dedicato un poemetto, *Adulatio perniciosa*, nel quale decantava l'uomo che con la sua lente aveva disvelato i segreti del cielo. Quello, a sua volta, si era visto dedicare *Il Saggiatore*, l'opera dove l'astronomo toscano aveva preso per il culo in lungo e in largo padre

Orazio Grassi, gesuita anche lui e quindi, anche solo per l'ordine cui apparteneva, un dito nell'occhio per entrambi. Narrano le cronache pontificie che il Papa se lo facesse leggere ad alta voce durante i pasti, e alcune volte avesse rischiato di soffocare a causa delle grasse risate che gli procuravano i passi più riusciti. Urbano VIII, quindi, attendeva con ansia il nuovo parto della penna di Galileo. E lo attendevano al varco, con un approccio piuttosto diverso, i gesuiti stessi.

Allo scopo di capire cosa significasse la Compagnia di Gesù in quell'epoca di grandi incertezze in cui si litigava pressoché su tutto – monaci agostiniani rissosissimi che una mattina si svegliano e ti incrinano l'unità della fede, principi cattolici e protestanti che trascinano un continente intero in una guerra atroce e sanguinaria, il tutto accompagnato da pestilenze e carestie – sarà bene andare alle fonti, come sempre va fatto quando si parla di storia. E nessuna fonte può essere più significativa della parola di Ignazio di Loyola, il fondatore dell'ordine.

Per essere certi in tutto, dice Ignazio di Loyola nei suoi esercizi spirituali, dobbiamo sempre tenere questo criterio: quello che io vedo bianco lo credo nero, se lo stabilisce la Chiesa gerarchica. (Per gli increduli: *Esercizi spirituali*, «Regole per sentire con la Chiesa», n. 13). Da questa particolare visione, si fa per dire, del mondo discende la trinità dei gesuiti, che non è fatta da un padre, un figlio e un fantasma, ma da tre concetti: ordine, gerarchia e verità.

Verità, che deve essere una sola, ed è quello che la Chiesa dice.

Gerarchia: a quella stessa Chiesa si deve obbedienza, perché altrimenti la libertà si trasforma in arbitrio, l'uomo diventa animale, e il mondo senza alcuna direzione precipita nel caos, e non ci può essere direzione diversa da quella vera (cioè la Chiesa, come forse s'è già detto).

E infine il terzo concetto, quello fondamentale per la nostra questione: ordine. Non inteso in senso monastico, e nemmeno di compito da eseguire, ma più come lo intendeva nostra madre: ogni cosa al suo posto, e il posto deve essere sempre lo stesso. Ora, nostra mamma, che pure ci voleva un gran bene, si incazzava come un cinghiale a gennaio se trovava un paio di calzini in salotto, figuratevi cosa poteva fare il Generale dei gesuiti se gli spostavano la Terra dal centro dell'universo.

Esattamente quello che Galileo si proponeva di fare con il suo nuovo libro.

Per questo, quel giorno, Guiducci era andato a trovare il suo maestro. E adesso si trovava lì, intorno al tavolo della sala cosparso di fogli, entrambi intenti a cercare di capire come risolvere quel problema. Un problema minimo, ma come si diceva in certi casi anche uno scarto di niente poteva, alla fine dei conti, irritare qualcuno in maniera irrimediabile.

– La soluzione perpendicolare mi sembrerebbe la migliore – disse dopo qualche secondo.

– Sì, ma ancora non torna. Da quando ho aperto questo librone, è cambiato tutto. Avevo già apportato alcune correzioni, eppure… – Galileo appoggiò una mano aperta su un foglio pieno di calcoli – … eppur si muove.

Mario Guiducci rimase immobile, sempre con lo sguardo fisso sul tavolo.

– Datemi quella riga, Guiducci, siate gentile. Ecco.

Galileo appoggiò la grossa riga di legno sul libro aperto, accanto alla rilegatura, prese l'angolo del foglio in alto e tirò, strappando la pagina in modo netto e pulito.

– Ecco qua – disse, piegando il foglio prima in due e poi in quattro, e infine mettendolo sotto la zampa del tavolo più vicina a lui. – Ecco, ora non si mòve più. Così lo posso mettere perpendicolare alla finestra, così che giunga più luce, e non traballa. E anche un tomo così ponderoso non gli crea problemi di equilibrio.

– Anche i libri dello Scheiner servono a qualcosa, allora – sorrise il Guiducci.

– In verità è un gran libro di scienza, questo – disse Galileo, sempre in tono burbero. – Il padre Scheiner è notevolmente migliorato da quando si faceva chiamare Apelle. Le osservazioni che fa sulla rotazione annua dei poli dell'asse perpendicolare al piano eclittico sono assai interessanti, e ho avuto modo in queste giornate serene di vedere che esse sono ben descritte. Davvero, sembra che il nostro gesuita abbia imparato a fidarsi dei suoi occhi più che di Aristotele. Magari, a furia di guardare tutto quel sole, gli si è diradata la nebbia dal cervello. Ma a lui direttamente, non risponderò. *Apellem se non fecisse primum Macularum solarium Inventorem post Censorem.* Non ha imparato ancora né l'italiano né la buona creanza, e ormai mi dicono sia sui sessant'anni. Cosa può mai imparare uno così vecchio?

Qui Guiducci sorrise apertamente. Galileo era quasi dieci anni più vecchio di padre Scheiner, e non sembrava desideroso di smettere di giocare col proprio cervello.

– E cosa farete, dunque? Farete in tempo a pubblicarlo sul *Dialogo*? La stampa non è ancora finita?

– Ahimè, messer Mario, manco per niente. Il morbo ha rallentato tutte le operazioni. Credevo di far bene a stamparlo qui in Firenze invece di mandarlo a Roma, e non lo so, non lo so se ho fatto bene. Mah, sarà quel che Dio vorrà.

– A questo proposito, maestro…

Galileo si fermò e lanciò al Guiducci uno sguardo obliquo.

– So quanto teniate a questo libro, maestro – continuava intanto il Guiducci. – E ne avete ben donde. Spiegate la questione copernicana in modo magnificente…

– Grazie, Mario. Ma quando qualcuno inizia a lodarmi oltre il necessario, tendo a pensare che stia addolcendo l'orlo della coppa.

– Vedete, maestro, pensavo alle maree. Voi continuate a dire nel *Dialogo* che esse provano senza ombra di dubbio che la Terra si muove…

– Perché è così – disse Galileo. – Se la Terra non ruotasse, non ci sarebbero sollevazioni d'acqua periodiche. Quale altra causa vi potrebbe essere? Il fatto che il mare si alzi e si abbassi sembra disturbare oltremodo tutti. Anche il Padre Mostro, a Roma, ha insistito affinché cambiassi il titolo del libro togliendo il riferimento alle maree.

– Nel titolo o nel libro?

– Nel titolo. Non vedo come potrei farne a meno nel libro. O anche voi pensate che dovrei espungere quelle parti? – Galileo si erse in tutta la propria statura, sorrise e alzò un braccio, con la mano aperta, stile oratore romano. – Facciamo così, messer Mario, pubblichiamo un nuovo libro: *Discorso sopra i due massimi sistemi del mondo con l'assicurazione che la spiegazione corretta delle maree sono le scorregge del dio Poseidone.* Però lo firmate voi.

– Perdonatemi, maestro, su questo ne sapete sicuramente più di me.

– No, perdonatemi voi, messer Mario – disse Galileo, mentre il sorriso gli si rannicchiava dietro la folta barba grigia striata di peli rossi. – Sono ancora scombussolato per il trasferimento nella casa nuova. L'ho affittata pochi giorni orsono, e sono ancora intento a traslocare le mie masserizie, come vedete.

Galileo andò verso la finestra aperta, e appoggiò entrambe le mani sul davanzale, respirando l'aria limpida del primo autunno.

«Come vedete», aveva detto giustamente Galileo riferendosi al Guiducci. Lo scienziato ormai ci vedeva così male da lontano che su quella collina avrebbe potuto esserci scritto anche VIVA IL CARDINALE BELLARMINO a lettere grosse come condomini, e non avrebbe battuto ciglio. Ma sapeva benissimo che cosa conteneva la parte di mondo ritagliata da quella finestra.

– Guardate lì. Si vedono le colline, si vede Firenze. E, soprattutto, si vede il convento.

–È da molto che non andate a trovare suor Maria Celeste e suor Arcangela?

– Sono mesi, Guiducci. Questa maledetta pestilenza... Ma ora pare che ci stia lasciando in pace. Il lazzeretto qui vicino, nella villa Guicciardini, è quasi vuoto. È per questo che mi trovate così, vestito da fantesca e non da filosofo. Il tempo di raccogliere gli spinaci freschi nell'orto, cucinarli con le uova, e poi andrò a trovare finalmente le mie figlie.

V

Sia lodato Gesù Cristo

Dove due padri confessori sono (forse) meglio di uno,
e due sorelle sembran peggio di una figlia unica

– Sia lodato Gesù Cristo.

– Sempre sia lodato – rispose il frate vestito di nero al di là della cancellata. – Che cosa vi porta qui, fratello?

– Sono il nuovo confessore del convento, padre – rispose il frate vestito di marrone. – Damiano da Velletri, al vostro servizio.

– Il nuovo confessore?

Il frate vestito di nero squadrò l'altro dal cappuccio ai sandali. Pieni di polvere come si conviene a un pellegrino. E marroni, come il saio. Dal colletto malandato spuntava un viso giovane e sano, le guance floride e i denti bianchi, con la barba folta, riccia e castana, in tono con l'abbigliamento. Un francescano.

– Mandato qui da Sua Santità Urbano ottavo, sempre sia benedetto il suo nome, per assolvere i doveri della messa e della confessione – confermò il frate marrone. – Se adesso potessi avere la grazia di entrare, sapete, sono tre giorni che cammino...

– Perdonate, ma credo che vi siate perso – disse il frate nero sempre da dietro il cancello ben chiuso. – Questo è il convento di San Matteo in Arcetri.

– Sì, certo. San Matteo in Arcetri. È qui che mi hanno mandato.

– Mi sembra strano – disse il frate vestito di nero. – Vedete, sono io il confessore.

– E chi sareste, di grazia?

L'uomo dal saio nero si schiarì la voce. Era un quarantenne basso e largo, dal cranio calvo e dalla barbetta corta e grigia, ma con delle manine rosee e delicate che spuntavano appena dalle maniche. Come se a un cardinale scolpito dal Bernini avessero montato le mani di Cicciobello.

– Padre Gioacchino da Rimini, della Compagnia di Gesù, mandato qui orsono tre mesi da sua Santità Urbano ottavo, sempre sia obbedito il suo volere, come officiante e confessore.

– Ah, anche voi. Be', due è meglio di uno, dice il Signore, perché quando uno cade l'altro lo aiuta a rialzarsi. Se adesso potessi avere la grazia di entrare…

– E perché dovrei?

La voce era uscita da dietro la spessa grata di ferro nel muro accanto al cancello. Frate Damiano si voltò, molto meno spaventato di quanto si potrebbe pensare, ma nemmeno troppo tranquillo.

– La pace sia con voi, madre reverendissima. Dicevo, appunto, che sarei il nuovo confessore del convento…

– Avete una lettera che lo dimostri? – chiese la voce della badessa, che suonava più o meno come il ferro della grata.

Frate Damiano guardò padre Gioacchino come chi pensa che due è meglio di uno, ma tre iniziano forse ad essere troppi. Specialmente se sono due contro di te.

– Ce-certo. – Il francescano rufolò nella propria bisaccia, un coso tutto ciancicato di pelle indurita dal sole e dal vento, e ne tirò fuori un plico avvolto con cura. Lo allungò alla badessa attraverso il cancello. – Ecco, prendete…

– Per carità di Dio!

– Come?

– Lasciate cadere quella missiva a terra, subito!

– Ma questa è una lettera di Sua…

– A terra, ho detto!

Frate Damiano sporse con mano tremante la lettera al di là dell'inferriata del cancello e la fece cadere nel cortile.

– Padre Gioacchino, i fumi!

– Subito – disse quello, sparendo dentro il monastero in uno sventolio di tonaca e riapparendo dopo pochi secondi con un braciere che dondolava in una mano, un aspersorio nell'altra e una grossa pinza di ferro sotto l'ascella.

Sotto lo sguardo pallato del francescano, il gesuita posò in terra il braciere dopo avervi gettato una generosa palettata d'incenso. Quindi prese a innaffiare la lettera di acqua santa, ma con una violenza tale che sembrava che, con quello stesso aspersorio con cui benediceva le case, stesse maledicendo la posta. Infine, presa la lettera con le pinze, la portò sopra i fumi dell'incenso agitandola per alcuni secondi, mentre il francescano, impietrito da quell'inopportuno sabba, non trovava niente di meglio che farsi il segno della croce, che di sicuro male non fa.

– Siate il benvenuto, fratello Damiano, e perdonateci di questa nostra bizzarra accoglienza – disse padre Gioacchino, porgendo la lettera attraverso la grata dopo averla letta. – Il morbo impazza in Firenze e fuori, e dobbiamo cautelarci, sia con le lettere che con gli sconosciuti.

– Dunque fate così con tutte le lettere?

– Sia in arrivo che in partenza – confermò il gesuita. – Sia quelle che affidiamo al messo di posta, sia quelle che arrivano da congiunti o servitori. All'inizio le esponevamo alla fiamma viva, poi dopo che una lettera di credito del valore di cinquanta scudi è andata bruciata abbiamo adottato il metodo dei fumi. Le missive si impregnano un po' d'incenso, ma fosse questo il male...

– Una lettera di credito da cinquanta scudi? – Frate Damiano guardò il saio di stoffa pregiata del suo compagno di confessioni. – Dovete essere un monastero ben prospero.

– Ahimè, fratello Damiano, assai poco se non per nulla. Questo è un monastero di clarisse, fratello, le vostre consorelle. Molto ligie alla regola della fondatrice. E guidate con mano di ferro.

– Sì, ho notato che la madre superiora sembra essere piuttosto attenta.

– Questo è per gli impostori, fratello Damiano. Voi venite da Velletri, dove la pestilenza non è arrivata, e non avete idea di quante persone in Firenze si procurano una tonaca per avere dei vantaggi.

Frate Damiano annuì lentamente, con la testa. Sapeva che a Firenze, come d'altronde in molte città dove infuriava il morbo, i religiosi avevano libertà di muoversi molto più del resto della popolazione. Una libertà che non era vista come privilegio, anzi. Era sulle spalle dei religiosi che ricadeva quasi completamente la responsabilità di assistere i malati; perché solo i ricchi si facevano curare a casa, dal medico. Ai poveri, la maggioranza, toccava il lazzeretto, e nel lazzeretto c'erano solo monache e frati.

Ad ogni modo, appartenere a un ordine religioso portava con sé una possibilità di uscire di casa che gli altri non avevano, un po' come gli sportivi agonisti durante il lockdown. Estrapolando, sarebbe facile evincere che lo sport è la nuova religione, ma ragionare per estrapolazione su argomenti complessi non è quasi mai una buona idea. A volte però funziona: così come ai tempi nostri si sono visti sessantenni con addosso una tuta di trent'anni prima tentare di convincere il vigile che si stavano allenando per la maratona di New York, all'epoca non era raro che le persone comuni si travestissero da frate per andare a far visita alla ganza, o per trovare ospitalità in qualche convento dove si stava al riparo dal contagio – e, oltretutto, si mangiava gratis.

– Ne abbiamo cacciati a pedate più d'uno quest'estate, e non mi fate la predica francescana che non abbiamo accolto i sofferenti. O meglio, se volete potete farla alla reverendissima madre superiora. Tanto non vi ascolterà. – Padre Gioacchino guardò il frate, alto e smagrito sotto l'abito talare. – Se, però, foste venuto a Firenze figurandovi pasti luculliani sulle colline, debbo deludervi. Qui si tira la cinghia.

– Sono un francescano, la povertà è casa mia. Voi, piuttosto… Cosa porta un gesuita tra queste mura?

– Come voi, venni destinato qui per fare da padre confessore.

– E vi trovate bene? Voi sarete abituato a ben altri auditori.

– Devo confessarvi, fratello Damiano, che anche in questo povero monastero abbiamo una grande ricchezza. – Padre Gioacchino sorrise, infilando i pollici nel cordone del saio. – Una grande ricchezza – ripeté. – Tra le nostre monache, ci sono le figlie di un grand'uomo. Una delle più brillanti menti del nostro tempo.

– Ma porca vacca…

– Padre, suvvia, contenetevi. Siete pur sempre in un monastero.

– E difatti – disse Galileo, tossicchiando – non ho mica offeso l'Altissimo, sempre sia lodato.

– Padre... – disse la suora da dietro la grata, con un'inflessione inflessibile nella voce. Del resto, anche se il padre era uno degli scienziati più importanti d'Europa era pur sempre a casa sua, oltre che a casa del Signore.

– Sì, Celeste. Avete ragione – convenne Galileo. – Ma comprenderete anche voi che stavo per soffocare.

– È che forse dovreste evitare di parlare quando vi accingete a prendere un boccone – rispose la suora, mentre con la mano ripuliva dalle briciole della torta salata la propria parte di tavola al di là della grata.

La regola dell'Ordine proibiva ai visitatori di entrare nel refettorio in cui le suore consumavano i loro magri pasti, ma il convento era dotato di un parlatorio (dotato a sua volta di grata regolamentare) dove le religiose potevano ricevere i parenti a cena con il necessario decoro, condividendo chiacchiere e companatico alla stessa tavola, pur se impediti agli abbracci e alle effusioni. Alcuni anni prima, invitando Galileo a rimanere a cena, suor Maria Celeste gli aveva detto che non c'era alcun problema nel fermarsi a mangiare, perché l'eventuale scomunica sarebbe toccata alla tovaglia e non alle vivande. Così, non di rado il padre e la figlia avevano cenato alla stessa tavola; quella però era la prima volta che lo facevano da quando il padre si era trasferito lì da Bellosguardo.

E poco ci mancò che fosse l'ultima, perché pochi secondi prima, mentre il grande scienziato parlava, gli era andato di traverso un boccone di torta di uova e spinaci, e per liberarsene aveva tossito e di conseguenza proiettato (con traiettoria rigorosamente parabolica, come del resto scoperto da Galileo stesso) una gragnuola di proiettili edibili al di là della pesante grata di ferro che lo separava dalla figlia. La quale, dopo averlo rimproverato, sporse la mano attraverso le maglie della gabbia e spolverò via gli ultimi residui del disastro dal davanti della veste del padre.

– Lasciate, lasciate, Celeste. Avete ragione, parlo sempre. Qua, ecco.

Galileo si versò un robusto bicchiere di vino, e ne buttò giù mezzo in una generosa sorsata. Posato il bicchiere, si accorse che la figlia lo guardava con vago rimprovero.

– Mi era rimasta qui a mezza strada una qualche briciola.

– Forse sarebbe meglio che non indulgeste più al vino per stasera, padre.

– Credo che ne sia rimasto ancora un poco per voi…

Silenzio. Anche al di là della maglia di ferro, l'espressione di suor Celeste era chiaramente quella di chi chiede di non venir presa per il retro della tonaca.

Era cosa nota ai contemporanei, i quali lo avrebbero tramandato ai posteri, che Galileo apprezzasse parecchio il buon vino; della cosa ne aveva anche approfittato Orazio Grassi, il gesuita che si era visto meleggiare un decennio prima dal toscano sulla questione delle comete nel *Saggiatore*, e al quale erano rimasti ben pochi argomenti, tra cui quello – sempre apprezzato dai filosofi a corto di ragioni – di attaccare direttamente l'avversario, non sapendo contestare le sue idee. Il Grassi, infatti, nel riferirsi al libro e al suo responsabile era solito dire che il *Saggiatore* era opera dell'Assaggiatore.

– Sì, è che questa faccenda della stampa del libro mi rende nervoso – riconobbe Galileo. – Già va a rilento, e poi…

– E poi?

– Dovrò fare delle modifiche – disse Galileo, portando la mano al bicchiere e ritirandola subito dopo. – Ma non so se voi potreste...

– Come mai dovete apportare delle correzioni? Il Santo Uffizio ha trovato qualcosa di disdicevole, contro le Scritture?

– No, figlia mia, statene pur tranquilla.

– Lo sapete, vivo nel timore che il vostro scritto venga giudicato per quello che non è. Avete forse deciso di rivedere la vostra esposizione del fenomeno delle maree?

– Oggi avete tutti le maree nel capo. Lasciamo stare. No, figlia mia, è solo che ho ricevuto il nuovo libro dello Scheiner, nel quale il buon padre pur inventandosi nuove fandonie sul mio conto fa delle osservazioni buone e sensate sulle macchie solari, e ho sentito il dovere di commentarle.

– Ma certo, padre mio. Quando pensate di portarmele?

– Le ho già scritte, a dire il vero. Ma non vorrei distrarvi troppo dal vostro ufficio sacro, e dai vostri lavori...

– Per me è un onore, padre, lo sapete. Sono solo piena di gioia nel poter aiutare il più grande sapiente della cristianità.

– Voi mi confondete... – disse Galileo, tirando fuori dalla tasca un cospicuo numero di fogli ripiegati e legati con un laccio di cuoio.

Con mano esperta e nodosa li piegò in un rotolo, e li passò alla figlia tra le maglie. Più tardi, a lume di candela, suor Maria Celeste li avrebbe ricopiati a mano. La scrittura di Galileo, piccola e sgorbiosa, inclinata verso l'alto o verso il basso a seconda di come era messo, se seduto o sdraiato, sarebbe rimasta oscura e quasi indecifrabile per il tipografo Landini; la monaca, da tempo, faceva da tramite, traducendo i caratteri faticosi del padre in una grafia elegante e leggibile, con le «d» inclinate nel verso opposto della scrittura e le maiuscole arricchite da svolazzi.

– Comincerò stasera stessa. Potrei avere il beneficio di farle leggere a suor Agnese, come il resto, una volta che le avrò copiate? Le farebbe un enorme piacere.

Galileo sorrise, per la prima volta da quando si era seduto davanti alla figlia.

Era noto al padre, e tanto di più alla figlia, che molte religiose entravano in convento spinte da qualcosa di diverso dalla vocazione.

Nel prezioso libro *La monaca perfetta*, pubblicato pochi anni prima dal preposto di Trezzo padre Carlo Andrea Basso, si elencavano vari motivi per cui le ragazze si fanno monache quando non dovrebbero:

I) *Quelle che si fanno monache contra lor voglia per timore, o importunità de' parenti* (trad. le figlie di una casata nobiliare il cui padre non vuole disperdere il patrimonio dando loro una dote per il matrimonio)

II) *Quelle che si fanno monache per non haver dote competente per maritarsi, conforme allo stato loro, overo come vorrebbero* (trad. le figlie di una famiglia che non può proprio permettersela, la dote per il matrimonio)

III) *Quelle che si fanno monache per esser brutte o perché patiscono qualche difetto nel corpo* (trad. inutile, ma facciamo notare che alla fin fine si parla sempre di difficile accesso al matrimonio)

IV) *Quelle che si fanno monache principalmente per l'affettione che portano alla parente, overo all'amica nel monastero* (trad. anche nel Seicento c'erano donne che disdegnavano i maschi, ma non necessariamente il concetto di matrimonio).

Mancava, a questo pur lodevole elenco, una quinta ragione: le ragazze che si facevano monache per poter studiare. Per accedere a una cultura che altrimenti sarebbe stata loro preclusa dal matrimonio e dalla nidiata di figli conseguenti.

Dorotea Zannoni da Peretola, in arte suor Agnese, era una di queste.

Era arrivata in convento come novizia, cinque o sei anni prima, e fin da subito aveva mostrato una intelligenza fuori dal comune. Sapeva già leggere e scrivere – aveva imparato per conto proprio dal padre, un ricco mercante di granaglie –, e i motivi per cui si era fatta monaca, al di là dell'eventuale vocazione, erano abbastanza chiari. La ragione I dell'elenco sopra riportato era totalmente da escludersi, così come la ragione II – un conoscente superficiale avrebbe potuto al limite indicare una qualsiasi delle due voci III e IV, la prima palese e l'altra plausibile, ma avrebbe comunque sbagliato. Suor Agnese era lì per studiare, per imparare, per conoscere, e non si limitava alla Bibbia e ai suoi corollari. Aveva letto Aristotele, aveva letto sant'Agostino, aveva letto addirittura gli *Elementi* di Euclide. E, con sgomento di quasi tutte le consorelle, era proprio quest'ultimo il libro che l'aveva conquistata. L'unica che trovava lodevole questa sua attitudine era la figlia dell'uomo che aveva donato al monastero la propria copia del libro di Euclide – cioè, suor Maria Celeste. La quale, quando ancora si faceva chiamare Virginia, aveva passato notti intere accanto a suo padre a guardare le stelle, da dentro un cannocchiale immerso nell'oscurità della notte, coi piedi dentro un cortile di una casa di Padova e gli occhi smarriti nella Via Lattea.

– Anche a me farebbe piacere sapermi letto da suor Agnese. È una giovine davvero appassionata. Salutatemela caramente.

– Anche lei vi saluta. Anzi, vi manda a dire che se domani potrete passare a trovarci vorrebbe discutere con voi della lettera che vi ha mandato.

– Volentieri, Celeste, volentieri. Spero che la madre badessa non faccia difficoltà. Voi cosa dite, suor Maria Cleofe?

Suor Maria Cleofe, sentendo chiamare il suo nome, smise di russare e tirò su la testa:

– Eh? Che c'è?

– Mi chiedevo, sorella, se ci fosse qualche impedimento a fare visita a suor Agnese domani. So bene che non sono un congiunto, ma suor Celeste, mia figlia, ha questa ragazza molto cara.

Suor Maria Cleofe era la suora ascoltatrice, ovvero una delle professe del convento che aveva il ruolo di presenziare agli incontri tra le monache e i parenti, vigilando, o meglio, ascoltando, dato che con tutte quelle sbarre di ferro non era ben chiaro in cosa altro potessero eccedere il decoro, e la probabilità che attraverso la grata una monaca e il suo parentado si scambiassero candelotti di dinamite era trascurabile. Ascoltava, quindi, assicurandosi che le parole che filtravano oltre la rete fossero appropriate. Di solito, erano discorsi più che innocui: la salute di una vecchia zia, la vendita di un podere, la richiesta di pregare per qualcuno che stava per nascere o viceversa. Purtroppo, i discorsi fra Galileo e la figlia prediletta spesso erano un filino più complessi: parlavano di stelle e parallassi, di corretta scrittura delle formule geometriche, del moto delle macchie solari eccetera eccetera, per cui quasi sempre suor Maria Cleofe – oltretutto già piegata dai severi risvegli mattutini – cadeva in un sonno così profondo, che i due avrebbero potuto anche organizzare un attentato contro il Papa.

– Ah, sì, certo. Parlerò stasera stessa con la reverenda madre. Non credo avrete problemi.

– Vi ringrazio, sorella – disse suor Celeste. – A suor Agnese farebbe veramente piacere, e anche al mio signor padre.

– Grandemente – confermò Galileo annuendo. – E non vi nascondo che mi farebbe enorme piacere fare qualcosa d'altro per voi. Davvero, c'è altro di cui avreste bisogno?

– Potremmo chiedergli un altro padre confessore – disse suor Arcangela. – È proprio quello che ci mancava, un'altra bocca da sfamare.

– Ma non è arrivato oggi, un ulteriore padre confessore? – chiese suor Achillea, officinaria del monastero, una brava donnetta di una cinquantina d'anni che, se non fosse irrispettoso visto che si parla di una monaca, potremmo definire un po' rintronata.

– L'avete visto? – disse suor Chiara. – È giovane, è bello ed è francescano. Per quello che mi riguarda va benissimo. Dovremo stare insieme in perfetta letizia, come si conviene ai nostri ordini.

Risatine.

– Siete maliziose, sorelle – ribatté suor Achillea. – L'importante è che sia un buon confessore.

– State serena, suor Achillea. Se si tratta di stare con noi nel segreto del confessionale, al buio e da sole, vedrete che saprà assolvere al suo compito degnamente – disse suor Lucia.

Risatone.

– Che ne dite, suor Celeste? – chiese suor Arcangela con aria, invece, molto seria. – Sarà un bravo confessore, questo frate Damiano? Diteci, voi che un giorno guiderete questo convento. Che ve ne pare del nuovo pastore delle nostre anime?

– Siete ingiusta e precipitosa, sorella – rispose suor Maria Celeste, mentre ricopiava lentamente i fogli che le erano stati affidati. – E anche maleducata. Il nostro signor padre ha chiesto di voi come prima cosa, oggi quando è arrivato, e voi non vi siete degnata nemmeno di un saluto.

– Avete ragione. Potrò salutarlo quando torna. Non importa che si affanni ad avvertire, può essere sicuro di trovarmi qui.

Suor Maria Celeste tenne gli occhi sul tavolo, e strinse le labbra.

In convento, si notava prima, bisognerebbe entrare solo per autentica vocazione, e la primogenita di Galileo ne aveva per due; il rovescio della medaglia è che in questo modo era toccata tutta a lei, mentre sua sorella Livia ne era rimasta completamente priva. Purtroppo, però, a San Matteo erano state schioccate tutte e due.

– A meno che non sia da qualche altra parte, certo – continuava intanto suor Arcangela. – Cioè sotto terra. L'unico posto in cui mi sarà consentito andare, via da questo misero convento schifoso in cui il nostro signor padre ci ha rinchiuso.

E così Livia aveva indossato il saio e scelto il nome di suor Arcangela; sarebbe stata una delle ultime decisioni della sua vita prese completamente da sola.

– Non che sia impossibile, eh. A Dio piacendo verrà l'inverno, e ci toccherà affrontarlo come abbiamo sempre fatto.

Cioè abbaiando dal freddo e dalla fame. Così vedremo quante di noi durante l'inverno resteranno sdraiate quando suona il mattutino.

Una delle ultime, ma non l'ultima; perché subito dopo ne aveva prese altre due. La prima, non avrebbe mai più rivolto la parola né per scritto né per via orale al padre. La seconda, rompere i coglioni in maniera sistematica a chiunque vivesse in convento. Entrambi i propositi, finora, erano stati pienamente rispettati.

– Ma io mi domando e dico – continuava intanto suor Arcangela – non bastava scegliere l'ordine più pulcioso e miserando di tutta la cristianità? No, anche nel convento più dannatamente povero dovevamo finire.

– Certo, suor Maria Celeste, sono anni che il vostro signor padre ci promette aiuto – disse suor Lucia, con voce un po' lagnosa, ma sincera. – Che dice che scriverà al Papa suo protettore e suo grande adulatore per venire incontro ai nostri bisogni. Dove sono tutte queste sue promesse, adesso?

– Ecco, brava. Ho sentito i parenti di suor Benedetta, giusto ieri l'altro. Le clarisse del Nord Italia hanno proprietà, hanno possedimenti. Terra grassa, vigne, olivi. Alcune hanno anche animali. Noi, a parte suor Taddea, quali animali abbiamo mai avuto?

Suor Maria Celeste strinse le labbra ancor di più. Anche perché su questo era necessario tacere.

Anni prima, Galileo aveva chiesto alla figlia di che cosa avesse più bisogno il convento. Aveva intenzione di rivolgere una supplica al Papa perché concedesse alle monache di San Matteo un beneficio. Una concessione, un terreno da poter vendere o affittare e da cui trarre sostentamento.

Ma la cosa non era facile. Non tanto per la scarsità di terreni, che di quello la Chiesa di Roma non è mai stata troppo a corto, ma proprio perché le clarisse facevano dell'astinenza il proprio valore principale. La stessa santa Chiara aveva combattuto, duramente, per mantenere il proprio diritto a non possedere nulla. Ma Galileo, preoccupato per la salute della figlia, aveva insistito, e alla fine si era sentito chiedere qualcosa. Qualcosa che lo aveva stupito.

> *Cosa che a noi indubitatamente sarebbe molto utile e a Vostra Signoria molto facile ad ottenere; cioè che da Sua Santità ci impetrassi grazia che potessimo tener per nostro confessore un Regolare o Frate che dir lo vogliamo.*

In pratica, la figlia chiedeva un monaco come confessore e per dire messa. Un religioso vero. I vari cappellani che si erano alternati fino a quel momento nel convento erano a dir poco sordidi, ma l'ultimo si era particolarmente distinto per, diciamo così, libertà di costumi.

> *Ed è questo a noi tanto necessario che non si può dire, e per moltissime cause, alcune delle quali ho qui notate nell'inclusa carta che gli mando.*

Il giudizio sul cappellano, va detto, non era unanime: come spiegava suor Maria Celeste in un foglietto a parte, i comportamenti del prelato avevano, in realtà, fatto felici alcune giovani monache, ma indispettito per diversi motivi tutte le altre, da quelle veramente religiose a quelle veramente brutte.

E di grazia non ne parli niente con messer Benedetto, perché senz'altro lo manifesterebbe a suor Chiara, e lei poi a tutte le monache; ed eccoci rovinate, perché in fra tanti cervelli è impossibile che non ci siano variati umori.

Suor Celeste, quindi, aveva chiesto che venisse mandato un frate vero, un religioso autentico, che confessasse e non inducesse, e che ogni tre anni venisse cambiato come si faceva in tutti i monasteri. Ma lo aveva fatto in segreto, d'accordo col padre e di nascosto da suor Arcangela e soprattutto da suor Chiara, figlia di Benedetto Landucci e di Virginia, quella legittima, ovvero la sorella di Galileo. L'una, Arcangela, acida e vendicativa, e l'altra, Chiara, di carattere allegro e solare, ma talmente pettegola che per far sapere qualcosa a tutto il convento bastava dirlo a lei.

Galileo aveva, a malincuore, obbedito alla richiesta della figlia, l'unica delle due che ancora gli parlava: lasciati da parte i propositi di un ricco beneficio, da allora, ogni tre anni, al cambio della guardia, Galileo si premurava di ricordare ai suoi amici della diocesi di inviare al convento dove dimoravano le figlie dei veri religiosi. L'ultimo, tre mesi prima: al posto di padre Brenno, un domenicano gentile, vecchio abbastanza per essere saggio il giusto e per non far danni, era arrivato padre Gioacchino, un gesuita giovane e istruito, e a quanto pare anche beneducato. E ora, in sovrappiù, anche frate Damiano; a volte capitava che ne arrivassero due, e che convivessero in maniera più o meno pacifica.

Se si fosse venuto a sapere che, a causa sua, il monastero aveva barattato terreni e vigne con un confessore, non avrebbe fatto più vita.

– Avremmo bisogno di tela, di filo. Di vesti, di cibo, di vino. Di soldi per comprarceli. E cosa ci manda la Santa Sede? Un'altra bocca da sfamare. Un'altra bocca buona solo per parlare. Un confessore.

VI

Camminare, pensava il canonico

Dove Galileo incontra un illustre ex allievo, & la loro visita al convento è funestata da un'orribile scoperta

Camminare, pensava il canonico Cini, può essere sia piacevole sia sgradevole.

Camminare andando a zonzo per la città, o per la campagna, senza una meta precisa, oppure anche con una meta precisa ma senza l'affanno di doverci arrivare a un determinato orario, era meraviglioso, anzi, era uno dei passatempi preferiti del canonico. Già dover andare a piedi da una parte all'altra della città con l'obbligo di giungere in tempo, prima che il sole sorga o tramonti, era tutta un'altra faccenda; e quello era il modo usuale in cui camminava Niccolò Cini, già arciconsolo dell'Accademia della Crusca, canonico della Chiesa metropolitana di Firenze e soprattutto, in quel momento, commissario generale della Sanità per la parte sud di Firenze, dall'Arno verso Roma. Commissario generale con la pienissima autorità di fare e disfare, il che significava, a cose normali, fare avanti e indietro tutto il giorno tra il lazzeretto, la casa dei sospetti e la casa di convalescenza, fra appestati di ogni tipo.

In più c'erano le missioni speciali come quel giorno, quando ti dicevano di andare a ispezionare un convento perché correva voce che le suore facessero entrare i loro amanti, e il convento era ad Arcetri, tre chilometri e rotti da Palazzo Pitti, e se per caso c'era la possibilità di avere un cavallo bene, il tragitto sarebbe stato rapido, ma se invece non c'erano cavalli toccava andare a piedi, però alla svelta lo stesso, col passo teso e affrettato e il vestito che ti oscillava intorno, quell'assurda palandrana cerata che serviva solo a farti sudare ancora di più.

Il canonico si passò la mano sulla fronte lucida di sudore. C'era anche la tensione di fare il proprio dovere, certo. Un conto è essere decisi a fare il proprio dovere, e un altro è trovarlo facile, specialmente se devi entrare in un convento di clarisse e accertarti che alcune di queste non giochino a fare la monaca di Monza. Non aveva idea il canonico di come introdurre il discorso, e non sarebbe stato piacevole, ma gli ordini del Granduca erano ordini, e lui era intenzionato ad andare fino in fondo alla questione senza fermarsi di fronte a niente o a nessuno.

– Monsignor Niccolò.

A nessuno, si diceva.

– Ehi, monsignore, per di qua.

O quasi.

– Maestro Galileo! Che piacere vedervi. Che ci fate qui?

Dall'ampia finestra inginocchiata, Galileo fece spallucce, come se la risposta non avesse importanza.

– Ci abito, Niccolò. Ho affittato questa casa giusto pochi giorni orsono. Un affare, un vero affare. Quindici fiorini l'anno per la casa e la vigna, meno della metà di quanto pagavo prima. Ti inviterei per mostrartela, ma sono ancora tra le peste del trasloco e ci sono cassoni ovunque…

– Maestro, vi ringrazio, un'altra volta. Devo raggiungere il convento di San Matteo.

– Il convento di San Matteo? Non dovrai fare troppa fatica. È quel portone là.

– Ah. Non credevo fosse così vicino.

– Mai abbastanza vicino. Sai, mia figlia è professa in quel convento. Cioè, entrambe le mie figlie.

– Avete ragione, maestro. Me lo ero dimenticato.

Galileo scosse la testa.

– Non chiamarmi maestro, Niccolò, ti prego. Sono in imbarazzo, ormai sei una persona ben più importante di me.

– Permettetemi di dubitarne, Galileo. Voi siete uno dei più grandi pensatori d'Europa.

– Parla più forte, Niccolò. A Roma non ti sentono. Piuttosto, cosa ti porta al convento?

– È a causa dell'epidemia. Sua Signoria Eccellentissima si vuole sincerare delle condizioni delle case di ogni ordine religioso – rispose il canonico Cini. Visto che fra le professe di San Matteo c'erano entrambe le figlie di Galileo, forse non era il caso di dire esplicitamente «il Granduca ha paura che qualche suora rimanga incinta».

– Il nostro Ferdinando è veramente attento ai suoi sudditi. Aspettami un attimo, vengo con te.

Se proprio non se ne può fare a meno...

– Eccomi. Possiamo andare – disse Galileo uscendo di casa. – Perdonami se vengo vestito così, ma non ho tempo di vestirmi ammodo.

– L'abito non fa il monaco, maestro – disse il canonico Cini, incamminandosi. – In realtà, vi confesso, andrei anche io volentieri in giro vestito con i miei soliti indumenti, piuttosto che con questa cappa indosso.

Galileo, incamminandosi anche lui alla velocità di crociera adeguata per un genio anziano (mezzo braccio pistoiese al secondo, pari a circa 1 km/h), guardò l'allievo di tanti anni prima. Dalla testa ai piedi, il canonico Cini era paludato con un manto di tela cerata di colore rosso scuro che si agganciava alla testa con un cappuccio.

– Non avevo mai visto da vicino la veste medica.

– E non l'avete ancora vista intera. Per entrare in convento dovrò mettermi questo. – Il canonico frugò nella bisaccia e ne estrasse una specie di maschera steampunk: un becco di metallo con degli occhiali inchiodati sopra.

– Per coprire bocca, naso e viso e ripararli dai vapori del contagio – spiegò il canonico, mentre Galileo mirava. – Alcuni vi mettono delle erbe aromatiche dentro, io non le sopporto. Già a malapena riesco a respirare.

– Tiene molto caldo, ritengo.

– Sì, assolutamente. Ma il peggio è la veste, vi assicuro.

– E serve a qualcosa?

– Contro la peste? Ne dubito. Cosa può mai fare un velo di cera contro i miasmi del morbo? L'unica cosa positiva di questo trofano è che, scivolosa com'è, perlomeno le pulci non vi si attaccano.

Senza minimamente sospettare quanto significativa fosse l'ultima frase del Cini, Galileo continuò a camminare, si fa per dire, mentre accanto a lui il canonico friggeva. Va bene il rispetto per l'antico maestro, per quello che ti ha insegnato a guardare e a misurare il mondo, ma se andavano di questo passo sarebbero arrivati a buio. Certo, più tempo ci mettevano, più tempo aveva il Cini per pensare a come liberarsi di Galileo prima di parlare con la madre superiora e chiederle se era vero che le suore del suo convento erano solite trombare in orario di lavoro. Be', intanto incamminiamoci, poi ci penseremo.

– Sia lodato Gesù Cristo – disse il canonico, di fronte al cancello, dopo aver battuto un paio di volte col palmo della mano in modo robusto.

– Sempre sia lodato – rispose una voce al di là del cancello, in tono mesto e lacrimoso.

– Siete voi, padre Gioacchino?

– Messer Galileo, Dio vi benedica – disse il religioso, mostrandosi al di là del cancello con il volto rigato di lacrime. – Chi è con voi?

– Monsignor Niccolò Cini della Chiesa metropolitana, padre. Ma che succede?

– Una disgrazia, messere. Una nostra consorella, suor Agnese da Peretola.

– Suor Agnese? Oh, Padre Nostro... – disse Galileo. – Ma come è successo?

– È successo stanotte, messer Galileo. Tra mattutino e laudi, mentre tutti dormivano.

– Perdonate, padre – disse il canonico in tono asciutto. – Maestro Galileo non vi ha chiesto quando è successo, vi ha chiesto come.

Il canonico non era una persona insensibile, o cinica. Come dicono i killer professionisti, era solo lavoro.

Non di rado, quando qualcuno moriva di peste, i suoi conviventi facevano finta che avesse reso l'anima a Dio per qualche altra ragione, e scampare così l'inevitabile quarantena che ne sarebbe seguita. Lo facevano tutti, nobili e poveri, gentiluomini e beceri, laici o religiosi; ma, se per i laici bastava la visita del medico, per i conventi o i monasteri ci voleva un altro religioso.

Ed ecco che entrava in scena lui.

– Perdonate, monsignore, non ho capito bene il vostro nome...

– Niccolò Cini, canonico metropolitano di Firenze, e per volontà del Granduca in persona, commissario di Sanità.

– Per di qua, prego.

– Vi ringrazio, padre...

– Gioacchino da Rimini, monsignore. Sono il frate confessore del convento. Non c'era con voi anche messer Galileo?

– Credo sia andato a confortare sua figlia.

– Certo, certo. È un dolore per tutti noi, ma suor Maria Celeste era molto affezionata a suor Agnese. Anche messer Galileo, sapete. Era, si può dire, quasi il suo mentore, suor Agnese era molto appassionata della filosofia naturale, e messer Galileo le dedicava gran tempo. Un privilegio, che un così grand'uomo trovasse diletto nel discutere con una povera professa di santa Chiara, per di più con un carattere così chiuso e ostile. Si pensa che queste suore siano tutte ignoranti, ma credetemi...

– Padre, se non vi dispiace, debbo compiere il mio penoso dovere. È la prima visita della mia giornata, e non sarà certo l'ultima.

Padre Gioacchino annuì, diventando lievemente rosso. Anche se era il confessore del convento, e quindi giocava in casa, non poteva dimenticarsi che di fronte aveva il canonico metropolitano, cioè uno che giocava in serie A, non in uno sperduto convento di periferia. Inoltre, come si diceva prima a proposito dei gesuiti, obbedienza alla gerarchia ecclesiastica: e su chi fosse dei due il più alto in carica c'erano pochi dubbi.

– Ma sicuro, sicuro. Venite, vi prego. Non vi faremo perder tempo. D'altronde, – il gesuita si fece il segno della croce – non si tratta certo di peste, come avrete modo di constatare.

Perché quel segno di croce? Fatto in modo rapido, quasi vergognoso.

Camminando, erano usciti dal cortile per entrare in convento e adesso ne stavano uscendo di nuovo, da una porta che conduceva all'aperto. Lungo il tragitto Cini sentì un rumore sommesso e discreto: evidentemente le altre suore che, uscendo dalle loro celle, piangevano.

– Disgrazia, avete detto.

– Ahimè, monsignore. La nostra consorella è caduta da una finestra alta venti braccia dal suolo.

– Caduta dove?

– Esattamente là, sotto quei tigli – disse padre Gioacchino, facendo cenno col braccio.

Il canonico Cini a quel punto aumentò il passo, come se volesse arrivare accanto al corpo prima del gesuita. Ed eccolo lì, un povero fagotto che fino a poche ore prima aveva un'anima e un cuore che batteva, adesso era una bambola di stracci. Un corpo scomposto, rotto, sgangherato.

Il canonico si inginocchiò, scoprendole il viso. Era tumefatto. Sulla tempia, il velo era intriso di sangue.

Niccolò Cini ne aveva visti anche troppi di appestati, per avere il minimo sospetto. Quella non era una persona morta di peste. Quella povera ragazza era caduta da una finestra.

Li aveva visti, intendiamoci, i familiari buttare giù dalle finestre i morti per poi far finta che fossero deceduti proprio per quello, e non fossero già trapassati al momento in cui venivano abboccati al davanzale. Si faceva di tutto, per evitare la quarantena: anche maneggiare un appestato. Ma in quel caso non c'era tutto quel sangue. Invece qui... qui non c'erano dubbi, il cranio della povera monaca parlava da solo.

Il canonico sollevò la testa verso l'alto. Tra i rami rotti dei tigli si vedeva una finestra aperta, in cima alla torre campanaria.

– Sì – disse padre Gioacchino, interpretando il pensiero del canonico. – Crediamo che sorella Agnese sia caduta da quella finestra.

– In che senso?

– Non vi capisco, monsignore.

– Credete che la finestra sia quella, o credete che sia caduta?

Padre Gioacchino arrossì di nuovo, e nuovamente si fece il segno della croce. Ancora una volta in modo frettoloso, quasi vergognoso.

Il canonico si guardò intorno.

– Di chi è questo pezzo di terreno?

– Di messer Esaù Martellini, come tutto questo lato della collina.

– Non è del monastero, quindi.

– Ahimè, no. Magari.

Il canonico guardò di nuovo in alto, verso la finestra, e percorse con gli occhi lo spazio tra il convento e il terreno.

– Come se avesse voluto fuggire?

Padre Gioacchino chinò la testa, forse arrendendosi a quelle parole.

– Come se avesse voluto fuggire – confermò.

Non dal monastero. Non solo dal monastero.

– Ma non può essersi tolta la vita, padre. Non è possibile.

– Come puoi esserne certa, figlia mia?

Mai come in quel momento Galileo aveva maledetto quelle sbarre che gli impedivano di abbracciare la figlia.

Suor Maria Celeste, invece di rispondere, scosse la testa. Di questo, nonostante la penombra, era sicuro. Invece, che stessero scorrendo delle lacrime dagli occhi alle guance della ragazza poteva solo immaginarlo.

– Era una creatura piena di vita, piena di grazia di Dio. Perché dovrebbe aver compiuto questo gesto scellerato? Questo... questo peccato orribile?

L'anziano scienziato fece una piccola smorfia, come chi si cheta un attimo prima di parlare perché non sarebbe il caso. Galileo sapeva come si vive in un convento; anche lui, giovanissimo, era stato mandato dal padre come novizio nel monastero di Vallombrosa, dove le nuvole entravano dalla finestra della sua cella. Inverni rigidi, disciplina rigida e pasti magri; non era una vita per tutti, e non era così insolito che un professo o una professa decidessero di andare al Creatore usando quella triste scorciatoia. Anche in San Matteo era successo, qualche mese prima: la maestra delle novizie, una pazza invasata che urlava invece di parlare e che era insopportabile anche a Celeste stessa, aveva deciso di darsi la morte, prima prendendo il muro a testate e poi tagliandosi le vene con un coltellino.

Coltellino che poi aveva provato a far sparire nelle tasche del confessore quando era andato a darle l'estrema unzione, perché fra le chiorbate e il dissanguamento si temeva che i due tentativi sommati avrebbero dato esito in tempo breve. Ma la morte, in sé e per sé, la monaca non la temeva: anni e anni di addestramento in cui le avevano promesso che al di là della vita terrena c'era ad attenderla un paradiso celeste, fatto di concerti d'arpa e passeggiate sulle nuvole, avevano dato i loro frutti.

Ciò di cui aveva paura la povera donna era di non venir seppellita in terra consacrata. E quindi, nella sua povera testa già minata da decenni di rintronamento ecumenico oltre che da un certo numero di gagliardi frontini nel muro, aveva stabilito che, se non le ritrovavano il coltellino addosso, gli uomini non avrebbero avuto le prove del suicidio e l'avrebbero sepolta nella sala d'attesa giusta, quella per il cielo. Sperava che il Signore non si sarebbe accorto del suo triste inganno, così macerata da decenni di propaganda da non essere più capace di rendersi conto che l'Onnipotente poteva perdonare ben più di questo.

– E poi non vedeva l'ora di incontrarvi, di parlare con voi. Ieri stesso me lo aveva detto. Perché avrebbe dovuto fare questo? In nome di Dio, padre, vi sembra possibile?

E questo era un argomento valido, apparentemente. Non decisivo, questo no: spesso, troppo spesso, chi è davvero deciso a togliersi la vita nei giorni e nelle ore precedenti si comporta come se niente fosse.

Galileo tese una mano attraverso la grata. Suor Celeste la prese e la avvolse nelle sue.

– Padre, voi sapete che io cerco di non…

– Figlia mia, chiedetemi cosa volete. Non si fa mai peccato a domandare.

– Padre, io sono sicura che la povera suor Agnese non si sia tolta la vita. Potreste aiutarmi a dimostrarlo?

Galileo strinse la mano dentro quelle della figlia.

– Celeste, qui dentro io non ho nessuna autorità. E poi non

è compito mio. Non posso lamentarmi che la Chiesa si faccia astronoma e poi farmi chierico.

Galileo tacque, per un attimo. Al di là dell'inferriata, poteva avvertire chiaramente dei singhiozzi. E, se vi state chiedendo se per caso il grande matematico e fisico pisano in quell'esatto momento si sentisse una merda, possiamo rassicurarvi: si sentiva una merda.

– A occuparsi della faccenda c'è monsignor Niccolò Cini, il canonico metropolitano. Siamo giunti insieme stamani. È una persona intelligente e capace.

– Ve l'ho sempre sentito dire – disse dopo un attimo suor Maria Celeste, dopo aver tirato su col naso.

– Gli parlerò subito dei vostri convincimenti. Se c'è qualcuno che può fare qualcosa, è lui.

– Eh, certo, se c'è qualcuno che può fare qualcosa è lui, il canonico Cini. Cioè qualcun altro, non certo il nostro signor padre.

– Siete ingiusta come sempre, Arcangela – rispose suor Celeste. – Nostro padre ha molte cose a cui pensare, ben più importanti.

– Invece monsignor Cini non ha niente da fare, certo – ridacchiò suor Arcangela. – Quel signore che adesso sta parlando con la reverenda madre è il più importante membro del consiglio di Sanità. Però, secondo il nostro signor padre, ci deve pensare lui ai nostri problemi. Meno male che a suor Agnese ci pensavamo noi...

– Cosa intendete dire?

Suor Arcangela si fermò un attimo, prima di riprendere.

– Intendo che suor Agnese era la più intelligente di tutte

noi, e guardate dove la tenevamo rinchiusa. Mica era come me, che son sempre malata e sempre stata stupida, buona solo per il telaio e la preghiera. Una persona così avrebbe dovuto andare per il mondo a mostrare il suo genio, come il nostro signor padre, o come la Artemisia Gentileschi che tanto nostro padre ammira. E invece era finita qui drento a marcire.

– Siete crudele con voi stessa, Arcangela.

E bugiarda con tua sorella. Suor Maria Celeste era obbediente e devota, mica scema. *Meno male che a suor Agnese ci pensavamo noi.* Noi chi?

VII

Pater noster, qui es in cælis

Dove il canonico Cini interroga suor Benedetta,
& Galileo discute con frate Damiano sulla natura dell'insegnare

«... *Pater noster, qui es in cælis, sanctificetur Nomen Tuum...*»

– Vi ringrazio ancora, monsignore – disse la voce di suor Benedetta, la suora vicaria, con tono solenne. – Riferirete alla magistratura che non c'è alcuna ombra di morbo nella morte della nostra sciagurata sorella?

– Uscito di qui, farò quello che è mio dovere – rispose il canonico Cini, in piedi di fronte all'inferriata del parlatorio. Da dentro la chiesa, si sentiva rimbombare lontano la voce di trenta monache che recitavano il padrenostro, sotto la guida di suor Caterina, la madre badessa, che conduceva l'ufficio sacro, lasciando a guardia del convento la propria vicaria: una donna dalla voce più vecchia che giovane, talmente lontana e flebile che sembrava arrivare direttamente da sotto il pavimento.

«... *adveniat Regnum Tuum, fiat voluntas Tua...*»

– Voi capite, monsignore, che dobbiamo approfittare dell'ottobrata quanto più possibile. È vitale che il convento non sia messo in quarantena proprio ora.

Il canonico Cini si guardò intorno, fugace, senza parere, mentre la voce delle professe e delle converse dipanava il decimo, o forse era il ventesimo, dei cinquanta padrenostri prescritti dalla regola per la morte di una consorella.

Alcune parti della regola di santa Chiara si erano ammorbidite nel tempo, altre erano rimaste invariate. Invariata era rimasta la norma dei cinquanta padrenostri, così come invariata era rimasta quella della clausura. Per cui, quando la vicaria accennava di approfittare dell'ottobrata, il lettore contemporaneo non si deve immaginare frotte di suore a prendere il sole in costume da bagno sul tetto del convento.

«... *Panem nostrum cotidianum da nobis hodie, et dimitte nobis debita nostra...*»

– Finché continua questa calura la gente non accende il forno, e noi possiamo vendere il pane. Se ci chiudete, moriamo di fame.

Già, il pane. Da quello, anche da quello, passava la sopravvivenza del convento di San Matteo. Non il pane che mangiavano, ma quello che vendevano. *Ora et labora*, diceva la regola dei conventi. Prega e lavora. Quanto al pregare, il canonico poteva sentire con le sue stesse orecchie che le suore non lesinavano sforzo; ma anche sul lavoro le monache di San Matteo non battevano esattamente la fiacca. Le orticellarie coltivavano frutta e verdura, le conservarie facevano dolci, liquori e medicinali a base di erbe, le ausiliarie ricamavano tutto quello che veniva loro richiesto: pizzi, merletti, tovaglie e collari. E col caldo, appunto, il pane, per tutto il paese o quasi.

Ma se il convento fosse stato messo in quarantena, tutto questo non sarebbe stato possibile.

L'unica possibilità di sussistenza era nelle elemosine, nei denari che ricchi e meno ricchi di Firenze mettevano nelle mani della suora ruotara. Poco prima di incontrare suor Benedetta, sulla ruota delle offerte il canonico aveva depositato un sacchettino di pelle: venticinque scudi per il convento, consegnatigli dal segretario di Stato e stanziati apposta dai commissari di Sanità per pagare due monache affinché pregassero giorno e notte per la salvezza di Firenze.

«*... sicut et nos dimittimus debitoribus nostris...*»

– Sorella, non dubitate. Riferirò al magistrato di Sanità oggi stesso che sulla morte di suor Agnese non sussiste dubbio alcuno.

– Ne sono certa, monsignore – disse la voce della vicaria dal buio a quadretti dietro l'inferriata. – Sono due anni che affrontiamo la pestilenza con fiducia nel Signore, ma occorre che chi come noi è servitore dell'Onnipotente non indugi ad accordarci il suo favore.

«*...et ne nos inducas in tentationem, sed libera nos a Malo...*»

– Perdonatemi, vicaria, ma purtroppo questo è il motivo per cui sono qui. Non sono stato chiamato a seguito di questo evento luttuoso, ma ho potuto constatare che non c'è traccia di morbo e come vi ho già detto io farò il mio dovere. O meglio, i miei doveri. Il mio dovere verso di voi nei confronti di Sua Altezza Serenissima il Granduca, e il mio dovere verso Sua Altezza Serenissima nei vostri.

– Non vi capisco, monsignore.

«*... Pater noster, qui es in cælis...*»

– Iddio Onnipotente, sorella, vede tutto e sa tutto dei nostri comportamenti. Non bastano certo le preghiere, se i comportamenti non sono virtuosi.

– Continuo a non capirvi. Siamo monache di clausura devote a santa Chiara.

– Suor Benedetta, suor Agnese è morta precipitando da una finestra.

– Precipitare da una finestra non è peccato, monsignore.

Ah, te la vuoi giocare così? Vuoi fare finta che la poveretta sia caduta per accidente, e che non si sia suicidata?

– E come mai si trovava lassù e non nella sua cella?

– Suor Agnese andava sovente a osservare le stelle dalla torre campanaria, con il cannone occhiale regalatoci da messer Galileo.

Il canonico prese un profondo respiro.

– Girano voci sul vostro convento, sorella. Voci che vanno dall'Impruneta sino al Casentino. Voci sul comportamento di alcune monache.

La risatina della suora sembrò il rumore di un coltello su una grattugia.

– Sono solo voci, monsignore – disse, col tono di chi racconta a un bambino. – Da quando in qua il canonico metropolitano di Firenze si interessa alle voci che girano nel contado?

– Da quando il Granduca glielo ha ordinato.

Suor Benedetta rimase muta.

– Vedete – continuò il canonico – Sua Altezza è preoccupato che il comportamento di alcune delle vostre consorelle non sia virtuoso, e che questo possa vanificare le vostre e le nostre preghiere per allontanare il morbo.

«*... fiat voluntas Tuam...*»

– Di fronte a Sua Altezza non posso fare altro che chinare il capo, monsignore. Ditemi, chiedetemi pure cosa volete.

– Chi sono le consorelle più importanti per il buon andamento del convento? Quelle con i compiti più delicati?

– Già conoscete suor Caterina Angela Anselmi, la nostra reverenda madre superiora; poi l'officinaria, suor Achillea, che prepara i cataplasmi e le pozioni per le inferme; la portinara, suor Agata, che ha le chiavi di tutto il convento, e la provveditora, suor Arcangela, che provvede alle economie del convento e dei laboratori.

Bene. Quella che mi interessa veramente è la portinara, ma non voglio far irritare subito la badessa.

– Vorrei allora intanto, sorella, parlare con la reverendissima madre superiora.

– Come volete, monsignore. Terminato l'ufficio per la defunta, potrete senza dubbio parlarle.

«... *amen...*»

– Se n'è già andato, monsignor Cini?

Da sotto i tigli del terreno del Martellini, i due frati voltarono la testa. Galileo era spuntato da dietro l'angolo del muro di cinta, e adesso si stava avvicinando a passo lento e misurato.

– È rientrato da qualche tempo, per parlare con la badessa, e credo avesse una certa premura – disse padre Gioacchino.

– Mi rincresce. Avrei voluto discorrerci un poco, ma capisco che i suoi doveri siano molti.

– Ho sentito che monsignor Cini vi chiama maestro – disse padre Gioacchino con aria curiosa. – È stato davvero vostro allievo?

– Sì, sì. Nello Studio pisano, sono vent'anni e più oramai. Tenevo lezioni di matematica e di astronomia.

– Vi porta molto rispetto – notò frate Damiano.

– E io a lui. Sapete, è merito suo se ho ancora il mio stipendio.

– Merito suo? – chiese padre Gioacchino.

– Era il novembre di due anni fa – rispose Galileo, annuendo lento. – Alcuni buontemponi della vostra congrega, padre

Gioacchino, ma non della vostra intelligenza, tentarono di far sospendere la provvigione che mi giunge dallo Studio pisano.

Rieccoci. Sembrava strano che non se la fosse ancora presa coi gesuiti, Galileo. Eravamo quasi a fine capitolo.

– E come mai?

– Ah, chiedetelo a loro. Presero a pretesto che i lettori dello Studio erano pagati con i proventi delle decime ecclesiastiche che erano state concesse dal Papa al Granduca solo a quel fine, e sostenevano che non me lo meritavo.

– E perché, di grazia?

– Perché non risiedevo in Pisa – ridacchiò Galileo. – Né tantomeno vi risiedo oggi. Ma il buon canonico Cini, richiesto di un parere, si schierò dalla mia parte, così come fecero altri uomini di Chiesa, fra i quali padre Cosimo de' Pazzi e padre Lorenzo Incuria, gesuiti come padre Gioacchino e come il mio accusatore, del quale per decenza tacerò il nome. D'altronde, è pratica comune tra alcuni membri della Compagnia di celare il proprio nome, anche dietro pseudonimi alquanto astrusi.

Qui, non era chiaro a chi Galileo si riferisse. Forse al padre Scheiner, che si era nascosto dietro il mitologico Apelle, o forse a Orazio Grassi, il destinatario del *Saggiatore*, che aveva pubblicato la sua *Libra* facendo finta di chiamarsi Lotario Sarsi. Non che Galileo fosse da meno, eh: la *Libra* era la risposta al *Discorso sulle Comete*, che lo scienziato pisano aveva pubblicato facendolo firmare al suo allievo Mario Guiducci. Insomma, chi è senza peccato scagli la prima pietra, e speriamo che non passi la Madonna.

– E come facevate a tenere lezione a Pisa se non vi risiedete? – chiese frate Damiano.

– Non lo facevo. Da lungo tempo. Non avevo alcun obbligo di tenere lezione né di abitare a Pisa, il che, sia detto *inter nos*, mi fu di grande vantaggio per la salute: Pisa è la città più umida che io abbia mai abitato.

– E vi venne permesso? – disse frate Damiano.

– Erano questi i termini del contratto… – Galileo s'interruppe e strizzò gli occhi. – Vi vedo contrariato, fratello Damiano.

– Perdonate, messer Galileo, lo sono. – E si vedeva. – Non capisco perché il Granduca di Toscana vi debba pagare come matematico per delle lezioni che non fate.

– Difatti mi paga come matematico, non per fare delle lezioni – disse Galileo, tentando di alleggerire il tono, dato che gli sembrava che il francescano stesse prendendo una puntina di acido nella voce.

– E in che cosa consisterebbe, il vostro fare matematico? Per cosa vi viene pagata, questa provvisione, mentre queste povere monache patiscono il freddo e la fame?

– Per cosa mi viene pagata, dite. Non so se sono in grado di rispondervi.

– Ebbene, vi chiederei ugualmente di provarci. Mi dicono che siete un magnifico oratore, oltre che un grande docente.

Mentre padre Gioacchino tossicchiava – non era chiaro se per l'imbarazzo o per un principio di raffreddore, ma dato il caldo dell'ottobrata ci sentiamo di escludere la seconda ipotesi –, Galileo si grattò la testa e guardò il giovane frate dal basso in alto. Il francescano, oltre ad essere diritto come un palo, sorpassava il filosofo di tutta la testa. Bello, giovane e sfrontato, fermo nel vento come in un film degli anni Cinquanta.

– Bene, allora. Nulla meglio dell'esperienza per imparare. Padre Gioacchino, potete prendere una pietra e andare a venti passi da noi?

Padre Gioacchino, gesuita nell'anima, obbedì alla lettera e dopo aver raccolto una pietra si allontanò senza dire niente.

– Adesso, frate Damiano, vorrei che voi guardaste con la massima attenzione. Padre Gioacchino, tirate la pietra verso quel tiglio.

Il gesuita soppesò la pietra, poi tirò indietro il braccio e la scagliò con gagliardia. Il sasso descrisse un arco di fronte agli altri due, per poi fermarsi a terra a qualche metro (pardon, a qualche braccio) dall'albero.

– Avete visto? Come descrivereste quello che è appena successo?

– La pietra è partita dalla mano del padre ed è caduta a terra.

– Molto bene. Come è caduta? Ha fatto una linea retta e poi, esaurito l'impeto, si è arrestata di colpo ed è crollata a terra, in verticale, diritta come la vostra schiena?

Il francescano fece una risatina.

– Ma no. Ha fatto una curva. Lo sanno tutti.

– Non tutti. Aristotele dice il contrario.

Frate Damiano smise di ridere.

– Adesso, se uno scolaro vi domandasse che tragitto descrive un proiettile quando viene scagliato, voi cosa gli rispondereste? Come vi hanno mostrato i vostri occhi, o come insegna Aristotele? Gli renderei un buon servizio se gli dicessi che cade come dicevano i peripatetici?

Padre Gioacchino, nel frattempo, si era riavvicinato.

– E se uno scolaro mi facesse una domanda più difficile? Se mi chiedesse qualcosa alla quale non so ancora rispondere, ma riguardo cui qualche filosofo asino ha già dato una risposta sbagliata, io cosa gli dovrei insegnare? La teoria che so essere sbagliata, oppure dirgli che non lo so?

Frate Damiano continuava a tacere. Più che un insegnamento peripatetico, adesso la situazione ricordava vagamente un dialogo socratico. Visto che il frate non diceva nulla, Galileo continuò.

– Insegnare. Bella parola. *In-signo*, scrivo dentro. E quello che incido rimane. Non siamo fogli di carta, frate Damiano, non è facile cancellare dalla nostra mente ciò che ci viene insegnato. E si fa più danno a insegnare cose sbagliate che a non insegnare affatto. Per questo, oltre a insegnare, occorre imparare.

Il vecchio filosofo cominciò a camminare, sempre parlando, facendo un lentissimo slalom fra i tigli, con lo sguardo in alto.

– Lo studio della matematica, l'indagine fisica, serve spesso a trovare gli errori nei filosofi. Le cose che io so, in questo momento, molti le possono insegnare, come i tanti bravi allievi che ho sparsi da Padova a Roma. Il canonico Cini qui a Firenze, il Ciampoli e il Castelli a Roma, o il bravo Cavalieri nello Studio di Bologna, che addirittura ha trovato un nuovo modo di intendere la geometria.

Frate Damiano, camminando accanto a Galileo, non diceva una parola. Forse pensava a dove stava andando a parare il suo interlocutore, o forse si chiedeva se per caso, per essere allievi del matematico toscano, fosse obbligatorio avere un cognome che cominciava per C.

– I sovrani illuminati, come Sua Altezza il Granduca o lo stesso nostro Santo Pontefice, da sempre pagano uomini studiosi e osservanti della natura perché pensino. Pensino e dai loro pensieri scaturiscano nuovi convincimenti, e si traducano in nuovi modi di affrontare e prevedere il mondo.

Galileo si fermò e guardò il frate, che continuava a tacere.

– Voi mi avete chiesto, frate Damiano, perché il Granduca mi paga. Faccio io a voi questa domanda: che cosa accadrebbe se non mi pagasse? Che cosa sarebbe accaduto se imperatori, sovrani, tiranni e altra compagnia regnante non avessero sostenuto e pagato dei pensatori? Se Archimede, Pitagora, Platone fossero stati costretti a zappare la terra invece di pensare a circoli e triangoli?

– Sì, comprendo quello che volete dire. Saremmo ancora al tempo dei Babilonesi.

– Appunto. A cavare un occhio ogni volta che ci cavano un occhio. In breve volgere di tempo, diventeremmo ciechi.

– Perdonate fratello Damiano, messer Galileo. È giovane.

– E ignorante, come tutti i giovani.

Galileo e padre Gioacchino erano rimasti soli nel campo del Martellini. Frate Damiano, dopo aver salutato, era tornato in fretta nel convento dicendo che doveva unirsi alle orazioni.

– Io direi entusiasta come tutti i giovani.

– E io direi piuttosto esaltato come molti francescani. Ben strano, non vi sembra, come comportamento, per un francescano?

– Cosa intendete?

– I francescani dovrebbero esaltarsi nella povertà, non discutere se alle loro consorelle non arriva tanto denaro quanto a un servitore del Granduca.

Padre Gioacchino guardò Galileo.

– Dietro la tonaca, messer Galileo, si nasconde ogni genere di persona. A volte scegliamo la tonaca che ci somiglia, a volte quella che vorremmo diventare. Altre volte, invece, ce la impongono.

Galileo guardò verso il convento. Non era difficile capire a cosa stesse pensando. A volte certe scelte ce le impongono, a volte siamo noi a imporle agli altri – o alle altre. E ci troviamo a rimpiangerle.

– Lo so, padre Gioacchino, lo so. Io ironizzo tanto sui vostri confratelli della Compagnia, ma se non fosse stato proprio per i gesuiti e per la loro brama di sapere, non so adesso dove sarei. Voi eravate troppo giovane all'epoca, ma furono i primi a usare la mia invenzione e a confermare le mie osservazioni.

Padre Gioacchino annuì, lentamente.

Era il 1611 quando Galileo era arrivato a Roma, accolto con i massimi onori proprio dal Collegio Romano e da Cristoforo Clavio, il massimo matematico e astronomo dei gesuiti, il quale insieme ai suoi confratelli si era procurato dei telescopi e aveva visto con i suoi occhi i satelliti di Giove. Era stato un trionfo. Il toscano era stato addirittura invitato al Collegio dai padri stessi – evento inusitato per un non religioso – e al cospetto di cardinali e notabili avevano recitato un'orazione in latino per onorare il matematico del Granduca. Galilei, già famoso, era letteralmente decollato.

Galileo guardò in su, e gli cadde lo sguardo sulla finestra aperta, in alto, che si vedeva attraverso il foro nei rami dei tigli. Padre Gioacchino seguì il suo sguardo, e lo portò ai propri piedi. Inavvertitamente, si erano fermati nel punto esatto in cui la povera suor Agnese aveva toccato terra. Entrambi si fecero il segno della croce.

– Padre Gioacchino – disse Galileo dopo un profondo respiro – pensavo oggi o domani di rimetter mano al nostro problema dell'orologio meccanico. Se voleste, per diradare la nebbia dal vostro animo, mi farebbe assai piacere avervi come aiutante.

– Ne sarei veramente felice, messer Galileo.

VIII

Vi ringrazio, reverenda madre

Dove il Cini finalmente incontra la grata dietro cui vive la madre badessa, Galileo e padre Gioacchino rimontano un orologio, & suor Arcangela è interrogata

– Vi ringrazio, reverenda madre, per avermi ricevuto – iniziò il canonico Cini, sedendosi sul legno freddo dello sgabello del parlatorio.

– Ed io ringrazio voi per aver trovato il tempo di venire a visitarci, – rispose la badessa – e massimamente ringrazierò nelle nostre preghiere Sua Altezza Serenissima per mostrarci così tanta premura per la nostra condizione.

Il canonico Cini ignorava quale fosse l'aspetto fisico di suor Caterina, al secolo Angela Anselmi, madre superiora del convento di San Matteo, giacché per lui come per tutto il resto del mondo laico la badessa era una voce da dietro una scacchiera di ferro; ma non di rado si era ritrovato a fantasticarci sopra. L'immagine più plausibile era una specie di incrocio fra un drago e una tigre dai denti a sciabola, con gli artigli retrattili e le squame. Forse era per via della voce: soffiata, minacciosa, con le «s» sibilanti, come se avesse la lingua biforcuta.

– Sua Altezza sa che il flagello della peste è conseguenza dei nostri peccati, reverenda madre, e tiene in grande considerazione le vostre preghiere affinché Dio ci ascolti. La vostra salute, la vostra serenità sono la nostra forza.

– Che Dio ci conservi nella sua grazia – disse la badessa, e si udì un lieve clangore metallico, come se stesse sistemando meglio accanto a sé il pesante sacchetto di pelle che il Cini aveva consegnato poco prima alla suora ruotara.

– A questo proposito, madre reverendissima, Sua Altezza si preoccupa per le vostre condizioni di vita. Sappiamo che la regola di santa Chiara è rigida, e che seguendo tale regola si arriva alla santità dell'anima, ma c'è grave preoccupazione che queste privazioni possano portare a un precoce martirio oppure…

– Oppure, monsignore?

Ecco. Come glielo spiego a questo vecchio rettile che ho capito benissimo che qui le suore si buttano dalla finestra piuttosto che sopportare un altro giorno con poche verdure per pranzo e troppe preghiere per il resto della giornata?

– Oppure, madre, a fare sì che alcune consorelle scelgano di peccare contro se stesse e il quinto comandamento.

– Sorella Agnese è caduta disgraziatamente dalla finestra della cella campanaria, monsignore. Non si è trattato di suicidio.

– Perdonate, madre, ma cosa ci faceva suor Agnese, tra mattutino e laudi, nella cella campanaria?

– Credo che osservasse gli astri. La nostra consorella era versata negli studi delle matematiche e della natura, e rubava sovente del tempo al sonno per i suoi studi e le sue osservazioni.

– E come mai nella cella campanaria?

– Nella cella campanaria è custodito il cannone occhiale, dono di messer Galileo, Dio lo conservi nella sua generosità. È stato sempre molto buono con noi. Sempre pronto a venirci in soccorso nei molti modi in cui un cristiano può aiutare il suo prossimo.

– Conosco messer Galileo, reverenda madre, per cui non perdiamo tempo a cantarne le lodi. Dunque suor Agnese è precipitata da quella finestra per accidente?

– Voi stesso lo dite, monsignore.

– E voi stessa non lo credete, reverenda madre. Ditemi, a cosa serve la buca che il fattore del convento sta scavando nel campo del Martellini, cioè in una proprietà che non appartiene al convento?

Se il canonico Cini avesse avuto una ottima vista avrebbe potuto distinguere suor Caterina Angela Anselmi che, al di là della grata, si girava verso Maria Cleofe, la suora ascoltatrice, e quest'ultima, per tutta risposta, esibirsi in un segno della croce quasi in incognito, padrefigliospiritosanto in un rombo di tre-quattro centimetri massimo.

– Sarei nel torto se dicessi che è destinato alla seppellitura delle spoglie di suor Agnese, che non possono essere conservate in terra consacrata perché colpevole di peccato mortale? Madre reverendissima, la magistratura di Firenze si è affidata a voi affinché intercediate per noi presso il Signore con le vostre preghiere. Volete davvero mettere come contrappeso alle vostre orazioni questo grossolano peccato di menzogna?

Al di là della maglia di ferro, la madre badessa tacque. Vero che il comandamento che imponeva di non dire falsa testimonianza era solo all'ottavo posto, quindi in zona retrocessione in una inaffidabile e rischiosa classifica dell'importanza della volontà di Dio, ma la madre badessa era pur sempre una suora. E, soprattutto, non era per niente una stupida.

– Ditemi allora in cosa consiste il vostro ufficio, monsignore.

– Il Granduca mi ha richiesto una indagine approfondita delle condizioni e del funzionamento del convento. – Il canonico non stette a specificare per quale motivo fosse stata richiesta tale indagine, ci avrebbe pensato suor Benedetta in separata sede e aveva un vago timore di veder partire una fiammata da dietro la grata. – Dovrò interrogare le vostre consorelle professe e converse.

– Avete la mia benedizione e il mio permesso.

Il canonico Cini, a cui bastava la seconda intercessione, non essendo del tutto sicuro della sincerità della prima, guardò per un secondo verso destra, dove era seduta suor Maria Cleofe in una versione più sveglia del solito.

– Dovrò interrogarle da solo, senza la presenza dell'ascoltatrice.

– Questo non posso permettervelo in alcun modo, monsignore.

– In presenza di una ascoltatrice, reverenda madre, le vostre consorelle potrebbero sentirsi impedite nell'aprire il loro cuore con sincerità.

Come invece fanno con le porte della loro cella nottetempo.

– La regola non lo permette, monsignore. Al di là di queste sbarre comandate voi, ma al di qua sono io che veglio sulla condotta delle mie consorelle.

Il canonico Cini sorrise in modo amaro.

– Reverenda madre, al di qua della grata non comando io, ma Sua Altezza Serenissima Ferdinando. Colui che si affida a voi... – il canonico indicò di nuovo con un cenno il sacchetto di pelle appesantito dagli scudi – ... e che intende affidarsi a voi anche in futuro, a patto che voi vi dimostriate degne della sua fiducia.

Il canonico non era il genere di persona che amava ripararsi dietro l'autorità dei signori, ma ogni tanto quando ci vuole ci vuole. Soprattutto quando stai tentando di fare le cose per il bene altrui. Se mi dai retta, vecchia testona imbigottita, Sua Altezza potrebbe in futuro anche assegnarvi una rendita cospicua. Ma se mi rompi i santissimi, quanto è vero Dio, ti faccio murare anche la grata.

– Sia fatta allora la volontà di Sua Altezza – disse la voce della madre badessa in modo crepitante. – Ma dovete rispettare le nostre condizioni.

– Ditemi pure, reverenda madre.

– Primo, le mie consorelle osservano il silenzio fino all'ora terza. Per nessun motivo potrete parlare con loro prima di quest'ora.

– È giusto, certo.

– Secondo, dato che voi incontrate così tante persone nei lazzeretti e negli altri luoghi che pullulano del contagio, dovrete stare a debita distanza dalla grata e con la veste medica sempre indosso, compresa la maschera e l'occhiale.

– Sta bene.

Madre Caterina Angela Anselmi sospirò. Ora che aveva avuto l'ultima parola, al canonico sembrò quasi gentile.

– Adesso ditemi, monsignore, con quali delle consorelle avete bisogno di parlare?

– Ad essere sinceri, reverenda madre, con tutte.

– Sì, direi che adesso le abbiamo tutte – disse Galileo, con tono ancora più mesto di prima.

Seduto di fronte a lui, nella cucina di casa Galilei, padre Gioacchino stava ruzzolando sul piano del tavolo una piccola ruota di metallo, liscia sui bordi ma dentata su un fianco. La ruota, rotolando, faceva un rumore sordo ma ronzante, un po' come quando si sciacqua il riso crudo sotto l'acqua, agitandolo con la mano.

Era passata mezz'ora da quando l'orologio si era disintegrato nelle mani del religioso, trenta minuti che i due – non avendo sottomano nessun altro orologio funzionante – avevano passato cercando sul pavimento le rotelle cadute, con frequenti ringraziamenti a santa Lucia quando ne ritrovavano una, senza nemmeno una sporadica violazione del secondo comandamento quando inavvertitamente ci finivano sopra col ginocchio. Il marchingegno si era sbriciolato mentre tentavano di smontarlo: il gesuita teneva il meccanismo ben saldo sui lati, Galileo cercava di estrarre una parte aggiuntiva – un pendolo – che si era incastrata. Non era venuto via subito, il maledetto pezzo, ma in compenso era venuto via improvvisamente; e, con quello, il resto dell'aggeggio era rimbalzato sul pavimento, in un clangore di mille pezzi rotolanti di bronzo e ottone.

– Questa rotella è diventata ovale – disse padre Gioacchino, fermandosi un attimo e poi facendo rotolare di nuovo il piccolo anello dentato. – Sentite?

– Eh sì – disse Galileo, chiudendo gli occhi. – È inutile rimontarla, se prima non le ridiamo la forma. Non ci vorrà molto, è metallo tenero. Basta rotolarla un po' sul piano del tavolo, come si fa con gli gnocchi, e tornerà tonda in un paio di minuti, forse anche meno.

– Se anche ci volesse di più… – disse sconsolato padre Gioacchino, indicando con il mento i pezzi sul tavolo – … certo non avremmo modo di accorgercene.

Galileo, intanto, aveva incastrato la piccola verga di metallo nel suo alloggiamento e stava controllando che fosse verticale, e mentre controllava il montaggio di un pezzo già la mano si muoveva a prenderne un altro. Il numero di parti sul tavolo stava diminuendo a vista d'occhio. Così come, ormai, il meccanismo montato somigliava sempre di più a quello che era quando Galileo l'aveva appoggiato sul tavolo – un orologio, per l'appunto.

– Di questo passo avrete finito prima che io dica un avemmaria. Siete velocissimo.

– L'ho riparato tante di quelle volte, questo orologio... almeno una ogni due mesi, da quattro anni a questa parte.

Per misurare precisamente un tempo di breve durata, dell'ordine di grandezza dei minuti, all'epoca si usavano orologi ad acqua, cioè recipienti da cui gocciava liquido a un ritmo costante dentro a un bicchiere, che veniva poi pesato per determinare il peso e quindi il tempo trascorso: allora le bilance erano già strumenti sensibili come quelli dei nostri giorni.

L'orologio meccanico del convento era un filino meno preciso: pur essendo il non plus ultra dei misuratori di tempo perdeva circa un quarto d'ora al dì, un difetto intollerabile ai giorni nostri, ma tutto sommato accettabile per un convento del Seicento, dato che all'epoca i Frecciarossa non esistevano – e comunque, se anche fossero esistiti, delle suore di clausura non avrebbero mai potuto raggiungere la stazione.

Anche se inutile, quindi, all'influencer contemporaneo, l'oggetto era utilissimo in un monastero per determinare le ore del giorno, per distinguere le ore in cui si doveva pregare da quelle in cui si doveva lavorare, specialmente nei giorni di pioggia in cui la grande meridiana del giardino da orologio diventava arte moderna: per questo, ogni volta che si guastava, lo davano da riparare a Galileo. Ultimamente, a dire la verità, era stato riparato un paio di volte da suor Agnese, cosa che fra l'altro le piaceva moltissimo, ma da qualche ora ormai la suora non era più in grado nemmeno di godere di quel piccolo intervallo di piacere, e l'unica cosa da fare era sperare che fosse davvero immersa nella gioia di contemplare il volto di Dio. Però, mentre suor Agnese era stata ammessa alla vita eterna, per le altre suore terrene lo scorrere del tempo continuava ad avere una certa importanza, e se Galileo avesse restituito l'orologio rotto, o non lo avesse restituito affatto, sarebbe stato un problema.

Anche perché, come detto, l'orologio era il non plus ultra della tecnologia dell'epoca. Detto in altri termini, costava un sacco di soldi.

– I soldi sono pochi, e le suore sono troppe – disse suor Arcangela. – Questo è il modo in cui funziona questo convento, per rispondere alla vostra domanda.

Il canonico Cini prese un ampio respiro. Avendo saputo che la suora provveditora, cioè quella che provvedeva ai fabbisogni delle consorelle, era suor Arcangela, la secondogenita di Galileo, aveva deciso di iniziare da lei credendo che la sua conoscenza del padre avrebbe facilitato le cose.

Quanto si era sbagliato.

Suor Arcangela rispondeva a ogni domanda come se fosse un'accusa, con voce bassa, rabbiosa, e un accento che il canonico non riusciva a identificare – sembrava del padovano, in fondo era là che era nata e cresciuta. E dove forse avrebbe voluto rimanere.

– Ecco, quante siete, di preciso, sorella?

– Trenta monache professe, dieci converse, sei novizie. Perdonate, monsignore, le professe sono ventinove, pace all'anima sua – e suor Arcangela si fece un segno della croce stretto, quasi di malavoglia.

– Vi riferite a suor Agnese?

– E a chi sennò? Credete che qui le monache muoiano come le mosche d'inverno? Non ci andreste tanto lontano, comunque. Di trenta che siamo, dieci sono inferme gravi e sei contano più di settant'anni e non possono lavorare. Più della metà è a carico delle altre, sia per il lavoro che per gli uffici sacri.

Suor Arcangela tralasciò che non di rado tra le dieci si ritrovava non troppo malvolentieri anche lei, che il suo unico ufficio all'interno del convento era quello di tener conto delle spese, e che dai lavori manuali e dagli uffici religiosi era spesso e non troppo malvolentieri dispensata.

– E i soldi, mi dicevate...

– Come provveditora quest'anno ho speso finora centodue scudi per la refezione. Ne avevo a disposizione cento e ne dovrò lasciare in avanzo venticinque a gennaio, a chi prenderà il mio ruolo. Lo sa Dio dove li troverò, visto che da qui al santo Natale dovremo mangiare ancora, sempre che la peste non ci porti via tutte prima.

– Centodue scudi?

– E tre soldi. – Suor Arcangela si raschiò la gola, e si sentì il rumore di quello che sembrava uno sputo. – Alla fine dell'anno avrò speso centoventi scudi, se nulla cambia.

Se prima il canonico Cini aveva tirato un respiro profondo, adesso rischiò seriamente di rimanere senza fiato.

La provveditora spendeva circa centoventi scudi l'anno per far mangiare trenta persone. Il che significava tre scudi all'anno per ogni suora.

Tra gli impiegati della Magistratura della Salute, lo stipendio maggiore era quello del confessore del lazzeretto, padre Sesto Corsini, che guadagnava sedici scudi al mese. Seguiva il chirurgo, mastro Tiburzio Bardi, tredici scudi al mese. I becchini, all'inizio presi a tre scudi al mese, ben presto si erano visti elevare il salario a otto – dato che contemporaneamente avevano visto scendere il numero di colleghi vivi di più della metà. Quello che guadagnava di meno era il donzello, il portaordini, il garzone che si muoveva recando le richieste e portando le risposte: quattro scudi e sei soldi.

Questo, per chi lavorava. Chi era chiuso in casa in quarantena, e quindi non poteva lavorare, si vedeva assegnare una diaria di mezza lira al giorno: facendo i conti, dato che ci volevano sette lire per fare uno scudo, uno scudo ogni due settimane. Quanto bastava per tentare di non morire di fame: con quella mezza lira al giorno ci si comprava mezzo chilo di pane, un litro di vino, due cipolle e un quartino d'olio – e non avanzava nulla, né di soldi né tantomeno di cibo.

Ora, senza polemizzare sul fatto che al confessore era stato assegnato uno stipendio maggiore di quello del chirurgo, e pur ritenendo una cosa non da poco che già nel Milleseicento in Toscana esistesse un reddito di convalescenza, i più disgraziati tra i fiorentini tiravano avanti a malapena con poco più di due scudi al mese. E le suore di quel convento dovevano sopravvivere con tre scudi l'anno?

I conti erano quelli, non c'era dubbio. Centoventi scudi diviso trenta fa poco più di tre. Farebbe quattro, ma venticinque andavano lasciati alla nuova provveditora, e quindi il totale andava diminuito. Ecco, o si aumentavano le entrate o si diminuivano le suore, non c'era altra via.

– Prevedete di prendere nuove novizie?

– Non finché dura il flagello divino. Ci sono state delle richieste, dei bei signoroni che volevano mettere le figlie al sicuro dal contagio riparandole qui in convento.

– E perdonate, posso farvi un'ultima domanda?

– Non dovete certo chiedere permesso, monsignore. La superiora mi ha dato ordine di rispondere a ogni vostra richiesta.

– Avete prima accennato a suor Agnese... Che persona era la defunta?

La domanda non era capziosa; solo che i motivi che l'avevano portata al suicidio potevano anche non avere niente a che fare con il convento.

Forse era la sensazione del canonico, ma era sembrato che per un attimo suor Arcangela sorridesse.

– Agnese, monsignore, era molto chiusa. Ma era leale e sincera, ed era viva, non spenta come molte fra noi. Era l'ultima, credetemi, che vorrei fosse precipitata da quella finestra.

– E non si sarà danneggiato?

– Lo sapremo solo quando avremo finito – rispose Galileo, avvolgendo una cordicella intorno a un'asta di metallo spessa come un mignolo. La cordicella terminava con un peso di bronzo, simile a una pigna mignon, che riposava sul tavolo, immobile e per il momento inutile.

Finito di avvolgere, il filosofo prese la ruota dentata dal tavolo, la montò in fondo all'asta, infilò un ultimo pezzo e, con un buffetto, fece cadere il peso fuori dal tavolo. Immediatamente, la stanza fu piena del ticchettare ritmico dell'orologio.

– Ecco, adesso funziona come prima. Cioè, male.

L'orologio meccanico del convento di San Matteo, come tutti gli orologi meccanici dell'epoca, funzionava con il cosiddetto meccanismo «a verga e foliot»: un marchingegno geniale, soprattutto se si pensa che era stato inventato cent'anni prima della stampa e non troppo dopo l'aratro pesante. Il motore era nient'altro che un peso, legato a una cordicella avvolta intorno a una bacchetta sospesa fra due perni, come un girarrosto; se fosse stato lasciato libero, il peso sarebbe semplicemente caduto svolgendo la cordicella e facendo così girare la bacchetta a cui era fissato. Troppo veloce, e per niente utile. Per poterlo utilizzare, occorreva rallentare la caduta: per questo, in fondo alla bacchetta era montata una ruota con dei denti da un lato, che girava in modo solidale alla bacchetta, come una giostra intorno al proprio palo. I denti erano in numero dispari – questo è molto importante. Sì, perché perpendicolare alla prima bacchetta ce n'era una seconda, la cosiddetta verga, appunto, esattamente davanti ai denti della ruota, con la quale si interponeva tramite due linguette di metallo, una in cima e una in fondo alla ruota stessa.

Per provare a visualizzare questo umile ma geniale meccanismo, immaginatevi una giostra in miniatura, di quelle note come – mi si perdoni la volgarità – calcio in culo. Quelle che da una parte hanno un palo da cui penzola un oggetto da prendere – un nastro o una cosa del genere. La nostra piccola giostra, di pali, ne ha due, che pendono da un'asta parallela al suolo, incardinata sopra la giostra, nel suo centro. Se la giostra ha cinque sedili – immaginateveli nelle cime di una stella a cinque punte – non può accadere che due omini da due parti opposte arrivino contemporaneamente di fronte ai due pali, proprio perché non c'è nessun sedile dalla parte opposta a un omino seduto. Quindi, succede questo: la giostra gira, un omino dà un colpo al palo a destra e fa muovere l'asta in senso antiorario, ma la giostra continua a girare e un attimo dopo arriva un altro omino dall'altra parte, che dà un colpo al palo a sinistra, fermando l'asta e cominciando a farla girare in senso opposto.

Ecco, allo stesso modo funzionava l'orologio con cui avevano a che fare Galileo e padre Gioacchino.

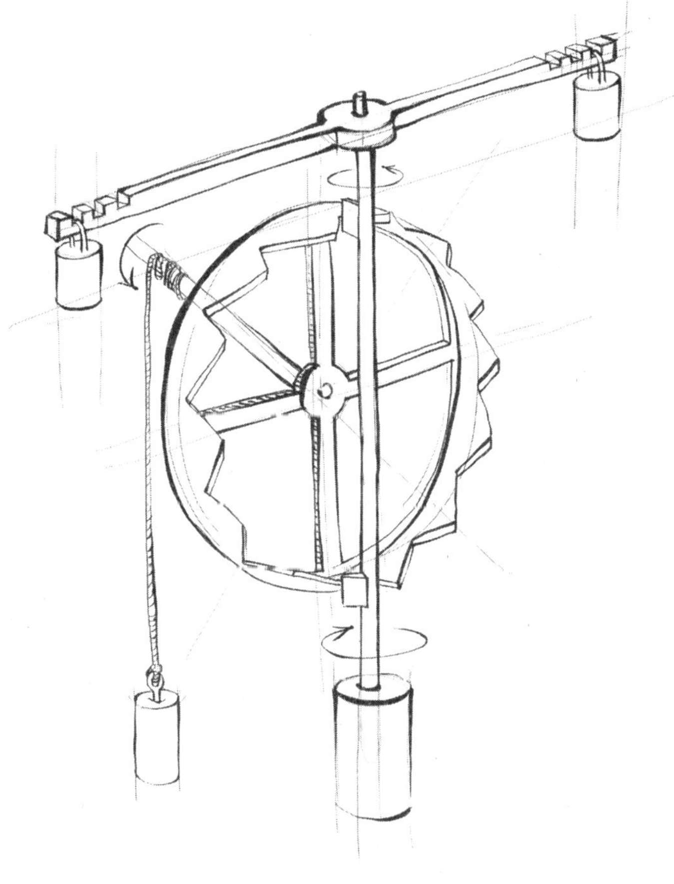

Essendo dispari, i denti della ruota incontravano le due linguette in tempi diversi: prima a destra, poi a sinistra, poi di nuovo a destra e così via. Così facendo, si fermavano per il tempo necessario a vincere la resistenza della linguetta e quindi a far ruotare la verga in senso orario (se colpita dal basso) o antiorario (se colpita dall'alto). Il movimento oscillatorio della verga, di rimando, muoveva una seconda ruota sbloccandola una volta al secondo circa – e qui, la parola «circa» andrebbe scritta parecchio maiuscola.

– Bene. Adesso l'orologio è rimontato, e ci siamo evitati le bacchettate della badessa...

– ... dobbiamo capire dove abbiamo sbagliato – completò padre Gioacchino, guardando il disegno steso sul tavolo.

Da un anno, ormai, Galileo si era messo in testa di migliorare le performance dell'orologio del convento: per cui, ogni volta che glielo davano da riparare, tentava di modificarlo, non ci riusciva e gli toccava rimontarlo come prima.

Come si diceva prima, l'orologio perdeva grosso modo quindici minuti al giorno, nel corso delle ventiquattr'ore. Il motivo del rallentamento era che il peso scendeva e si arrestava di colpo: ogni singola oscillazione della verga infatti era causata da un colpo, che faceva oscillare non solo la verga ma anche tutto il resto del meccanismo, così che si deformava e si smontava impercettibilmente a ogni botta. Secondo Galileo, la soluzione era di riuscire ad accoppiare la ruota dentata con un pendolo: un qualcosa che, oscillando da una parte, prendesse con sé la forza dell'impatto, e con l'oscillazione di ritorno la restituisse al meccanismo in maniera dolce e non traumatica.

Ora, detto a parole era anche convincente, ma non di rado frasi che funzionano danno luogo a soluzioni che falliscono

– le parole, purtroppo e per fortuna, non sono ingranaggi. Per far funzionare il tutto bisognava capire come accoppiare detto pendolo a detta ruota dentata; non si poteva certo mettere tutti i pezzi in una scatola e scuoterla forte sperando che l'orologio si costruisse da solo. Occorreva un progetto, un disegno che mostrasse come assemblare i pezzi e ne chiarisse il funzionamento; disegno che Galileo e il padre Gioacchino avevano realizzato e che avevano seguito alla lettera, modificando l'orologio con due pezzi aggiuntivi. Risultato? L'orologio una volta montato era venuto identico al disegno, e questo era un bene. Purtroppo, era un po' troppo identico, nel senso che anche una volta liberato il peso il meccanismo era rimasto lì, fermo immobile come sulla carta, senza ticchettare, oscillare o dare alcun altro segno di funzionamento.

– Messer Galileo, perdonatemi, ma io comincio ad essere un poco sconfortato. È la sesta volta che ci proviamo.

– Non so per voi, padre Gioacchino, ma per me questo significa solo che dobbiamo cimentarci una settima. E se non dovesse andare, toccherà all'ottava. Per nostra fortuna il savio Archimede ha dimostrato che i numeri interi sono infiniti, per cui non è il caso di disperare. Dobbiamo solo trovare il giusto peso del pendolo.

– Sperando che questo basti, e che non vengano fuori altri impedimenti – disse padre Gioacchino. – Magari non lo stiamo montando nella maniera più acconcia. O forse si potrebbe provare ad aggiungere un'altra ruota, di dimensione diversa, che sia più facile a muoversi...

– Questa è un'ottima idea, padre Gioacchino – riconobbe Galileo. – Se noi, a titolo di esempio, usassimo una ruota posta in questo modo... – E Galileo, presa la matita, iniziò a tratteggiare un meccanismo su un foglio, mentre padre Gioacchino si sporgeva dal tavolo con aria concentrata, nella segreta speranza di arrivarci prima lui, o comunque di capire prima che questi glielo spiegasse.

– Vedete – disse Galileo indicando il disegno – in questo modo il pendolo risulterebbe la parte più mobile del marchingegno, e non è certo folle pensare che la precisione dell'orologio sia pari a quella della parte più mobile.

– È vero – approvò padre Gioacchino. – Il pendolo è molto preciso, se anche dovesse cambiare l'ampiezza dell'oscillazione per qualsivoglia motivo esso percorrerebbe il suo arco sempre nel medesimo tempo.

Il motivo per cui Galileo si era impegnato in questo progetto era duplice. In primo luogo la gioia della ricerca tecnologica, il piacere della scoperta, l'inalienabile godimento di riuscire a capire le leggi con cui il Signore aveva regolato l'universo, e di usarle per montare nuovi marchingegni e invenzioni che anche il più stolto degli uomini poteva usare.

– Esatto, padre Gioacchino. Se potessimo inserire la precisione del pendolo come regolatore del marchingegno, potremmo arrivare a perdere una manciata di secondi. Riuscite a pensare a quante cose potrebbe servire, un orologio così preciso? Quante persone vorrebbero averlo per loro? Marinai per determinare meglio la posizione, generali per misurare la durata migliore tra una carica e l'altra delle bombarde, musici per dare il tempo a una composizione...

In secondo luogo perché, tornando all'argomento principale del capitolo, chiunque fosse riuscito a progettare un orologio preciso al secondo avrebbe fatto un sacco di soldi.

IX

Insomma, padre, il mio suggerimento

Dove Galileo e padre Gioacchino discutono su come misurare il volume di una caraffa, frate Damiano non la prende benissimo & il canonico Cini scopre che il maligno in convento può avere forme impreviste

– Insomma, padre, il mio suggerimento sarebbe di non smontare più l'orologio. Dobbiamo arrivarci per via teorica.

Padre Gioacchino, continuando a masticare vigorosamente, si bloccò con la mano a mezz'aria mentre si versava un altro bicchiere di vernaccia.

Dopo il sesto tentativo di montare il progetto in un orologio funzionante, Galileo si era temporaneamente arreso e aveva chiesto al padre Gioacchino se per caso non gli avrebbe fatto piacere fermarsi a desinare, invece di tornare dalle monache. Il buon gesuita aveva fatto finta di soppesare la possibilità di pranzare insieme a Galileo Galilei con di fronte una tavola imbandita di ogni ben di Dio contro il magro vitto che lo attendeva nel refettorio, circondato da monache esangui delle quali conosceva tutti i peccati veri o presunti, dopodiché aveva accettato con gioia l'invito; e adesso era lì, con la barba costellata di sugo, intento a rimettersi in pari dopo settimane di pane e verdure.

– Per via teorica? – chiese, dopo aver deglutito un generoso boccone di piccione. – E in che modo?

– Calcolando il peso che ci serve per il pendolo e confrontandolo con i pesi di tutte le altre parti in gioco. Credo che il motivo per cui non si muove è che pesa troppo per la spinta che riceve. E d'altronde già ieri mia figlia mi richiese quando avrei riportato l'orologio meccanico al convento, non posso certo continuare a far finta di nulla e dirle che ancora non sono riuscito a ripararlo.

Padre Gioacchino, prendendosi un altro pezzo di piccione, annuì con lentezza.

– Un matematico insigne come voi in effetti non può permettersi certo di non saper riparare un meccanismo.

– Non un meccanismo qualsiasi, padre Gioacchino. Un orologio. E ho come aiutante un gesuita, della confraternita dei matematici insigni e signori del tempo. Se nemmeno con l'aiuto di uno della Compagnia riesco a riparare quest'aggeggio, che magra comparita farei?

Padre Gioacchino sorrise, mentre allungava la mano verso il bicchiere e, subito dopo, le gambe sotto la tavola. Detto da Galileo, l'appellativo di matematico insigne era una medaglia da appuntarsi sul petto insieme a quelle d'unto che aveva accumulato durante il pranzo. E quel riferimento ai gesuiti poteva sembrare una cortesia, ma era la verità; tra i padri e i fratelli della Compagnia di Gesù si trovavano senza dubbio alcuni dei più grandi matematici del mondo, e ogni buon gesuita era un buon matematico. Né era un caso che Galileo li avesse chiamati «signori del tempo».

Fino al volgere del secolo precedente, infatti, si poteva tranquillamente affermare senza tema di essere smentiti che, all'interno della cospicua *Ratio studiorum* della didattica gesuita, la matematica non contasse un cazzo. Nella rigida gerarchia delle conoscenze dei gesuiti, dove la teologia guardava tutte le altre materie dall'alto, i professori di matematica erano così poco considerati che, a tre quarti del Cinquecento, il professore di matematica del Collegio Romano non aveva nemmeno il diritto di assistere alla discussione delle tesi. Ma era stato proprio questo prelato usualmente trascurato a conferire ai gesuiti gran parte del loro potere. Lo abbiamo già ricordato, poco fa: si chiamava Cristoforo Clavio, e come miglior matematico dei gesuiti faceva parte della commissione istituita da Gregorio XIII per affrontare un problema che angustiava la Chiesa da una dozzina di secoli, ovvero il calendario.

Uno degli appuntamenti più seguiti di ogni stagione religiosa è la Pasqua, la resurrezione di Cristo. Secondo la Bibbia, questa coincide con l'equinozio primaverile; secondo il calendario giuliano, seguito religiosamente dal Concilio di Nicea del 325 dopo Cristo, questo cadeva esattamente il 21 marzo.

Purtroppo, a causa del conteggio degli anni bisestili, l'anno giuliano e l'anno reale non erano esattamente collimanti; facendo il conto, era come se la Terra, per tornare esattamente al punto precedente della sua orbita (o il Sole, per compiere un giro esatto intorno alla Terra, se eravate dei convinti seguaci di Tolomeo) ci mettesse un poco di più dei trecentosessantacinque giorni e sei ore predetti dal calendario. Per la precisione, undici minuti in più. Una briciola nel corso di un anno, o di una vita umana, ma dopo milleduecento anni gli errori tendono ad accumularsi. Così nel 1570 l'equinozio era arretrato fino all'11 marzo, e la Pasqua si era conseguentemente spostata con esso. Di questo passo prima o poi i cristiani si sarebbero ritrovati a festeggiare la Pasqua a gennaio, il che avrebbe avuto l'unico vantaggio che le uova di cioccolata non si sarebbero sciolte direttamente nella confezione, come sovente capita ai nostri giorni. Pro e contro erano ovviamente impari, anche perché allora le uova di cioccolato non esistevano, e si dovette correre ai ripari.

Bisognava determinare esattamente gli errori nel calendario giuliano e in quello lunare, poi produrre nuove tabelle lunari che prevedessero con precisione le fasi del satellite, e infine correggere l'errore totale accumulatosi nel corso dei secoli; un'impresa titanica, ma anche alla portata di Santa Romana Chiesa, sempre abilissima nell'indicare e correggere gli errori altrui.

E infatti la commissione riuscì nell'impresa, principalmente grazie alla profonda conoscenza della matematica da parte di Clavio, che gli permise non solo di calcolare con notevole precisione le fasi lunari, ma anche di spiegare le intricate ragioni numeriche e geometriche ai porporati meno portati alla matematica: fu così che, nel settembre del 1580, venne varato il calendario gregoriano, che funzionava talmente bene da essere adottato in breve tempo da tutti i cattolici e – *mirabile auditu* – anche da qualche paese protestante, come la Polonia e l'Inghilterra, che però ci ripensò sotto la spinta del clero – mica solo i vescovi cattolici erano ottusi. Ma ormai il processo era stato avviato, e nel giro di poco più di un secolo tutti, compresi i seguaci di Lutero, che non accettavano né i sacramenti né il Papa, sarebbero stati costretti ad accettare il calendario gregoriano per il più banale dei motivi: funzionava.

Un problema che angustiava il mondo venne quindi risolto con autentica e riconoscibile efficacia dalla Chiesa Cattolica. Invece di ripetere l'exploit e di continuare a risolvere effettivamente i problemi del mondo, i gesuiti si chiesero quale fosse il segreto di quel successo, quale argomento mirabile fosse stato in grado di zittire persino quei canaglioni dei protestanti. La risposta era ovvia: la matematica. La disciplina per cui cinque è maggiore di tre, quattro è uguale a due più due e che se applicata correttamente non ce n'è per nessuno. L'unico ambito della conoscenza umana in cui puoi fare affermazioni di verità assoluta, e che se sono vere, sono vere per sempre. Per i gesuiti, roba da seghe.

La matematica, in conseguenza di quel successo, entrò ufficialmente a far parte del sapere della Chiesa, mentre fino ad allora era stata considerata una roba a metà tra la filosofia e la stregoneria.

– Stregoneria? – chiese il canonico Cini.

Al di là della finestra ferrata, si vide una testa velata fare lentamente due o tre volte su e giù, per annuire.

– Che il Signore abbia pietà della sua povera anima, ma non saprei proprio come altro chiamare quello che faceva...

– E che cosa faceva, di preciso, suor Agnese?

Suor Achillea, la suora officinaria, rimase in silenzio per qualche secondo. Non avrebbe saputo dire il Cini se si fosse anche segnata, perché la penombra nel parlatorio era scura e pesante nonostante l'ora, e anche senza la grata non si sarebbe visto un granché.

– Non glielo posso proprio dire, che il Signore mi perdoni – rispose la suora, con una voce viscida come una lumaca, una melodia che andava in calando, una specie di nenia da vecchia capra.

– Sorella Achillea, oltre che essere il commissario di Sanità sono anche un prete. Sono a conoscenza delle molte forme che può assumere il maligno. Non abbiate timore di impressionarmi.

– Mi avete frainteso, monsignore... Non glielo posso dire perché non lo so mica...

– E allora come fate a dire che suor Agnese era dedita alla stregoneria?

– Suor Agnese, lo sapete, no, come era fatta… prendeva dall'officina le erbe senza permesso…

– Le erbe?

– Le erbe, sì… Sempre la stessa erba… Il licopodio, lo conoscete, no…

– Come ve ne siete accorta? Lo usate di frequente?

– No, no… Qui facciamo soprattutto decotti per restringere le viscere, si usa molta liquerizia… e l'erba di San Giovanni, per mitigare l'umore melanconico…

– E invece, codesto licopodio cosa sarebbe?

– Sì… lo chiamano anche erba strega… – Qui il segno di croce era arrivato, il canonico ne era sicuro. – Serve per fare gli impiastri per la pelle, quando è bruciata, arrossata… Se ne fa anche i decotti, a quanto è scritto sul ricettario, sapete, per favorire la digestione… far scorrere meglio gli umori sottili… Ma suor Agnese non ce li aveva mica, malanni alla pelle…

E voi come fate a saperlo, avrebbe voluto chiedere il canonico Cini, l'avete vista senza la tonaca indosso? Meglio evitare, per carità. Era stato già fortunato ad avere il permesso di parlare con le monache senza che fosse presente la suora ascoltatrice. Comunque, molti decotti contro la diarrea e la malinconia, e i problemi digestivi erano sconosciuti. Un altro indizio che queste donne non mangiavano come si doveva.

– E quindi cosa ci faceva con il licopodio?

– Eh, quello lo sa solo Domeneddio, monsignore… E non lo approvava, siatene certo – rispose la monaca, con parecchia sicurezza e un po' meno logica. – Aveva la sua cella personale, sapete, la nostra sorella… Non era avanti cogli anni né aveva mezzi, ma aveva la cella sua… e fra mattutino e laudi la si sentiva sempre trafficare e tramestare chissà cosa…

– Ne avete parlato, fra voi? Altre fra le vostre consorelle hanno lamentato sottrazioni dei loro averi?

– Nessuna di noi ha propri beni personali, monsignore… – disse suor Achillea con voce melliflua. – Tutto quello che vedete, anche le nostre vesti, sono del convento…

– Ancor più grave, allora – replicò il Cini con voce seria. – Ci sono stati altri episodi come questo?

La sopraggiunta severità del canonico non era tanto rivolta alla suora, quanto a se stesso. Quella faccenda della povera suor Agnese continuava a distoglierlo dal suo scopo. Concentrati, Niccolò. Sua Altezza non ti ha chiesto di investigare sul destino di una suora, ma di investigare sullo stato di questo convento.

– Ho sentito, mi pare, settimane orsono… sorella Bruna ci aveva una secchia… e diceva che l'era sparita la secchia…

E te lo immagini, il furto di una secchia. Anche vero che, in quella miseria lì, persino un pezzo di fil di ferro poteva essere un bene di lusso.

– Ma anche sorella Orsola s'era lamentata parecchio… diceva che Agnese nascondeva qualcosa…

– In che senso?

– Eh, non lo so… io e suor Orsola non ci si parla tanto, si fa cose diverse…

– Dove posso trovarla? E che ruolo ha nel convento?

– È la canovaia, sorella Orsola… La troverete giù in cantina…

– Qua, padre. Un buon bicchiere di vino fa digerire il pasto più pesante.

– Parole sante, messer Galileo – disse padre Gioacchino,

con un sorriso impastato, porgendo il bicchiere. – Non sono più avvezzo a mangiare così tanto.

– La regola di santa Chiara è fatta per le donne – replicò Galileo, riempiendo il bicchiere meno di quanto l'altro si aspettasse. Non per cattiveria, o mancanza di senso dell'ospitalità, ma perché la caraffa era finita. – Eh, insomma, noi qui invece abbiamo fatto onore a Bacco.

– Che non vi senta frate Damiano, signor mio – disse padre Gioacchino, dopo un sorsetto. – Se vi sentisse nominare gli idoli pagani andrebbe a cercare la legna per il rogo.

– Eresia bacchiana. Suona bene. È così rigido, frate Damiano?

– È un francescano – disse padre Gioacchino, con un piccolo ruttino. – Non è certo uno spirituale. È più un seguace di Buonaventura da Bagnoregio che di san Francesco, mi vien da pensare ogni tanto.

– Ha una certa qual cultura, quindi, se capisco bene.

– La cultura di frate Damiano è come il lago Trasimeno. Ampia, ma per nulla profonda. – Padre Gioacchino rise, ma la risata si trasformò presto in un colpo di tosse. – Perdonate, Galileo, sto malignando contro un mio fratello in Cristo.

– Non gettatevi la croce addosso, padre. Temo sia colpa del vino, più che vostra.

– Ah, senza dubbio. – Padre Gioacchino prese la caraffa e la girò, lasciando cadere due o tre goccioline poco convinte. – Meno male che lo abbiamo sterminato. Poco vino è amico dell'uomo, troppo è amico del demonio. Quanto ne abbiamo bevuto, secondo voi?

– Quella caraffa che avete in mano, è la seconda volta che rimane vuota.

– E quanto liquido tiene, ne avete idea?

– Posso dirvelo con esattezza. Tiene esattamente una caraffa. O, se preferite, con una botte piena di vino posso riempire codesta caraffa poco meno di duecento volte. Il che significa che più o meno tiene due pinte. Ma non farei l'esperimento adesso, debbo confessarvi che anche io mi sento un po' pieno.

– Eh, i volumi... Nella matematica di Euclide è tutto facile. Le figure son cerchi e triangoli, e i volumi sono sfere, cilindri e coni. Ma nel nostro povero mondo i recipienti non sono mai forme ideali. Questa caraffa – continuò il gesuita, con etilica sicurezza – direi che più che una sfera ricorda una pera.

– Si può far molto anche con la geometria di Euclide – replicò Galileo. – Alcuni anni fa, mi ricordo, mi avvidi che se ricavo una scodella semisferica da un cilindro, allora la parte rimasta solida della scodella ha il medesimo volume di un cono di stessa base del cilindro e stessa altezza.

– Sì, ma voi parlate ancora di forme regolari – obiettò il gesuita. – Sfere, coni e cilindri. Questa caraffa qui che tengo in mano non è né sfera né cilindro, né assomiglia ad alcuna forma che conosca. Per saperne il volume, si è costretti a pesarla da piena e da vuota.

– Non necessariamente – sorrise Galileo. – Si possono usare gli indivisibili.

– Gli indivisibili?

– Si tratta di un metodo per il calcolo di una superficie, di una area o di un volume di qualsivoglia forma o foggia la si disegni o si costruisca. Lo pensò un allievo del padre Castelli, che ora è lettore di matematiche a Bologna. Forse lo conoscete, è Buonaventura Cavalieri dei frati gesuati di san Girolamo.

– Un matematico gesuato? – chiese padre Gioacchino, con

una punta di stupore. Comprensibile, intendiamoci: la differenza tra gesuiti e gesuati era molto più marcata di quello che una singola vocale potrebbe suggerire. Veste nera per i seguaci di Ignazio, veste bianca per quelli di san Girolamo: e anche se l'abito non fa il monaco, in quel caso lo distingueva bene. Se i gesuiti erano gli alfieri della Controriforma, l'esercito del Papa verso gli eretici, ed erano potenti, indispensabili alla Chiesa, i gesuati erano quelli che portavano la parola di Dio ai malati e ai moribondi, e come ordine non erano troppo lontani dai loro assistiti. C'era un'altra differenza: i gesuiti erano istruiti, tutti. I gesuati, quasi nessuno. Tra i pochi che davano senso a quel «quasi» c'era proprio Buonaventura Cavalieri.

– E di gran valore – confermò Galileo con serietà. – Pochi da Archimede in qua, forse niuno, si sono così profondati nell'intelligenza della geometria. Dieci anni orsono, più o meno, mi scrisse riguardo a tale suo metodo, e sono anni che lavora per portarlo a pubblicazione, cosa che non dispera di poter fare in capo a due o forse tre anni ancora.

Gli occhi di padre Gioacchino sembrarono riemergere dal laghetto di vernaccia nel quale galleggiavano fino a un attimo prima.

Per un gesuita dabbene, sentir dire «nuova tecnica matematica» era come per la casalinga di Voghera sentir dire «nuova raccolta punti alla Coop». Dovevi fare prima degli altri, altrimenti i premi più ambiti finivano e a te toccava l'ennesimo set di contenitori per il frigo.

La matematica, come si diceva prima, all'epoca era potere. Più ne sapevi, e più lontano potevi arrivare, e padre Gioacchino non era uno di quelli a cui faceva schifo la carriera. Aveva già fatto dei sacrifici, per la carriera. Ivi incluso quel convento dimenticato da Dio e dagli uomini, dove lo avevano spedito i suoi superiori, a patire il freddo e a rischiare la peste. Ma in quel momento poco importava. Due, forse tre anni. Tanti, per un assetato di cultura e di carriera. Troppi, se di fronte a te hai uno che...

– Messer Galileo, voi li conoscete a fondo?

– Sono in grado di applicarli. E, se capisco bene cosa intendete dire, anche di insegnarli. Ma, perdonatemi, non prima di aver terminato le correzioni al mio manoscritto e di averle viste stampate. Questo è il mio maggior cruccio al presente.

– Certo, certamente, messer Galileo. Tutti attendono il vostro libro con ansia. Anzi, quando prevedete di poterlo dare alle stampe?

– Ormai è quasi pronto, mancano solo alcune correzioni. Anzi, domani dovrò passare in convento a prendere la copia dei fogli calligrafati da mia figlia. Avrei dovuto prenderli oggi, ma con quel che è accaduto... Sono gli ultimi, e poi potremo dare la copia al commissario dell'Inquisizione e licenziare la stampa. Anche io, sapete, sono anni che attendo di poterlo pubblicare...

– Alla buon'ora, padre. Vi aspettavo per la sesta.

– Pace e bene, frate Damiano. Che succede?

Frate Damiano guardò il suo compagno di tonaca con aria grave, concentrata e preoccupata.

– Tutte le consorelle volevano confessarsi entro oggi. Quello che è successo ieri notte le ha molto colpite, non volevano correre il rischio di lasciare il mondo con l'anima gravata dal peccato.

– Eh be', certo, è giusto e coscienzioso da parte loro.

– Almeno qualcuno che lo è, grazie a Dio.

Padre Gioacchino si fermò. Il tono del francescano, già di solito non molto simpatico, stavolta era veramente fastidioso.

– Ce l'avete con me?

Frate Damiano mise una mano sull'avambraccio del gesuita.

– Ci sono da confessare ventinove professe e dieci converse prima che faccia buio. Adesso non ce la faremo mai. Avreste dovuto essere in convento tre ore fa.

Padre Gioacchino prese la mano del francescano e se la levò dall'avambraccio.

– Non ero a riposarmi. Ero da messer Galileo a riparare... – singhiozzo seguito da un piccolo rutto – ... a riparare l'orologio meccanico.

– A riparare l'orologio? Interessante. A che io sapessi, gli ingranaggi si lubrificano con l'olio, non col vino.

– State insinuando che sono ubriaco?

Frate Damiano fece un rumore con la bocca che, se emesso da un chierichetto in un luogo consacrato, avrebbe richiesto come minimo due o tre paternoster prima di poter essere rimesso da Nostro Signore.

– Non prendetemi in giro, per favore. Comunque, padre Gioacchino, non è il caso che frequentiate troppo casa Galilei. Date retta a un francescano ignorante. Chi va con lo zoppo... lo conoscete il proverbio.

– Ne conosco anche un altro su un frate di Velletri. E comunque, fratello Damiano, non mi dispiacerebbe zoppicare come gli allievi di Galileo. Forse non ve lo ricordate ma il cameriere personale del Papa, monsignor Ciampoli, è stato allievo di Galileo. Il padre Castelli, quel grande ingegno che ha deviato il fiume Reno nel Po a Bologna, quello che Sua Santità

Urbano ha prescelto come precettore del suo unico nipote, è stato allievo di Galileo.

– Ah, certo, per occupare un posto di potere bisogna essere stati allievi di Galileo. Ricevere l'autorizzazione del più grande sapiente dei nostri tempi. Non mi immaginavo che bramaste così tanto di fare carriera.

– Voi confondete la causa con l'effetto. Non sono lì perché sono stati allievi di Galileo. Sono stati allievi di Galileo e in conseguenza di ciò che hanno imparato sono stati chiamati. Di fronte al Signore Dio Onnipotente siamo tutti uguali, ma di fronte all'esondazione di un fiume no.

– E quali cose può insegnare Galileo che un gesuita già non sappia? – chiese frate Damiano con una puntina di sarcasmo.

– Ah, non ne ho idea. Dato che non me le ha insegnate, mica le posso sapere prima. Dovreste chiederlo direttamente a messer Galileo.

– Buona idea – continuò a petulare il francescano. – Domani, invece di attendere ai miei uffici e ai miei doveri, andrò io a lezione e vi lascerò qui a confessare le penitenti.

– Vi farebbe un gran bene. Domani parleremo di una teoria matematica detta degli indivisibili, pare sia un argomento molto interessante. Vi prego, prendete appunti così che possa leggerli anche io. Sempre che sappiate scrivere, visto che vi vantate della vostra ignoranza...

– Gli indivisibili? Il metodo di calcolo di padre Cavalieri?

– Lo conoscete? Allora non siete così ignorante come vi professate.

– Lo conosco per sommi capi, e forse è anche troppo. Gli indivisibili, padre Gioacchino, sono eresia.

– Eresia? – chiese padre Gioacchino con un sorriso ebbro,

da finto tonto. – Come può una teoria puramente matematica essere eresia?

– Così come lo è la dottrina copernicana.

Stavolta fu il turno di padre Gioacchino di fare una pernacchia.

– Perdonatemi ma non capisco. Mi avete detto che i cavalli sono eretici, e quando vi ho chiesto come mai mi avete risposto che i maiali sono eretici. Non è certo una argomentazione convincente. Senza contare, fratello, che vi confondete. La teoria copernicana, in quanto teoria matematica, non è una eresia.

– State delirando. Dire che il Sole è al centro dell'universo, e che la Terra gli ruota intorno non è eresia?

Padre Gioacchino iniziò a fare di no con la testa, lo sguardo verso il suolo, come se leggesse la sua risposta nella ghiaia del cortile del convento.

– Fratello, una cosa è dire che il Sole è al centro e che la Terra ruota, cosa che sappiamo essere falsissima giacché se davvero fosse così avvertiremmo venti impetuosi che strapperebbero le case da terra, e un conto è dire che, – la voce di padre Gioacchino si alzò quasi in falsetto – *facendo finta* che il Sole sia al centro e che la Terra ruoti, i calcoli astronomici vengon molto meglio e otteniamo maggiore accordo tra quelli e l'alternarsi delle stagioni, della durata del giorno e del moto delle stelle.

– E non è come dire che allora è vero che il Sole sta al centro? Se la matematica dice una cosa, come può quella cosa essere falsa? Dato che due più due in matematica fa quattro, la verità è che se tolgo due capre da un gregge di quattro capre ottengo nove capre?

– No, fratello. Il fatto è che ancora non abbiamo capito come si muove il Sole e come si muovono le altre stelle, e che il modo migliore che abbiamo di fare i calcoli per adesso, finché non si capirà correttamente come essi si muovano, è immaginare, far finta che la Terra giri.

– Mi sembra un artificio retorico. Quello che so io è che nella Bibbia è scritto che il Sole si muove intorno alla Terra, e dire cose contrarie ad essa è eresia.

Padre Gioacchino levò gli occhi dal suolo e li lasciò vagare verso l'orizzonte.

– Quello che so io, invece, è che Sua Santità Urbano ottavo, che al momento sarebbe il Papa, ammette il sistema di Copernico come ipotesi e attende con impazienza che messer Galileo lo esplichi e lo illustri nel suo nuovo libro. – Padre Gioacchino rivolse lo sguardo verso il francescano. Era dolce, quasi paterno. – Se presumete di saperne più del Papa, vi esorto a rendere pubblico il vostro punto di vista. Altri lo hanno fatto in passato. Anzi, potreste scrivere di vostro pugno le suddette tesi e affiggerle sul portone del convento. Però devo avvertirvi: ho il vago sospetto che anche questa potrebbe essere considerata eresia.

Frate Damiano impallidì. Essere accostato a Martin Lutero non era certamente un paragone confortevole, specialmente da parte di un gesuita.

– Io... Non osereste mettermi in bocca parole che io non ho mai detto...

Padre Gioacchino sorrise in modo dolce.

– Certo che no. Ma voi, ve lo dico come consiglio, cercate di non immischiarvi in questioni che non capite.

– Adesso devo andare a confessare...

– Vengo con voi, fratello. Due è meglio di uno, dice il Signore.

X

Nel nome del Padre, del Figlio e

Dove una suora affida al segreto della confessione un peccato suo e quello d'un altro

– Nel nome del Padre, del Figlio e dello Spirito Santo, amen. Il Signore, che illumina con la fede i nostri cuori, ti dia una vera conoscenza dei tuoi peccati e della sua misericordia.

– Amen.

– Guardiamo con fede a Gesù Cristo Signore, crocifisso per i nostri peccati e risorto per la nostra salvezza. Ascoltiamo la parola del Signore: «Se voi perdonerete agli uomini le loro colpe, il Padre vostro celeste perdonerà anche a voi; ma se voi non perdonerete agli uomini, neppure il Padre vostro perdonerà le vostre colpe».

– Amen.

– Adesso dimmi, sorella, quali sono i tuoi peccati?

– Ho dato falsa testimonianza di fronte alle mie consorelle, padre.

– Quando e in che occasione, sorella?

– Quando mi hanno chiesto se sapevo qualcosa sulla morte di suor Agnese, che Dio l'abbia in gloria nella sua casa.

– E che cosa hai detto, sorella?

– Niente. Non ho detto niente. Non ho avuto il coraggio di dire niente. Ho peccato di omissione.

– E che cosa avresti dovuto dire?

Al di là della finestrella, adesso si udivano singhiozzi.

– Sorella, – disse il confessore con pazienza – attraverso la confessione e per mezzo del sacramento della penitenza, il cristiano muore e risorge con Cristo, e viene così rinnovato nel mistero pasquale. Non temere di rendere la tua testimonianza di fronte a Nostro Signore.

– Ho visto, padre.

– Hai visto cosa, sorella?

– Ho visto chi ha gettato suor Agnese dalla finestra.

XI

Il freddo arrivò all'improvviso

Dove un freddo cane cala su tutta Firenze, & la nottata tersa è occasione per una corrispondenza di amorosi sensi

Il freddo arrivò all'improvviso, quella notte.

Ottobre era stato eccezionalmente mite, quasi caldo; ma nel pomeriggio si alzò un ventaccio da nord, e il freddo vero, di quando non esistevano ancora le mezze stagioni, calò su tutta Firenze. Tutta.

Sul centro della città, dove i signori nelle case patrizie dettero ordine ai camerieri, per il mattino, di aggiungere il vino nella minestra per rinforzarla, anche in quella dei bambini.

Su Palazzo Pitti, dove il segretario di Stato Cioli, a ogni missiva letta, si alzava dalla scrivania e ci camminava intorno per riscaldarsi, perché i servitori avevano cominciato ad accendere i camini partendo dagli appartamenti del Granduca e della corte, perché Sua Altezza Serenissima era illuminato ma mica scemo, e prima che arrivassero alla segreteria sarebbero passate delle giornate.

Sul convento di San Matteo in Arcetri, dove le monache si erano alzate per il mattutino e prima di dirigersi al coro si erano infilate i sandali, invece di incamminarsi a piedi nudi come avevano fatto fino al giorno precedente, per perdere meno sonno possibile, e adesso pregavano per le anime di quelli là fuori sfregandosi contro i corpi delle consorelle capitate loro accanto, braccia contro braccia, petti contro schiene, fiati freddi su colli ancora più freddi.

E sulla torretta della villa Il Gioiello, ad Arcetri, dove Galileo stava sistemando il cannone occhiale, mettendolo a fuoco con le dita intirizzite. Era una notte ideale per guardare il cielo: non c'era una nuvola, e il vento aveva spazzato via tutte le brume e le foschie, persino i pochi vapori che si alzavano dalle canne dei forni.

Ma non era quello il motivo per cui l'anziano filosofo stava guardando il cielo; e dietro la precisione con cui stava regolando il punto di osservazione non c'erano cause scientifiche, ma umane.

Stava puntando il cannocchiale su Giove per osservarne la posizione dei satelliti, come aveva promesso alla figlia nel pomeriggio; nello stesso identico punto, appena dopo il mattutino, Celeste avrebbe direzionato il telescopio del convento, e insieme, anche se separati sulla terra, avrebbero condiviso quel pezzetto di cielo.

Galileo finì di stringere l'ultima vite, col pollice e l'indice bianchi dal freddo, e si infilò la mano destra nella barba, sotto al mento, strusciando per riscaldarla.

Quando Virginia era piccola, a Padova, era morta una bambina, la Zanetta, che era sempre a giocare da loro nel cortile di casa. Quella notte Galileo aveva preso per mano la piccola Virginia, che piangeva e non riusciva a dormire, e l'aveva portata in cortile, al buio. Le aveva fatto appoggiare l'occhio al cannocchiale e le aveva detto di guardare.

– Che cosa sono quelle, padre? – aveva chiesto, vedendo le scie luminose che solcavano il cielo.

– Sono gli angeli, che vanno a prendere le anime dei defunti – aveva risposto Galileo, con serietà. In realtà quelle scie erano uno sciame di meteoriti, nella fattispecie le Orionidi, che comparivano sempre nel cielo di ottobre. Ma Galileo non lo sapeva ancora, come del resto nessuno, all'epoca; anzi, sull'origine delle comete il filosofo toscano aveva delle idee piuttosto malferme. – Uno di loro sta venendo giù a prendere la Zanetta, per portarla in cielo.

– Siete sicuro che la porterà in cielo?

– È mai stata cattiva la Zanetta?

– Una volta ha tirato la coda al gatto – disse la bambina, seria seria. – Ma una volta sola.

– Una volta non conta, Virginia.

La bimba si era asciugata una delle ultime lacrime.

– Allora la ritroverò in cielo, la Zanetta?

– Se sarai buona anche tu, certo.

Poi Virginia era cresciuta, era entrata in monastero, e quel proposito di bambina lo aveva preso parecchio sul serio; e col passare degli anni aveva capito che il cielo e il Cielo non sono sempre la stessa cosa. Ma, ogni volta che era mancata una persona a loro cara, suor Maria Celeste e Galileo avevano mantenuto quel rituale. La notte, puntavano il cannocchiale verso un punto concordato da entrambi durante il giorno.

Lo avevano fatto quando era mancato il fratello di Galileo, Michelangiolo.

Lo avevano fatto quando era morta la sorella di Galileo, la madre di suor Chiara, sua cugina, anche lei adesso nel convento di San Matteo.

Lo avevano fatto quando era mancata suor Anna Lucia, la maestra di quando Virginia e Livia erano novizie.

Non lo avevano fatto per la madre di Galileo e nonna di Virginia, donna Giulia Ammannati, che pur essendo mancata in realtà non sarebbe mancata a nessuno, una vecchia stronza acida e taccagna che anche da giovane era stata stronza acida e taccagna, egoista nell'animo, vendicativa nei comportamenti e con un carattere veramente di merda.

Mancare, essere mancati. Buffa, la lingua italiana. Anche se suor Maria Celeste c'era, era viva e presente, a Galileo mancava Virginia.

Galileo conosceva bene la vita in monastero. C'era stato tra gli undici e i quattordici anni, quando aveva detto chiaramente al padre che voleva prendere l'abito, e gli stessi monaci di Vallombrosa avevano confermato al buon Vincenzio Galilei di vedere nel suo figliolo «chiarissimi i segni della vocatione»; a quel punto, con il pretesto di poterlo curare meglio per una malattia agli occhi – la cui guarigione era ostacolata dal clima umido dell'abbazia –, Vincenzio aveva preso il figlio e lo aveva portato via anche parecchio alla lesta. E così, a sedici anni, era entrato nello Studio pisano. Sedici anni: la stessa età a cui Virginia aveva fatto la sua professione di fede e si era chiusa per il resto della sua vita terrena nel convento di San Matteo. Convento dove il padre l'aveva fatta entrare dodicenne, disperando di poter mai racimolare una dote adeguata per lei e la sorella Livia.

Fuori, nel mondo libero, era rimasto solo Vincenzio, il terzogenito.

Quello che a detta di Galileo aveva preso da lui solo una cosa, però in duplice copia – uno all'inguine e l'altro in testa. Quello che si ricordava delle sorelle solo quando mandava a imbiancare e stirare i colletti larghi all'uso spagnolo (corollario imprescindibile nel '630 per un giovane alla moda che volesse farsi notare). Quello che aveva rifiutato o era riuscito a farsi cacciare da tutti i posti che il padre gli aveva procurato, come l'opulenta canonica di Brescia, e che al momento in cui era scoppiata la peste se l'era filata a Montemurlo con la moglie incinta, lasciando al nonno il nipotino.

Sospirando, Galileo scosse la testa e accostò l'occhio all'oculare.

XII

Il canonico non aveva dormito

Dove Cini riferisce al Granduca ciò che ha visto a San Matteo,
& gli viene affidato un incarico ancora più delicato

Il canonico non aveva dormito, quella notte.

Una volta uscito da casa di Galileo, aveva visitato il lazzeretto di Pian dei Giullari, un altro convento, e poi si era incamminato per tornare verso la sua canonica. Ma, arrivato dalle parti di Porta Romana, aveva impercettibilmente rallentato il passo, e mentre costeggiava la chiesa di San Felice aveva preso la sua decisione. Arrivato in piazza de' Pitti, invece di proseguire verso il Ponte degli Orefici e di perdersi a fantasticare a come fosse possibile che lì, sul ponte più elegante di Firenze, fino a trent'anni prima ci fossero le botteghe dei macellai, si fermò e voltò verso il palazzo.

– Altolà!

– Sono Cini, il commissario di Sanità – disse il canonico, tirando fuori il lasciapassare. – Ho bisogno di parlare con Sua Eccellenza Andrea Cioli.

La guardia spiegò il foglio e fece finta di saper leggere quello che c'era scritto sopra – le falle della sicurezza non sono certo un'invenzione dei nostri giorni – ma riconobbe il timbro granducale, che significava «non metterti mai a discutere con una persona che ha un documento con questo simbolo».

– Entrate.

– Insomma, voi dite che il problema di queste donne è che versano in condizioni miserande.

– Questo è il secondo suicidio nel giro di quattro mesi, a quanto mi riferì messer Galileo, e sto parlando di quelli accertati. Non è certo un numero confortante. Per dirla schietta, non è normale. – Il canonico si alzò dalla sedia e cominciò a camminare girando in tondo. – La suora che si è tolta la vita, suor Agnese, era una donna giovane e sana, mi è stato riferito. Ed aveva una cella per lei sola. Lo sapete bene anche voi, che non siete monaco, le celle personali vengono destinate a monache anziane o importanti, facoltose. Letteralmente, di solito, vengono comprate. Ma suor Agnese non era niente di tutto ciò. E ho i miei dubbi che fosse ricca, i suoi parenti non l'avrebbero certo mandata in un convento povero come San Matteo.

– E quale ragione vi date, quindi, per questo trattamento?

Il canonico Cini si zittì per qualche secondo. Non voleva essere lui a dire ad alta voce la conclusione a cui era arrivato.

– Abbiamo una giovane sana e piena di vita che *ex abrupto* si getta da una finestra. Segretario, anche sulla base delle voci per cui Sua Altezza mi ha mandato al convento di San Matteo, ho un grave sospetto.

– Pensate che la ragazza ricevesse uomini, nel segreto della propria cella, in cambio di qualcosa?

– Penso questo, sì. E se ho ragione, devo dedurne che la madre superiora lo sapesse.

– È una accusa molto grave – disse il segretario di Stato, rimanendo seduto.

– Non è un'accusa, segretario, è una ipotesi. Molto grave, avete ragione. Per questo vorrei chiedere a Sua Altezza Serenissima di istituire un'indagine. Non possiamo permetterci di tenere in funzione un convento dove le monache si prostituiscono o si danno la morte pur di non morire di fame. Massimamente in questi tempi in cui l'Altissimo ci sta così fortemente punendo per i nostri peccati.

A volte, si fanno le scelte giuste per le ragioni sbagliate. Per esempio, non c'erano prove concrete che, migliorando il tenore di vita delle monache di un convento di periferia, Dio avrebbe rallentato il contagio. Nondimeno, l'intento del canonico Cini era sincero. Allo stesso modo, il segretario di Stato – pur non vedendo alcun motivo per cui, in quel frangente di crisi, avrebbero dovuto occuparsi di un convento pulcioso trasformato in una specie di casino, con tutti i casini veri che stavano succedendo – era consapevole che il Granduca Ferdinando II prendeva molto sul serio i peccati dei fiorentini, e se non gli avesse riferito le parole del Cini, se la sarebbe presa con lui. Per cui anche Andrea Cioli, pur se con motivazioni egoistiche e non certo umanitarie, decise di prendere la decisione più giusta.

– Guardo se potete conferire con Sua Altezza anche adesso.

– Una situazione deplorevole – disse il Granduca, chino sul tavolo del biliardo.

– Assai deplorevole – concordò il Cini.

– Decisamente deplorevole – confermò il Cioli.

– Bene, non risolveremo certo la questione continuando a ripetere le stesse cose – disse Sua Altezza Serenissima, mentre prendeva la mira per effettuare un rinquarto. – Credo sia necessario accertarsi della vera e autentica condizione in cui si tengono le monache di San Matteo.

– Sarebbe opportuno condurre una inchiesta, quindi, perquisendo i loro alloggi – interpretò il Cioli.

– Andiamo, Cioli, non è permesso a me di varcare i confini della clausura, e credete che basterebbe incaricare un ispettore? – disse il Granduca brandeggiando la stecca. – È follia solo pensarlo. No, dovremo procedere con cautela, parlando con le monache, informandoci sulle loro provvigioni, sui loro mezzi. Cosa suggerite di fare, monsignore?

Il canonico Cini tossicchiò.

– Se mi è concesso, Vostra Altezza, credo che sia necessario confrontare le entrate ufficiali con le spese che sostengono. Queste sono magre, è vero, ma le altre sospetto siano magrissime.

Il ragionamento del canonico Cini era semplice: facciamo il conto delle entrate scritte nel registro della suora ruotara e confrontiamole con le uscite prese dal registro della provveditora. Se le entrate fossero minori delle uscite, saremmo costretti a concludere che alcune entrate avvengono sottobanco – anche se in realtà sarebbe più giusto dire sottolenzuola.

– Bisognerà compulsare i registri, fare i giusti conti e tener traccia di ogni minuta. Dovrete incaricare una persona di grande acume e di grandi capacità matematiche, oltre che di grande discrezione.

Il Granduca d'improvviso colpì il pallino, che partì con un rumore secco e rimbalzò sulle tre sponde descrivendo una specie di rombo prima di urtare la palla centrale.

– Non c'è problema, monsignore – rispose il Granduca, mentre seguiva con lo sguardo la traiettoria della palla. – Mi sembra che voi possediate tutte le qualità necessarie.

– Come, io? Perdonate l'ardire, Vostra Altezza, ma io debbo già occuparmi di tutte le necessità dei religiosi a sud dell'Arno...

Il Granduca si rialzò dal biliardo, poggiando il fondo della stecca in terra.

– Appunto. Siete già conosciuto, monsignore, e siete fidato. Anzi, per questa faccenda siete l'unico in cui possa confidare come in me stesso.

E Sua Altezza Serenissima guardò il canonico con l'aria tipica del monarca illuminato che tanto ci tiene agli umili e se potesse ci andrebbe lui di persona, ma ha già tante cose da fare e non si può mica dividere in due.

Nemmeno Niccolò Cini, ad essere onesti, si poteva dividere in due. Ma lui era un commissario, non il Granduca.

– Sono onorato della fiducia, Vostra Altezza.

XIII

Al Sig.re Matematico Granducale Galileo

Dove Galileo si vede costretto a recuperare crediti per un'amica, ma ci guadagna un'alzata d'ingegno

Al Sig.re Matematico Granducale Galileo Galilei.

Molto illustre Signor mio et padrone Osservandissimo,

perdoni la Vostra Signoria l'ardire di questa mia missiva che scrivo con core contrito già che parla di argomento vile, ma sapendo che ella si trova in buona dispositione d'animo e di salute ho voluto ricorrere alla V. S. che so in quale consideratione immeritata mi tenga.
Vengo a voi dopo aver scritto al reverendo sig. Cioli segretario di Stato e nostro amico riguardo al quadro di quella Giudith ch'io diedi al Ser.mo Granduca Cosimo e del quale temo ormai si sia persa memoria, ché credo impossibile di averne riscontro senza appellarmi in altra via, e per la quale avanzo ancora cinquanta scudi, e per ciò impetro la protettione di V. S. presso Sua Altezza Serenissima Ferdinando, di cui entrambi conosciamo la generosità alla quale fanno ricorso tutti li virtuosi. E vi confesso che avrei caro sovra ogni cosa il poter tornare in Firenze, dove sotto la magnificenza del Granduca li artisti possino discutere et prosperare. Già inutilmente ebbi a scrivere anche a Sua Altezza Ser.ma Ferdinando, la quale credo certo per gli impedimenti del suo go-

verno, e per il morbo non ebbe modo di rispondermi così come sicuramente fece il Cioli.

Vi bacio le mani e mi inchino alla vostra benevolentia,
di Napoli li 5 agosto 1631,
Vostra servitrice obbligat.[ma]*,*

Artemisia Gentileschi

Galileo ripiegò con cura la lettera e la mise sotto il pesante fermacarte di bronzo. Non sapeva se essere lusingato o infastidito.

Lusingato, certo, perché Artemisia era una pittrice di bravura eccezionale oltre che una sua amica, e il fatto che dopo aver scritto al Granduca e al segretario Cioli scrivesse a lui voleva dire che, come ordine di importanza, lo considerava praticamente la terza persona più influente di Firenze, ben di più di altri salami bardati che si vantavano in lungo e in largo delle loro cariche pubbliche.

Infastidito, perché certe persone ti scrivono solo al momento del bisogno. Gli avrebbe fatto gran piacere ricevere lettere della Gentileschi riguardanti la sua pittura, o le sperimentazioni arditissime che faceva nell'uso della luce. Erano anni che non si scrivevano, e la prima lettera che riceveva era una richiesta di aiuto per avere dei soldi, e poi magari una mano per tornare a Firenze.

Vero era che pure lui era costretto a ricorrere in continuazione agli amici per farsi pagare lo stipendio – lo stesso che il Granduca gli aveva assegnato col motuproprio del 1610, e di cui si era trovato a discutere con frate Damiano; se aspettava il Cioli, che pure era un brav'uomo ma ne aveva da fare mille, addio. E quindi giù lettere a Famiano Michelini, a Mario Guiducci, a chiunque in quel momento avesse la possibilità anche solo di passare accanto al Granduca e dirgli Altezza, a proposito, dice messer Galileo che son tre mesi dall'ultima volta che ha ricevuto la provvigione...

– Piera!

– Comandate, sor Galileo.

– Preparami la mula che vado a Firenze.

– O cosa ci andate a fare in città, sor Galileo? Mica vorrete portarmi la peste in casa?

– Devo andare dallo stampatore, Piera, sennò questo accidente di libro non lo vedrò mai finito.

– Andate dallo stampatore e basta, vero? Badate d'un andammi a giro ne' peggio posti a respirare l'aria cattiva dei palazzi, che poi me la portate qui.

– Certo, Piera, certo. Non preoccuparti.

La relazione di Galileo con la Piera, la domestica, era semplice: gli era impossibile stare senza la Piera, gli era impossibile stare con la Piera. Cuoca impeccabile, pettegola insopportabile, di una fedeltà canina e di una stupidità bovina, che trattava la casa come se fosse stata sua e Galileo idem. Figuriamoci se le andava a dire che dopo aveva intenzione di andare a Palazzo Pitti a informarsi del quadro di un'amica – una azione disinteressata che non avrebbe portato soldi e poteva portare pestilenza. Gli avrebbe rotto le scatole *ad nauseam*. No, no, meglio in incognito. Meglio non dire niente.

– E ancora quindi non glielo avete detto?

– Non ho ancora avuto il tempo.

– O forse non ne avete avuto il coraggio, segretario? – chiese, con parecchia empatia nella voce, il canonico Cini.

– Né l'uno né l'altro, monsignore – ammise il Cioli.

Vi capisco, disse lo sguardo del canonico Cini al segretario. Ambasciator non porta pena, dice il proverbio, ma cattivo ambasciatore porta merda, diceva la saggezza del palazzo. A furia di portare brutte notizie al Granduca, era concreto il rischio che Sua Altezza Serenissima sviluppasse un riflesso pavloviano tra «presenza del segretario di Stato Andrea Cioli» e «rogna in arrivo».

– Ma lo dice proprio così?

– Ecco, leggete.

– «*Tutti cercano attraversarmi perché sono stizziti dalla mia presenza, e l'Arcivescovo minacciò anche della possibilità che mi meritassi la scomunica...*» – lesse il Cioli, tenendo il foglio ben distante, del resto ormai si avvicinava ai sessanta e le lettere tendevano ad essere parecchio sfumate. Ma il loro significato, invece, era chiaro: Luigi Capponi, commissario della Sanità per il Volterrano, obbedendo agli ordini di Sua Altezza Serenissima aveva invitato l'Arcivescovo a impedire gli assembramenti di popolo e a ridurre al minimo le funzioni religiose. Per tutta risposta l'Arcivescovo, stando al Capponi, aveva invitato i locali a fregarsene delle disposizioni della Signoria e, alle proteste del commissario, aveva tirato fuori dalla mitra quello che era il deterrente preferito degli alti prelati dell'epoca: la scomunica. Un grande classico, un po' come abbandonare i giardinetti portandosi via il pallone: già visto, ma sempre d'effetto. Quella che era inaudita era la risposta del Capponi.

– «*... e allora mi scomunichi e faccia quello che vuole, che a me non importa niente, e sono qui a servire Sua Altezza Sere-*

nissima» – finì di leggere il Cioli, per poi alzare gli occhi sul Cini.

– Santo cielo.

– Capite, adesso?

– Ossignore, proteggici tutti. Questo è un casino.

Il segretario di Stato guardò il canonico metropolitano, che era chiaramente teso quanto lui. Il Granduca, lo sapevano entrambi, aveva un metodo validissimo per gestire i problemi scottanti: li affidava a qualcun altro. Il quale poi, a sua volta, li avrebbe affidati a qualcun altro lievemente più in basso nella scala gerarchica, il quale poi a propria volta eccetera eccetera, fin quando il Granduca non avesse deciso cosa fare o il questuante non gettava la spugna.

Il problema, qui, era che il Capponi chiamava in causa il Granduca personalmente, dicendosi suo dipendente, e il questuante dall'altra parte era un vescovo, il quale aveva effettivamente diritto di scomunica. Ora, c'è scomunica e scomunica: l'Arcivescovo *in pectore* di Firenze, Sua Eccellenza Pietro Niccolini, aveva dato pieno appoggio al Granduca in vari frangenti, per esempio scomunicando *de facto* chiunque venisse sorpreso a rubare nelle case dei defunti, il che era di grande aiuto. E c'è vescovo e vescovo: quello di Firenze, ogni giorno che passava, si dimostrava un ganzo, quello di Volterra ormai da anni era chiaro che fosse un deficiente. Ma, come abbiamo visto anche noi sin troppe volte negli ultimi anni, la stupidità di un potente non ne diminuisce in alcun modo i poteri.

Per cui, se il vescovo avesse scomunicato il Capponi, avrebbe detto esplicitamente – *absit iniuria verbis*, ma altrimenti a spiegarla con parole forbite non se ne esce più – che il Capponi stesso non contava una sega e che i suoi ordini, cioè gli ordini emanati direttamente da Sua Altezza Serenissima, potevano essere tranquillamente disobbediti.

– Che facciamo, messer Cioli?

Il Cioli restituì la lettera al canonico, e si voltò verso la finestra. Al di là, l'Arno continuava a scorrere sotto ai ponti, e la torre di Palazzo Vecchio si stagliava sicura a guardia della città. Anche sotto la peste, Firenze era sempre bella.

– Monsignore, quando non so che decisione prendere, sapete come mi comporto? Penso: cosa farebbe Sua Signoria, la cui capacità di giudizio è infinitamente superiore a quella della mia povera persona, se fosse al posto mio?

– Mi sembra un modo accorto di ragionare. E cosa farebbe, secondo voi, Sua Altezza?

– Prenderebbe tempo. I viaggi delle poste sono difficili, le missive devono passare i controlli, vengon disinfettate e a volte bruciate. – Il Cioli allargò le braccia. – Non sorprenderebbe nessuno se questa lettera si fosse persa o vi arrivasse fra un paio di giorni. In fondo, Volterra è lontana.

Il convento di San Matteo, invece, distava da casa di Galileo qualche centinaio di metri scarsi, per cui non si capiva come mai la Piera ci mettesse tutto quel tempo per andare a prendere i fogli ricopiati in bella da suor Maria Celeste da portare allo stampatore.

Mentre era in camera a cambiarsi, Galileo sentì finalmente aprire la porta.

– Alla grazia, Piera – urlò Galileo dalla camera. – Hanno spostato il convento?

– No, hanno spostato i fogli – berciò di rimando la Piera dal portone.

– Cosa dici?

– Dico che i fogli 'un si trovano. Ho chiesto alla vostra figliola e m'ha detto che 'un ci son più.

– A quale figliola hai chiesto?

– A quella che s'è fatta sòra. Ora secondo voi a chi l'ho chiesto? Alla Maria Celeste, no? Ha detto che l'aveva dati da leggere alla sòra quella che è morta, e che però non ne l'aveva resi e nella stanza sua non ci sono.

– Ma come non ci sono... Senti, Piera, io devo andare. La mula è pronta?

– E icché ciandàte a fare dallo stampatore se 'un ciavéte i fogli nòvi da portanneli?

– Prima andrò in convento a sentire. Secondo me hai capito male.

– E ciandàte colla mula in convento?

– La mula ce l'ho per domestica, ce l'ho...

La bottega del Landini non era né distante come Volterra né vicina come il convento, circa tre chilometri dalla residenza di Galileo alla stamperia; se la vostra mula stava bene e non si incapricciava, per percorrere la via Imprunetana fino alla tipografia ci volevano circa quaranta minuti. Tempo che Galileo impiegò, all'inizio, per decidere che prima di andare dal tipografo sarebbe passato da Palazzo Pitti per tastare il terreno riguardo ad Artemisia; deciso questo, il resto del tragitto servì per stabilire la tattica migliore da usare. Non poteva certo entrare nelle sale private di Sua Altezza Serenissima Ferdinando II e uscirsene con un «Ciao Nando, una mia amica ha detto che gli devi una cinquantina di scudi». Sarebbe stato impensabile anche se non si fosse trattato di Artemisia, figuriamoci con lei di mezzo.

No, occorreva trovare un altro modo. Per fortuna, ne aveva uno a portata di mano.

L'italiano medio, si sa, quando ha un problema con l'amministrazione pubblica di solito chiede aiuto a un parente. Galileo, che era un italiano sopra la media, aveva un parente sopra la media: Geri Bocchineri, per la Signoria di Firenze segretario privato di Sua Altezza Serenissima Ferdinando II, e per Galileo parente acquisito, avendo suo figlio Vincenzio sposato la sorella, Sestilia Bocchineri. Culo, lo ammettiamo; ma, si sa, il caso aiuta la mente preparata nei modi più diversi.

– Messer Geri, come vi portate?

– Non lamentiamoci, Galileo, non lamentiamoci. C'è gente che sta peggio. Voi?

– Un po' sospeso. Lo sapete, ogni volta che si cambia casa è un tormento. Anche i figliuoli ne sono stati scombussolati. A proposito, avete notizie?

Geri Bocchineri allargò le braccia, risultando ancora più imponente e autoritario di quanto già non fosse. Merito del portamento diritto, della schiena robusta, o forse della totale assenza di capelli sul cranio e di peli sul viso.

– Da quando son tornati da Montemurlo ce li ho fissi in casa. Vincenzio si dà un gran daffare, e Sestilia gli dà una mano. Sono appena in quattro, ma c'è sempre una gran cagnara.

Galileo annuì. Meno male che Sestilia gli dava una mano, il che significa che riparava ai suoi guai. Sì, perché Vincenzio Galilei, figlio terzogenito di Galileo e fratello di Virginia e Livia (alias suor Maria Celeste e suor Arcangela) non aveva preso da Galileo nemmeno la metà dell'intelligenza che era andata alla sorella più grande; in compenso aveva un carattere di merda, esattamente come la sorella di mezzo.

– Ah be', capisco bene. Il piccolo Galileino come sta? Non lo vedo da settimane.

Il Bocchineri sorrise. Quando era scoppiata la peste Vincenzio e Sestilia si erano ritirati in campagna, a Montemurlo, lasciando a nonno Galileo il piccolo nipote Galileo junior. Quando ancora ce lo aveva in casa, Galileo lo avrebbe riportato a Montemurlo anche a piedi; adesso che non c'era più, e che viveva con nonni e genitori a Firenze, gli mancava da morire.

– Cresce sano e forte, e vedeste com'è vispo! Sette lucertole ha ammazzato, solo ieri. Lesto come un gatto. Ha la vista infallibile, come il nonno paterno.

– Altri tempi, messer Geri, altri tempi. Già che vi trovo, avrei bisogno di chiedervi un consiglio.

– Se posso, son qui. Dite pure.

– Ricordo che anni fa il Granduca aveva esposte nella sua quadreria delle opere di Artemisia Gentileschi. Che voi sappiate, ci sono ancora?

Il Bocchineri alzò un sopracciglio.

Al momento in cui si dipana la nostra azione, il nome di Artemisia Gentileschi non era uno di quelli che si potevano pronunciare a palazzo senza provocare sguardi di disapprovazione, segni di croce o, volendo restare nel biblico, chiare analogie professionali tra la Gentileschi e Maria Maddalena. Più di dieci anni prima, la Gentileschi si era allontanata da Firenze dopo aver chiesto il permesso al Granduca Cosimo II «per rimettersi in salute». In realtà la fuga era dettata da due fattori, entrambi importanti: la relazione clandestina di Artemisia, sposata, con Francesco Maria Maringhi, che aveva causato un vero e proprio scandalo, e la quantità galattica di debiti contratti dal marito Pierantonio Stiattesi, che aveva causato una vera e propria caccia all'uomo. Al fine di evitare un pubblico processo per infedeltà, e il pignoramento anche del pavimento, i due erano letteralmente scappati da Firenze, per cui far entrare di nuovo Artemisia nella considerazione di Ferdinando II non sarebbe stato affatto facile. A meno di non far leva sulla cosa che veramente Artemisia sapeva fare – dipingere.

– Ce n'è stato uno, in un angolo non troppo in vista – rispose il Bocchineri, dopo qualche secondo. – Al Granduca Cosimo non era piaciuto. Ma non so se c'è ancora.

– Non si potrebbe andare a controllare? È una Giuditta che decapita Oloferne. Un quadro notevole, vi assicuro.

– Eh, a ricordarsi dov'era... Sapete, queste non son proprio le nostre case, ci sono più stanze che persone. Però messer Andrea Cioli, il segretario di Stato, era molto vago della Gentileschi. Se non lo sa lui, non lo sa nessuno.

– Potremmo mica chiederglielo direttamente, secondo voi?

– Con la dovuta discrezione, forse...

– Oh, salute a voi, Cioli. Salute, monsignore.

I due uomini alzarono la testa dal tavolo pieno di carte appena sentirono la voce.

– Oh, messer Geri... – disse il Cioli. – Ah, salute a voi, messer Galileo. Che cosa vi porta in città?

Il segretario di Stato si diresse verso di loro, affabilmente – anche nei momenti in cui era indaffaratissimo, Andrea Cioli avrebbe sempre trovato il modo di salutare degnamente una persona importante. Il canonico Cini, invece, aveva ancora nel capo il problema del Capponi e del vescovo, e pur essendo contento di rivedere il suo maestro avrebbe preferito, per il momento, essere lasciato in pace.

– Debbo recarmi alla tipografia del Landini, per il nuovo libro – disse Galileo. Meglio non stare a specificare che non ne aveva più motivo.

– Ah. Dunque è pronto per essere dato al mondo, il vostro nuovo lavoro.

– Magari, messer Cioli, magari. Il buon Landini batte la fiacca. Questi artigiani, sapete, son da richiamare continuamente al loro dovere.

– Artigiani, dipintori, scultori... non me ne parlate – disse il Cioli. – Non v'è una volta che sia una che rispettino la consegna. Te ne hai bisogno a dicembre, loro te lo promettono solennemente per febbraio e si fanno vivi ad aprile, quando chiedono i quattrini per comprare pennelli e tela.

Ecco, appunto.

– Non tutti, però, messer segretario – provò a gettare l'esca il Bocchineri. – La figlia di Orazio Lomi Gentileschi, Artemisia, era molto ligia alle consegne.

– La nostra cara Artemisia, che Dio l'abbia sempre in gloria – disse il segretario Cioli, sorridendo. – Creatura di vero squisito talento. L'ho scoperta io, sapete?

– Mi dicono che l'abbiano scoperta anche altri – disse il Bocchineri, con tono tra il severo e il malizioso. Il Cioli scosse la testa quasi con violenza.

– Ha avuto delle disavventure orribili, altro che. Mi sembra che siate perlomeno ingiusto nei suoi confronti. – Il Cioli raddrizzò la schiena e guardò l'uditorio, come un avvocato consumato che si rivolge alla giuria. – E poi qui non si parla della persona, ma della pintrice. Di una grande pintrice.

– Ha molti estimatori, sì – ammise il Cini, che nel frattempo si era avvicinato. – Io, devo ammettere, non ne sono entusiasta. Contrasti violenti, scene brutali, crude.

– Vi riferite forse alla Giuditta? – chiese Galileo con aria svagata. – Mi par di ricordare che quel quadro fosse alquanto truculento...

– Ah, certo, certo – rispose il Cioli. – Il Granduca lo commissionò proprio su mio consiglio. Giuditta trionfante su Oloferne.

– Lo vidi anni fa, a Roma – commentò il Cini. – Brutale. Sembra che le due donne si accaniscano su un uomo già morto.

– Perdonate, canonico, non potete averlo visto a Roma. Il quadro è stato dipinto a Firenze e non ha mai lasciato Palazzo Pitti. Voi forse vi confondete.

– Non sono esperto di arte pittorica, ma ricordo molto bene queste figure.

Galileo, mentre i due discutevano, sorrideva sotto la barba. Era l'unico, evidentemente, a sapere che di quel quadro esistevano due versioni, una a Roma e una a Firenze.

– Fidatevi, monsignore. Posso mostrarvelo in questo momento stesso, si trova nella Sala di Giove. Messer Galileo, se i vostri impegni non sono così pressanti...

Galileo sorrise, guardando il Bocchineri che aveva messo su un'espressione che, se non fossimo in un palazzo signorile di sì adornata eleganza, sarebbe lecito definire «faccia di culo unica».

– Anzi. La quadreria di Sua Altezza Serenissima si visita sempre con gran piacere.

– Ecco. Non è nella luce migliore, ma non ne ha bisogno. Guardate che potenza d'espressione.

Gli altri tre, in piedi dietro il Cioli, annuirono con più o meno enfasi.

Di fronte a loro, immobile e vendicativa, una Giuditta in abito giallo affondava la spada nella gola di Oloferne, mentre una serva con la pezzuola in testa la aiutava a tenerlo fermo. A guardare il generale di Nabucodonosor, non si capiva bene se fosse ancora vivo o già *de cuius*; l'espressione era vacua, con gli occhi spenti e la testa riversa, ma il sangue sprizzava copioso dalla gola, spinto fuori dal collo da un cuore ancora in funzione in violenti archi vermigli.

– Notevole – disse il Bocchineri. – Veramente notevole.

– Sì, è una scena molto forte. Anche troppo. – Il canonico Cini si voltò verso il Cioli. – Vi assicuro, caro Cioli, che è assolutamente identico a quello che ho visto a Roma.

– È possibile che il tema le sia caro. Spesso i dipintori fanno diverse versioni dello stesso soggetto.

Il canonico Cini si voltò verso Galileo. – Maestro, voi che siete stato a Roma, lo avete per caso visto?

– Sì, l'ho visto.

– E non trovate che sia identico?

Galileo rimase un attimo in silenzio.

Il piano che pensava di attuare consisteva nel verificare che ci fosse ancora il dipinto di Giuditta cui accennava la Gentileschi – se il Granduca se ne fosse per caso liberato, non era il caso di insistere oltre. Ma, una volta constatata la sua presenza, si poteva con delicatezza accennare al Bocchineri di controllare se per caso quel quadro era mai stato pagato. Cose che succedono, per carità, Sua Signoria ne ha tante a cui pensare, ma una controllatina ai registri io la darei. Questo era il piano, semplice e lineare, di Galileo.

Piano di cui in quel momento si era completamente dimenticato. Era rimasto imbambolato, immobile di fronte al quadro, con la bocca semiaperta. Solo gli occhi guizzavano veloci, da una parte all'altra, come se cercassero la via di uscita da un labirinto sulla tela che vedeva solo lui.

– Maestro Galileo...

– No, non è identico.

– In che senso?

Galileo sorrise, ma solo con la bocca.

– Lo vedi il sangue? – Galileo indicò col dito la parabola rossa che partiva dal collo di Oloferne. – Il sangue qui sprizza dalla gola. Nell'altro quadro, invece, cola direttamente sui lenzuoli.

– Be', perdonatemi, ma è una differenza di ben poco conto.

– Al contrario, monsignore, al contrario.

Galileo scosse la testa. Al canonico Cini sembrò che fosse impallidito un poco.

– Vi sentite bene, maestro?

– Perdonami, Niccolò. Sono gravido di pensieri.

– Maestro Galileo! Che fate ancora qui? Vi credevo a litigare con lo stampatore.

Fuori da Palazzo Pitti, in piedi accanto alla mula, Galileo fece un cenno con la mano come a scacciare una mosca. Era rimasto lì... per quanto? un'ora? anche due, probabilmente, ad aspettare il canonico Cini.

– Lo stampatore può aspettare. Hai impegni, per il resto della mattina?

Niccolò Cini si guardò intorno. Impegni per la mattina? C'è una città che muore di peste, hai di fronte praticamente l'analogo del generale Figliuolo, e mi chiedi se ho impegni per la mattina? D'altronde Galileo da tre anni viveva, pensava e respirava solo per pubblicare il suo *Dialogo sopra i due massimi sistemi*. Se rinunciava ad andare dallo stampatore voleva dire che era una cosa davvero importante.

– Be', a dire il vero...

– Devo chiederti di venire con me, Niccolò. È una cosa della massima importanza.

– Io veramente dovrei andare al convento...

– Al convento di San Matteo in Arcetri? È proprio lì che ti voglio portare.

– Ah. – Lo sguardo del canonico si diresse a sud, verso la via Imprunetana. – Quella mula, dite, per caso ci regge tutti e due?

XIV

Padre, ho tanto pregato per voi

Dove una sensata esperienza conduce
a una sconvolgente dimostrazione

– Padre, ho tanto pregato per voi in questa notte.

– Per me, Celeste?

– Perdonatemi, ma la dipartita di suor Agnese mi ha veramente mosso l'animo. Non potrei sopportare che vi capitasse qualcosa. E anche se so che la volontà di Nostro Signore è sempre per il nostro bene, mi sono sorpresa a pensare a cosa farei se anche voi doveste render l'anima, e ho avuto paura che potesse succeder questa notte stessa.

Era una fortuna che la finestra del parlatorio, oltre alla grata, avesse anche un davanzale di cospicua lunghezza che copriva la figura di Galileo dal petto in giù: suor Maria Celeste non avrebbe apprezzato la vista di suo padre che si toccava i coglioni, sia pur con circospezione.

Suor Maria Cleofe, invece, non lo avrebbe visto comunque: si era addormentata appena toccata la sedia. Effetto, forse, del la notte di sonno persa o, probabilmente, del grande sforzo giaculatorio della giornata precedente.

– Sono qui, Celeste, e ho bisogno del vostro aiuto.

– Avete altri fogli da ricopiare? Qualsiasi ufficio che mi distolga dai miei pensieri grami.

– No, Celeste, una cosa diversa. – E, voltando gli occhi, si assicurò che la suora ascoltatrice fosse ancora tra le braccia di San Lorenzo. – Voi avete accesso alla cella campanaria?

– Certamente, padre. In quanto direttrice del coro e maestra di musica, ogni luogo con strumenti mi è accessibile.

– Bene. Avrei bisogno che voi vi affacciaste alla finestra della cella campanaria.

– Intendete… intendete la finestra da cui si è…

Galileo scosse la testa.

– Credo proprio, figlia mia, che nessuno si sia gettato da quella finestra.

E tacque, per un attimo.

Vivendo in un monastero, come aveva fatto Galileo e come faceva suor Maria Celeste, si sviluppa un udito sensibilissimo. La vista è quasi inutile, se non per leggere, obnubilata com'è da muri, grate e colonne; ma l'udito invece capta tutto in un luogo chiuso. Anche se non capisci dove, senti cosa sta succedendo. E in quel momento, al di là dell'inferriata, non si sentiva rumore – a parte il ritmico russicchiare di suor Maria Cleofe. Celeste era palesemente rimasta con il fiato sospeso.

– Avevate ragione, Celeste. La vostra consorella non si è tolta la vita. Ma ho bisogno di voi per mostrare perché al canonico Cini.

– Monsignore… Monsignor Cini…

Il canonico, che attendeva Galileo nella chiesetta, si guardò intorno. In teoria, si erano messi d'accordo di vedersi nel giardino del Martellini accanto alle mura, ma si era alzato un vento tagliente e fuori si stava veramente male; per cui quello si era rifugiato lì dentro: confidando che Galileo, non trovandolo in giardino, sarebbe andato a cercarlo nell'unico altro luogo del convento aperto al pubblico.

– Canonico... monsignore... – disse una voce al di là della grata del coro. Una voce anziana.

– Sono qui, sorella.

– Ho bisogno di parlarvi... è una cosa importante.

– Arrivo, arrivo. Ditemi, sorella.

– M'hanno detto, monsignore, che voi siete qui per provvedere alle ingiustizie.

– Sono qui come commissario di Sanità – rispose il canonico, senza sbilanciarsi oltre.

– Ecco, monsignore, a me m'hanno rubato una secchia.

– Una secchia?

– Una secchia grande. Mi serviva per raccogliere le mele, mi serviva.

Ecco, mi ci mancava la vecchia rintronata per continuare bene la giornata. Diamole corda, magari mi dice qualcosa e poi Galileo non si vede ancora.

– Avevo questa secchia. Grande, di latta. La usavo per raccogliere le mele, la usavo. E ora non c'è più. Me l'hanno rubata.

– Ve l'hanno rubata. Come fate a sapere che ve l'hanno rubata? Non potreste averla persa?

– Perdere una secchia così grossa, monsignore, via... me l'hanno rubata, lo sanno anche i gatti. Era grossa grossa, ci stavano tutte le mele della fila.

Al canonico si accese una lampadina... No, pardon, siamo nel Milleseicento. Al canonico si accese una candela in testa.

– Voi siete suor Bruna, vero?

– Suor Bruna, monsignore.

– Mi ha detto di voi la suora officinaria. Ha detto che secondo lei era stata suor Agnese a prendervi la secchia. Ma non mi ha detto che eravate completamente rincoglionita.

– È stata lei sì. Ora ve la descrivo. Era una secchia grande, larga un mezzo braccio, di latta bòna, con il manico…

– E perché dovrebbe averlo fatto, secondo voi?

– Ma so assai io perché l'ha fatto. Era pazza da incatenare, suor Agnese. Meno male s'è ammazzata, tanto l'inferno per lei era già pronto, e noi almeno si starà più larghe. L'importante è che mi ritroviate la secchia, sennò come faccio? Era una secchia grande, larga un mezzo braccio…

– … di latta buona e con il manico. Vado subito a cercarla in giardino. Con permesso.

– In questo momento, il canonico Cini è al di fuori, nel giardino del Martellini, che mi attende. Raccogliete alcune pietre e recatevi dove vi ho chiesto. Potete procurarvi delle pietre grosse un palmo?

– Nella corte sotto gli alberi – disse suor Maria Celeste, in tono completamente diverso da prima. Il tono di chi ha finalmente qualcosa da fare.

– Benissimo – riprese Galileo. – Quando vi urlerò «Adesso», dovete gettare una pietra.

– Dove?

– Avete presente il punto dove il corpo di suor Agnese ha rotto i rami, cadendo? Dovete gettare la pietra avendo la massima cura di farla passare entro quel forame. Credete di farcela?

– Ho passato l'intera mattina a infilare il filo di refe nell'ago, padre. Fidatevi di me.

– Io mi fido di voi, maestro, ma proprio non capisco cosa siamo venuti a fare qui. Avevo capito che dovessimo entrare in convento, non nel giardino.

Galileo, arrivando come al solito con la sua velocità di crociera da bradipo zoppo, era passato accanto al canonico e si era andato a mettere esattamente nel punto in cui era atterrata la povera suor Agnese.

– Un attimo di pazienza, Niccolò. Vieni qui, accanto a me.

– Preferirei restare all'ombra dell'albero, maestro. Voi siete esposto al sole, e con questa veste...

– Niccolò, è inutile che mi chiami maestro se non porti rispetto a ciò che ti chiedo. Dammi del tu piuttosto, ma dammi retta. Vieni qui, per favore.

– Ai vostri desideri, maestro.

E con tre o quattro passi ben scanditi, calcando i talloni in terra come chi si sarebbe anche rotto le scatole di prendere ordini dagli altri, il canonico si mise accanto al matematico.

– Grazie, Niccolò. Guarda davanti a te, per favore. *Adesso!*

In alto, dalla finestra della cella campanaria, una manina piccola e dalle dita ossute si sporse, con una pietra in mano. Con gesto improvviso, la lanciò. La pietra cadde, passando in mezzo al foro dell'albero e atterrando di fronte ai loro piedi, esattamente nel punto in cui era prima in piedi il canonico Cini. Se fosse rimasto lì dov'era, gli sarebbe arrivata una sassata in testa.

Ma fu come se gli fosse arrivata per davvero.

Il canonico guardò la pietra, poi guardò in alto. Poi guardò di nuovo Galileo.

– Dio misericordioso...

– Come vi è venuto in mente? – chiese il canonico sedendosi al tavolo di noce. Non aveva più detto una parola fino a quando non erano rientrati in casa Galilei.

– Per il quadro. Il quadro di Artemisia. Sapete perché ho molto cara Artemisia Gentileschi?

– Spero di non dover raccogliere una imbarazzante confessione – disse il canonico in tono lievemente spazientito. L'abitudine di Galileo di prenderla larga era già difficile da sopportare quando era suo allievo, adesso che aveva mille altre cose da fare era veramente irritante.

– Ma quando mai. Ci corrono trent'anni di differenza, ero già un vecchio bacucco quando lei era appena giovinetta. No, Artemisia è una giovine estremamente attenta. Rappresenta le cose in modo che siano reali. Come il sangue che sgorga dalla gola di Oloferne, descrivendo una parabola. Un corpo che viene lanciato in qualsiasi modo, da una mano, da un cannone, da una fionda, descrive una parabola nell'aria prima di arrivare a terra.

– Lo so, maestro. È una vostra scoperta, me ne avete parlato.

– Ne ho parlato con altre persone che potevano capirlo, fra cui la giovane Artemisia. Non sono in tanti a saperlo, e fra gli artisti ti direi che Artemisia probabilmente è l'unica. Altri pittori, quei fiotti di sangue, li avrebbero fatti dritti come pali.

Il canonico annuì. Dritti come pali.

Dritti come il palo che avevano usato per verificare che la linea che univa il punto dove era stata trovata Agnese alla finestra campanaria, passava esattamente dal foro tra gli alberi. E tra i rami, impigliato, c'era ancora un pezzetto del saio della monaca, che si era strappato nella caduta. Nessun dubbio che il corpo fosse transitato da lì.

Dritti come il palo commensurato preso in prestito da Berto, il fattore del convento, che avevano usato per prendere le misure in modo preciso, dal muro dell'edificio al punto dove era caduta la pietra lanciata da suor Celeste, e dallo stesso muro fino al punto in cui era invece caduta suor Agnese. Che erano due punti diversi, molto diversi.

Avevano preso le misure, con accuratezza, e le avevano riportate su un foglio, disegnando quelle che dovevano essere le traiettorie di un corpo che cade.

E infine avevano guardato il disegno, che mostrava con una chiarezza incontestabile un fatto piuttosto strano.

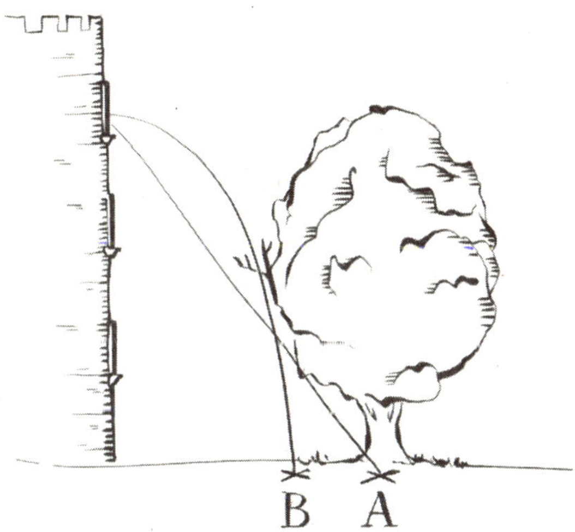

A: *dove è ſtato trovato il corpo*

B: *dove avrebbe dovuto eſſere*
ſe fuſſe davvero caduto dalla fineſtra

Non c'era modo che il corpo della povera suor Agnese potesse aver attraversato i rami e fosse atterrato in quel punto cadendo dalla finestra della cella campanaria.

La quale, però, era l'unica finestra aperta quando era stato trovato il corpo.

– E quindi?

– E quindi mi sembra ovvio, Niccolò. Qualcuno ha lasciato aperta quella finestra per far credere che Agnese si fosse lanciata dall'alto, come farebbe chiunque volesse togliersi la vita. Quando invece è stata gettata dal basso, da una finestra al secondo piano.

– Aspettate, Galileo, aspettate. Non potrebbe essere andata in un altro modo?

– E in quale altro, per Dio?

– Noi sappiamo, grazie alla vostra osservazione, che la povera suora è caduta o si è gettata da una finestra più in basso di quella che è stata trovata aperta. Vi chiedo, maestro, ci sono già stati suicidi in questo convento? Suore che si sono tolte la vita?

– Sì, è successo. Lo sai, d'altronde...

– Vi chiedo, allora: non potrebbe essere che qualche consorella, durante la notte, abbia trovato la finestra del secondo piano aperta, e l'abbia chiusa per non far entrare il freddo?

– E allora perché la finestra della cella campanaria in alto era aperta? Per far uscire il caldo? Niccolò, ma se tu mai un giorno decidessi di fare questa stoltezza e di toglierti la vita, Signore perdonaci anche solo per pensarlo, e tu volessi gettarti da una finestra, non cercheresti l'altezza maggiore da cui cadere?

– Capisco, maestro, ma non potrebbe...

– Per l'amor di Dio, Niccolò, smetti di chiamarmi maestro! Smetti di usare rispetto al mio titolo e di non portare rispetto alla tua e alla mia intelligenza! Cerca di ragionare un attimo!

Niccolò Cini si alzò piano dalla sua seggiola di legno. Allora, visto che siamo a dare confidenza a tutti, vediamo di essere chiari.

– «Invano si fa con più mezzi quello che si può con manco mezzi». Me lo hai insegnato tu, Galileo: è stupido andare a cercare spiegazioni astruse quando ne abbiamo davanti una più semplice. Lo sappiamo tutti e due che la vita nei conventi è dura, e che in ogni convento c'è... c'è una finestra che è stata aperta da un monaco e chiusa da un altro. È orribile, è peccaminoso, è tristissimo. Ma è molto più ragionevole che non pensare che qualcuno abbia tolto la vita a una suora.

– Dipende dalla suora... – disse Galileo, con tono amaro, forse sorpreso dalla veemenza con cui il suo allievo e amico aveva accolto l'invito a dargli del tu.

– Che cosa intendi?

– Che conoscevo suor Agnese. Era una delle consorelle più care, forse la più cara dopo la mia Virginia. E non riesco a pensare a un motivo per cui volesse togliersi la vita.

Il canonico Cini rimase un attimo in silenzio. Era invecchiato, il suo maestro. Dimostrava ben più della sua età, ed era un'età tarda. Ne aveva visti altri, anche di grande acume, in cui questa acutezza si smussava e si rompeva, magari capaci ancora di grandi ragionamenti, ma anche di grandi abbagli. Di fissazioni.

Quando aprì la bocca, lo fece con la massima delicatezza.

– Riesci a pensare a un motivo per cui qualcuno avrebbe potuto volerla morta?

– Riesci a pensare a un motivo per cui i fogli del *Dialogo* siano spariti?

Il canonico rimase interdetto per un attimo. Poi cercò di riprendere il controllo della situazione. In fondo, il commissario era lui.

– Se mi rispondi a una domanda con un'altra domanda non andiamo da nessuna parte. Cosa intendi?

– C'è una cosa che non sai e che mi è rimasta nel cervello tutto il giorno. Stamattina avevo mandato la Piera a prendere i fogli nuovi per il libro. Erano aggiunte che avevo lasciato a Celeste per farmele copiare in bella. Lei le aveva date a suor Agnese perché le leggesse, e la poveretta le ha portate nella sua cella. Però in quella cella stamane non c'erano.

– Forse non hanno cercato bene. O forse la Piera ha capito male…

– Chi è questo sciabordato che dice che ho capito male, sor Galileo?

– Zitta, Piera, per carità…

XV

Vi ringrazio, Galileo

Dove il canonico Cini racconta a Galileo l'interrogatorio di cinque suore & una badessa, dal quale si scopre che suor Agnese tracciava nella sua cella simboli arcani

– Vi ringrazio, Galileo.

– Di niente, Niccolò. Ma non ci davamo del tu, ultimamente?

Il canonico Cini prese il bicchiere di vino caldo con chiodi di garofano e si mise con la schiena al fuoco – il primo fuoco di stagione, almeno per il canonico. La pioggia lo aveva sorpreso appena lasciato il convento, un vero e proprio diluvio, come se il cielo si fosse stancato di tenere per mesi su tutta quell'acqua, e adesso l'avesse lasciata cadere tutta insieme su Firenze, e meno male che la casa del suo vecchio maestro era a pochi passi da lì.

Dopo che avevano discusso sulla strana traiettoria descritta dalla caduta di suor Agnese, il canonico Cini aveva dovuto trasformarsi in commissario di Sanità e tornare in convento per finire di interrogare le suore, come promesso al Granduca. E lì, mentre convocava e domandava, le nubi avevano iniziato ad accumularsi sulla collina, ma i pensieri del canonico erano talmente foschi e tetri che non se ne era minimamente reso conto.

– Mi hai veramente salvato – disse il canonico, il cui volto sembrava parecchio spaesato, anzi, forse vagamente sconvolto. – Adesso sarei fuori sotto quella procella.

– Ma senza dubbio all'asciutto, grazie al tuo paludamento di tela cerata – disse Galileo, in tono lievemente burbero. – Vedi che alla fine ti è tornato utile?

– Non lo avrei mai creduto, in effetti… – disse il canonico, guardando l'orribile mantella medica, lucida di cera e di pioggia, che pendeva da un gancio nel muro.

– Forse però è meglio se la appendiamo lontano dal camino. Cera e fuoco non vanno troppo d'accordo. Meno male che l'avevi indosso. Ormai la mia vista è debole, se non avessi notato la tua veste rossa sotto la pioggia mica ti avrei riconosciuto.

– Ah be', detto da uno che scriveva poemi sul fatto che bisognerebbe andare in giro nudi, è un complimentone.

– Ero giovane… – si schernì Galileo.

– Come faceva, quel componimento? Te lo ricordi?

Galileo, finalmente, si aprì al sorriso. Erano passati quarant'anni da quando, giovane professore a Pisa, era stato rimproverato pubblicamente perché non portava mai la toga, l'uniforme d'ordinanza dei docenti dell'ateneo. Il professore dabbene, educato e rispettoso, avrebbe accolto il rimprovero – o, quasi sicuramente, sarebbe andato in giro con la toga già da prima; il buon Galileo, in tutta risposta, aveva pubblicato un poemetto nel quale, dopo aver detto che gli sembrava innaturale portare i vestiti e che, andando in giro nudi, ci sarebbero stati meno matrimoni infelici, spiegava che la toga gli riusciva insopportabile perché, con quella addosso, non lo facevano entrare al bordello:

La prima penitenza che ci sia,
Guarda se per la prima ti par nulla,
È ch'io non posso fare i fatti mia,

Come sarebbe andare alla fanciulla;
Ma mi tocca a restar fuor della porta,
Mentre che un altro in casa si trastulla.
Dicon ch'è grave errore, e troppo importa
Ch'un dottor vadia a casa le puttane;
La togal gravità non lo comporta.
E il veder queste cose così strane
Mi fa poi far qualch'altro peccataccio,
E bene spesso adoperar le mane.
Onde costor, che si pigliano impaccio
Della mia salvazione e del mio bene,
Bravano e gridan ch'i' non ne fo straccio.

Tutto questo, ovviamente, Galileo si guardò bene dal recitarlo ad alta voce di fronte al canonico; erano passati quarant'anni, come si diceva, e l'anziano signore seduto nella sua villa di Arcetri non era più quel giovanotto che si burlava in versi del fatto che, per colpa dell'uniforme accademica, gli toccava farsi le seghe. Ciò nonostante, per un attimo, Galileo si sentì toccato da un qualcosa di strano, a metà fra la nostalgia e la vergogna, come capita ogni volta che si pensa a quando eravamo giovani.

– Niccolò, va bene la confidenza, ma ora tocca a me fare domande. Cosa ci facevi qui fuori?

– Ero tornato al convento. A fare qualche domanda anch'io, in effetti.

– Ah.

Il canonico si rotolò fra le mani il calice di terracotta, cercando di capire quale via percorrere per dribblare l'imbarazzo.

– Sono veramente in uno stato di indigenza pietosa.

– Lo so, Niccolò, e sono anni che mi ci angustio. Cerco di aiutarle per quanto posso, te lo assicuro, ma la povertà fa parte della loro regola, ed è veramente difficile venir loro incontro senza trasgredire ai precetti dell'ordine. Anni fa potei inoltrare una supplica al Papa, e tentai di far assegnare loro la rendita di un podere. Mi risposero che preferivano piuttosto un confessore, che quelli che gli mandava la Curia erano dei cani nella migliore delle ipotesi, e dei maiali nella peggiore.

– Un confessore. Be', di sicuro non resta inoperoso. Perdonami, Galileo, ma lo sai che ho l'abitudine di essere franco, e raramente ho visto così tanta cattiveria in un monastero.

Galileo si alzò dal tavolo di noce e andò verso la finestra. La pioggia, portata dal vento, bussava al vetro con brevi folate. Gran cosa, il vetro. Fosse stata una finestra impannata, un panno imbevuto di trementina come quelle del piano superiore o come tutte quelle del convento, avrebbe dovuto tenerla chiusa. Né acqua né vento, ma nemmeno luce.

– Non mi dici niente di nuovo, Niccolò. È come se vi fossero due schieramenti, due anime dentro San Matteo. Le anime pie, e le anime ribelli. Lo so bene, ho delle figlie in entrambe le fazioni.

– E suor Agnese, di quale fazione faceva parte?

– Perché me lo chiedi, Niccolò?

– Ho chiesto alle sue consorelle. In udienza privata, senza la suora ascoltatrice. E devo ammettere che ho le idee molto confuse.

Galileo si mosse dalla finestra, prese uno sgabello e andò a sedersi davanti al fuoco.

– Bene. Proviamo a rimetterle in ordine. Dimmi cosa ti hanno detto, e chi ti ha detto cosa. Con chi hai parlato, finora?

– Con Achillea, la officinaria, Orsola la canovaia, Lucia la ex portinara, e con le vostre due figlie. E con la badessa, seppur brevemente.

– Bene. Partiamo con la canovaia, se non ti dispiace.

– Canovaia, monsignore, lo sono da du' anni. Gli è un po' troppo tempo anche per me, ma la nostra amata badessa, oh, ha voluto così.

Suor Orsola aveva una voce da contralto, quasi allegra, con un pesantissimo accento di Calenzano. Molte monache perdevano, col tempo, il loro accento originario, lavato via dalle lunghe ore di litanie latine; solo poche lo mantenevano, quasi come fosse stato un piccolo ornamento.

– Un tempo lungo, dite? Come mai?

– Le mansioni, monsignore, sono assegnate ogni anno, così ognuna delle professe la pòle dare i' su' contributo. C'è tanto da lavora' qui, mica si prega e basta.

Il canonico annuì. La rotazione dei ruoli era una pratica usuale nei conventi. In parte per sfuggire alla tetrissima monotonia; e in parte per evitare che il mantenimento di un posto chiave per un tempo prolungato finisse per dare troppo potere a una monaca un po' meno altruista delle consorelle.

– E come mai allora siete rimasta al vostro posto?

– La canovaia non è un ruolo per tutte, ecco, monsignore, non so se mi spiego. Occorre essere un gocciolino assennate, specialmente di questi tempi grami.

E anche questo al canonico appariva logico. La canovaia era la responsabile della cantina, colei che spillava e distribuiva quel mezzo litro di vino a pasto che per le monache, come per qualunque altra persona in Italia, era parte integrante dell'alimentazione, e che coloriva le loro gote ben più del pane e delle verdure. Guai assegnare quella mansione a una che non avesse la testa sulle spalle; una cuciniera che si riempia il piatto due volte può essere disdicevole, una cantiniera che si riempia il bicchiere troppo spesso può essere disastroso.

– Capisco. Chi può venire destinata a quest'incombenza, di solito?

L'intenzione del canonico era di prenderla larga, di far parlare il più possibile quella che, fra le professe che aveva visto, gli sembrava di gran lunga la più disposta a parlare. Anche perché, nonostante fossero le nove di mattina, ogni volta che suor Orsola apriva bocca al canonico arrivava una zaffata di vinaccio.

– Eh, monsignore, lei chi ci metterebbe? Mai una giovane, e nemmeno una di quelle che si perdano in isterie. Ci vòle un gocciolino di esperienza. – Suor Orsola ridacchiò. – Un gocciolino, eh, sennò poi si dà il cattivo esempio.

Il canonico fece una pausa, non era certo di cosa chiedere adesso. Curioso, come si interrogano le persone. Si inizia con una lista di questioni da affrontare, una dopo altra, e via via che si procede i nostri interessi cambiano. Il più delle volte partiamo a fare domande come se fossimo in grado di sapere cosa ci verrà risposto. Il che, se fosse vero, renderebbe inutile fare domande.

L'organizzazione del convento, per esempio, era abbastanza usuale: alle professe, cioè a quelle suore che avevano pronunciato il voto perpetuo, erano riservati gli incarichi più prestigiosi – cantiniera, farmacista, provveditora eccetera eccetera. Viceversa, i lavori più umili erano appannaggio delle converse, o commesse, di quelle che rinnovavano – o non rinnovavano

– la professione di fede ogni anno. Una specie di colf del monastero, via.

Ecco, a questo proposito...

– Vi sono molte converse qui a San Matteo?

– Sono dieci, monsignore.

– E l'anno scorso quante ve ne erano?

– Dodici, monsignore. La Giuseppina andiede via a giugno e la Berta a settembre.

E anche questo era un pessimo segnale. Che in un periodo di peste – dove di solito la gente nei conventi e nei monasteri ci si rifugia, cercando un posto sicuro e un pasto garantito – ci fossero state defezioni tra le converse era probabilmente indice del fatto che le condizioni di vita in quel posto erano insostenibili.

– Chi assegna le mansioni a voi monache? Solo la madre badessa, o anche la vicaria?

– La reverenda madre le ascolta, le consorelle più assennate. La decisione spetta solo a lei. Però, oh, bisogna di' che le su' decisioni son guasi sempre le più assennate. Gli è parecchio esperta, madonna Caterina.

Il canonico, sotto la maschera, alzò un sopracciglio. Se era stata una decisione assennata dare la cantina a una che con tutta evidenza non disdegnava il fiasco, e confermargliela anche l'anno successivo...

– Quindi anche voi pensate che fosse opportuno dare a suor Agnese una cella tutta per sé?

L'usuale ventata di vino stavolta tardò ad arrivare.

– Eh, monsignore, qui lo dovete chiedere alla badessa – fiatò la suora dopo qualche secondo. – Io questa, se devo esse' sincera, non l'ho capita tanto.

– Madre Caterina Angela è da molto alla vostra guida?

Quando riprese a parlare, la canovaia aveva un tono lievemente più formale.

– Guasi sei anni. Anni duri, massimamente gli ultimi due. È molto provata oramai. Tra pochi mesi mi sa che dovremo scegliere ancora.

– Posso farvi una domanda che richiede un vostro giudizio personale?

– Monsignore chieda cosa vuole.

– Chi sarebbe più adatta, tra voi, ad essere eletta come prossima badessa?

Questa era la domanda cruciale, a cui il canonico voleva arrivare sin dall'inizio. Per capire come andrà questo posto da qui in poi, occorre capire chi lo governerà; e per capire chi lo governerà, occorre fare un sondaggio. Non a caso: chiedere a quelle che visibilmente contano qualcosa, che sono in grado di influenzare l'opinione delle altre.

La voce uscì tranquilla dalla finestra di metallo.

– Non è solo un mio giudizio personale, monsignore. Suor Agata ci terrebbe parecchio, si sa. Ma è suor Maria Celeste, tra tutte noi, ad essere la più indicata.

– Non sono poche quelle che lo pensano, è vero – confermò Galileo. – Mia figlia maggiore è senza dubbio assennata, così come alcune altre. Ma non aspira a quel ruolo, né ad altro compito di tipo, diciamo così, amministrativo. È stata officinaria e pannaiuola, ma adesso sono anni che è la maestra di coro. Credo che sia soddisfatta della sua posizione, e del resto il suo non è un ruolo che si possa cambiare ogni anno.

Il canonico si sistemò meglio sullo sgabello. Anche a lui suor Celeste aveva fatto la stessa impressione.

– Dovrei farvi alcune domande, sorella, sulla vita conventuale.

– Spero che il Signore mi dia la forza per rispondere – disse la voce al di là della grata. Una voce sommessa, forse un po' stanca, ma serena.

– Il Signore ha tutte le ragioni per sostenervi.

– Non aspettatevi da Nostro Signore ciò che vi dice il vostro intelletto, monsignore. Egli sa molte cose che voi di certo non sapete, e decide per noi il meglio anche se noi non lo comprendiamo.

– Sta bene, suor Maria Celeste. Hanno ragione le vostre consorelle a definirvi saggia.

Il canonico Cini aspettò invano una risposta, e si rese conto quasi subito di aver fatto un errore. Una *captatio benevolentiæ* talmente palese che Celeste tacque, sapendo che sotto un pezzo di pane che sta immerso in un lago spesso c'è un amo.

– E io non so molto, invero, del vostro convento. Se non ho capito male, suor Agnese aveva una cella personale, e non alloggiava nel dormitorio comune.

– È così. Anche io stessa ho questo privilegio.

– Sono molte le vostre consorelle che ne dispongono?

– No, invero. In tutto siamo... eravamo sei. Adesso siamo cinque.

– La cella di suor Agnese non verrà destinata ad un'altra di voi?

– Credo che vi traslocheranno due o tre consorelle di salute cagionevole. Ma non è da escludersi che venga disposta per una persona, se ne è in condizione.

– Ecco, di quale condizione stiamo parlando? Come vengono assegnate, queste celle singole?

Suor Maria Celeste tacque per un attimo, prima di rispondere.

– Grazie alla benevolenza di coloro per cui preghiamo.

– Mi volete dire che i vostri parenti pagano il convento per avere una cella singola?

– È così, monsignore. Io stessa ne ebbi una anni fa che poi cedetti a mia sorella naturale, suor Arcangela. Due anni orsono se ne liberò un'altra, e mio padre fu così munifico da fare in modo che mi fosse assegnata.

– E quanto pagò, ve lo ricordate?

– Chiedevano centoventi scudi, ma alla fine ne furono sufficienti cento.

Be', insomma. Un anno intero di sopravvivenza per l'intero convento. Non certo una cifra trascurabile.

– E, perdonate, una volta che tali celle sono assegnate, è costume che vengano revocate?

– Solo Nostro Signore può revocarle, chiamando a sé la monaca nella pace del cielo.

Ottimo. Quindi, se una persona voleva una cella tutta per sé, doveva aspettare che l'ospite rendesse l'anima. E comunque, una volta liberata, doveva anche pagarsela. Il che gli fece ricordare che suor Achillea e suor Orsola non erano d'accordo su questa cosa. Ha la cella tutta per sé, e non è nemmeno anziana.

– Era di famiglia abbiente, suor Agnese?

– Di buona provenienza. Suo padre era facoltoso.

– Era, mi dite…

– Il Signore lo chiamò sei anni fa.

– E in quell'occasione, lasciò alla figlia i denari necessari per la cella?

– Provo un gran disgusto nel confessarlo, ma quando il padre mancò non provvide alla figlia alcunché. Suor Agnese mi parlò di dissapori familiari per la sua scelta. Fu versata solo la provvigione per la sua entrata, come novizia, e nulla più.

– Perdonatemi, suor Celeste, ma non capisco. Agnese era giovane e non aveva mezzi. Come mai aveva una cella riservata a lei?

– Questo dovreste chiederlo alla badessa. È lei che decide le sistemazioni.

Ed eccola di nuovo, suor Agnese, a intralciare la sua indagine. O forse ad aiutarla, chissà. Forse, invece che un ostacolo, il fatto che gli venisse sempre in mente quella suora era un aiuto, un filo di Arianna da seguire per capire che razza di posto fosse quel convento.

– C'era qui in convento qualche professa con la quale avesse particolare amicizia?

– A me si era affezionata molto. E a madonna Caterina, la nostra superiora, anche, pur nella differenza di età. Ne aveva grande e giusta stima. Credo che madonna Caterina la stesse preparando per essere un giorno la nostra nuova badessa, riposi in pace la sua anima.

Nel dire questo, parve al canonico Cini che suor Maria Celeste calcasse lievemente le parole.

– C'è qualcosa che vorreste dirmi, sorella?

– Perdonate il mio ardire, monsignore. La povera suor Agnese è morta da due giorni, e ancora non abbiamo potuto darle sepoltura qui in terra consacrata.

– Sorella, siete consapevole di quello che è necessario fare per poter dare degna sepoltura?

– Lo sono, monsignore. Deve dimostrarsi che la nostra consorella non si è tolta di sua volontà la vita. Noi non ardiremmo mai andare contro la volontà della santa Chiesa.

– Sorella, se suor Agnese non si è tolta la vita, esistono solo due altre possibilità. Una non la si potrà mai dimostrare, l'altra solo a prezzo di grande dolore e sofferenza per tutte voi. Capite cosa intendo, sorella?

Al canonico, nella penombra, parve che suor Maria Celeste avesse allargato le mani.

– Nostro Signore ci darà la forza di sopportare la verità.

– Dimmi la verità, Galileo: secondo te, che le frequenti da più tempo, quali sono le altre suore dotate di buon giudizio e di senno? Di quali mi posso fidare, e di quali no?

– Tieni conto, Niccolò, che molto di quello che so lo leggo nelle lettere di mia figlia, e quindi non prendere le mie parole come verbo divino. È vero che mia figlia mi somiglia molto, ma è anche vero che è una creatura buona e remissiva per natura. Talvolta credo che tenda a vedere il buono anche dove ce n'è ben poco, anche per non darmi cruccio e non farmi pensare alle sue grame condizioni. Comunque, mi fiderei di suor Chiara l'organista, suor Bettina la cuciniera e suor Agata.

– Quale delle due?

– Ah, sì. Entrambe, sia la maestra delle novizie sia l'altra, la portinara.

– La portinara, monsignore, ha il dovere di chiudere le celle a compieta, alle ore nove posmeridiane dell'orologio meccanico, e di chiudere il cancello del convento prima dei vespri, alle sei posmeridiane, quando non sono più ammessi visitatori.

C'erano due suor Agate in convento. Per distinguerle, Galileo aveva dato loro soprannomi diversi. La suora portinara, quella con cui stava parlando il canonico, era «Agata arpia»; tenendo conto che delle due la più cattiva era l'altra, questo non rendeva le cose facilissime.

– Di chiuderle e di aprirle, immagino.

– Le porte vengono aperte al mattutino per la preghiera di redenzione – sembrò ammettere malvolentieri la suora portinara – alle due dell'orologio meccanico, e alle laudi.

– Non rimangono aperte tra mattutino e laudi, quindi?

– Le nostre consorelle devono riposare.

– Ma allora come faceva suor Agnese ad essere alla finestra della cella campanaria?

– Alcune sorelle, talvolta, richiedono una dispensa speciale per mantenere aperta la porta della loro cella tra mattutino e laudi, durante la notte, a scopi che siano approvati dal convento – disse suor Agata senza battere ciglio, o se anche l'avesse battuto il canonico non avrebbe potuto vederlo. – Suor Agnese era una di queste.

– Quindi, all'interno del convento, chiudete ed aprite le celle, e basta, o possedete anche le chiavi degli altri opifici?

– Escluse quelle della lavanderia e dell'erbario possiedo una copia di tutte, monsignore.

– Quindi anche quelle della cella campanaria?

– Certamente, monsignore.

– Quindi avete aperto voi la porta di suor Agnese la notte in cui è precipitata dalla torre?

– Sono stata io, monsignore. O meglio, ho lasciato aperta la porta della cella sapendo che suor Agnese avrebbe dovuto recarvisi.

– Vi sono altre persone che posseggano chiavi di San Matteo?

– Berto, il fattore, può entrare nelle cucine e nel suo magazzino, dove fa i suoi lavori da legnaiuolo.

– E se deve entrare a fare un lavoro in una cella, come fa?

– Attendo che la sorella sia al suo ufficio, dalla terza alla sesta, gli apro la cella e lui fa quel che deve fare.

Detto senza il minimo tocco di malizia che quella frase, anche nella testa ormai canuta del canonico, poteva involontariamente evocare.

– Quindi voi potete entrare nelle celle delle vostre sorelle anche quando non ci sono.

– Può capitare, monsignore.

– Vi è mai capitato di entrare nella cella di suor Agnese in sua assenza?

Un silenzio un pochino troppo lungo rispetto al solito, forse?

– È capitato, monsignore.

– Avete mai visto qualcosa di inusuale? Di strano?

– Non che io ricordi, monsignore.

Detta senza nemmeno il tempo di pensare alla domanda.

Il canonico invece, a questo punto, aveva bisogno di riflettere.

Mi sa che questa suor Agata fa, dice e pensa quello che le dice di fare la badessa. Da questa tizia non ci cavo un ragno dal buco.

– Mi è sembrato di capire che ogni anno qui i ruoli cambino, sorella.

– È così, monsignore.

– Prima di voi, sorella, chi era quindi la portinara?

– Suor Lucia da Monsummano, monsignore.

– Suor Agnese amava indagare sulla natura, monsignore. Era una di noi tra le più assidue nel recarsi al cannone occhiale che ci ha donato il padre di suor Celeste e suor Arcangela, ed era assai versata nell'arte matematica e nella geometria.

La voce di suor Lucia era sommessa ma con un tocco brioso, vivo, soffermandosi sempre un pochino prima della fine della frase e poi concludendola, come se volesse essere certa che il suo ascoltatore le desse la necessaria attenzione, o per creare un po' di suspense. Anche perché la domanda che le aveva fatto il canonico Cini era la stessa che aveva rivolto poco prima a suor Agata, rimbalzando sul silenzio della suora come su un muro di ferro.

– Non c'è niente di male in questo, sorella.

– No, monsignore. Perché dite così?

– Perché mi sembra che non stiate rispondendo alla domanda che vi ho fatto. Ve la ripeto: avete mai visto qualcosa di strano in camera di suor Agnese?

Ci fu un rumore sordo al di là della grata, come se qualcuno schiaffeggiasse piano piano una tendina. Il canonico ci mise un attimo a capire che era la suora che tossiva.

– Perdonate, monsignore. I primi freddi...

– Sorella, vi prego, rispondete alla domanda.

La suora si schiarì la gola, poi iniziò a parlare lentamente, con circospezione:

– Monsignore, io sono una povera monaca ignorante... Ma credo che la nostra consorella praticasse le arti magiche, Dio la perdoni. Se mi concedete di spiegarmi, vorrei liberare la mia anima da questo fardello.

Il canonico tacque. Lo faceva sempre, quando qualcuno faceva affermazioni poco plausibili. Anni di esperienza come maestro dei novizi a Novoli: più facile inventarsi fandonie rispondendo a delle domande che non raccontando una storia con un inizio e una fine.

– Di recente ho fatto l'ufficio di portinara, quando suor Agata è stata male, e ho avuto modo di entrare nelle stanze delle mie consorelle. Suor Agnese aveva una stanza per lei sola...

Nessuna che manchi di sottolinearla, 'sta cosa.

– ... e l'ultima volta che ci sono entrata puzzava di vino...

Il canonico si irrigidì.

Non che la sorella canovaia odori di rose, però il vino in camera...

– ... e ho visto tra le sue carte un simbolo strano. Era celato, come se nessuno dovesse vederlo, ma spuntava. Era un simbolo strano, inquietante, come quelli che adoprano coloro che evocano il maligno.

– E voi come lo avete riconosciuto? – chiese il canonico.

– Io non ho esperienza di arti magiche – rispose in fretta la monaca, presumibilmente arrossendo – ma non era niente di ciò che conoscevo, e ho pensato che potesse essere un simbolo magico. Monsignore probabilmente sarebbe in grado di riconoscerlo, se glielo disegnassi...

Più che probabile, pensò il Cini. Essendo suor Agnese una degna allieva di Galileo, il simbolo che aveva tanto spaventato quella suora semianalfabeta era senz'altro una costellazione o un qualche teorema geometrico.

– Se ne siete in grado...

– Come se lo avessi davanti, monsignore.

E dalla maglia dell'inferriata spuntò una mano più vecchia della voce che parlava, con un pezzetto di carbone tra le dita. Con un tratto elegante, la mano cominciò a tracciare un disegno sul davanzale, mentre gli occhi del canonico seguivano quella scena da famiglia Addams.

– Ecco, era questo – disse la voce, mentre la mano si ritraeva.

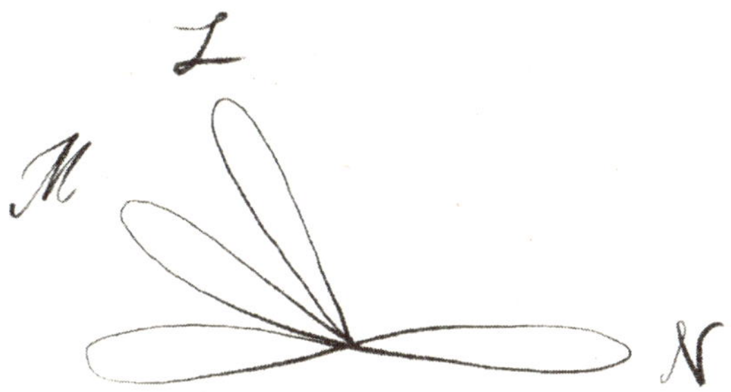

– Lo avete disegnato molto bene – disse il canonico.

– Mi ha fatto un'impressione tale… mi si è marchiato nella memoria. Dunque, lo conoscete?

– No, sorella, scusatemi, intendevo dire che sapete disegnare molto bene. Si vede da come portate il tratto.

E questo era strano. Dati quei discorsi sulla stregoneria, il canonico si era aspettato che suor Lucia fosse una donna ignorante, ma il tratto e la grafia erano quelli di chi aveva grande familiarità con la penna.

– Ma no, non conosco questo simbolo – chiarì il canonico. – Non l'ho mai visto. E vi confesso che mi sembra un po' poco per parlare di negromanzia. Potrebbe essere qualsiasi cosa.

– C'è dell'altro, monsignore. Qualcosa di inspiegabile.

Il canonico alzò un sopracciglio, ma senza troppo interesse. Siamo in mezzo a una pestilenza, di cose inspiegabili ne abbiamo piene le sporte.

– Uno dei compiti della portinara, monsignore, è anche di vegliare sulle consorelle nelle ore notturne, affinché non ricevano. Per questo a volte, di notte, percorrevo il corridoio, e se udivo dei rumori o dei suoni che non riconoscevo... ecco, oltre ad avermi donato buone orecchie il Signore mi ha dato buona vista, e potevo controllare dai pertugi delle serrature.

Il canonico restava zitto. Dopo qualche secondo, incoraggiata, la suora riprese:

– L'anno scorso, di questi tempi circa, tra mattutino e laudi, dopo aver rinchiuso l'uscio alle consorelle, invece di tornare alla mia cella rimasi nel corridoio e attesi forse un'ora, e udii dei rumori dalla cella di suor Agnese. Era sola, in quel periodo, perché le sue compagne di cella non stavano bene, avevano febbri e dissenteria, ed entrambe erano nella stanza delle inferme. Attesi qualche tempo fuori dalla porta, poi accostai l'occhio con precauzione. La serratura è ampia e la mia vista è buona, come vi dicevo.

Il canonico ritrovò la favella:

– E cosa vedeste?

– Quanto è vero Dio, monsignore, che quello che dico è vero e non può essere se non opera di magia. Suor Agnese aveva di fronte a sé un bacile, pieno d'acqua, di quelli che si usano per ammollare i panni. Vi sparse sopra la polvere, poi prese un filo di refe sottile, di quello che s'usa per imbastire le maniche delle vesti. Lo espose sopra al bacile, fece un gesto e l'acqua si ritrasse, come se avesse visto il demonio. La polvere si aprì sull'acqua, come un cerchio.

La monaca tacque. Stavolta era lei a rendersi conto che le sue parole avevano in qualche modo toccato l'interesse del canonico. Dopo qualche secondo, proseguì:

– Terminate le laudi, dopo aver aperto le celle, ripassai da quella di suor Agnese e vidi che il bacile era sempre lì. Sopra l'acqua galleggiava ancora la polvere. Faceva un ruoto, disposta dovunque, tranne che in un circolo.

– Cosa intendete per polvere, sorella?

– È una grana polverosa che si usa nell'opificio delle erbe, per farne decotti. Si chiama licopodio.

– Licopodio? Siete sicura?

– Sono stata officinaria anche io, per tempo, e la mia vista è ancora buona.

Galileo restò in silenzio per qualche momento, mentre con la sinistra si lavorava tra le dita un ciuffetto della barba, in un verso e nell'altro. In mano aveva il foglio su cui il canonico, parlando, aveva riprodotto il disegno della monaca.

– Però – disse, con voce solenne. – Misteriosa stregoneria nel convento di San Matteo in Arcetri. Mi sembri sconvolto, Niccolò.

– Lo sono, Galileo. Non capisco cosa ha visto questa donna e se ha visto davvero qualcosa, ma questo particolare del licopodio mi fa pensare.

– Hai ragione. Aspetta un secondo, ti faccio vedere una magia.

XVI

Eccoci. Grazie, Piera

Dove il Cini comprende che magia è vedere una cosa senza capirla, Galileo spiega il metodo degli indivisibili con un mirabile esempio, & i due concludono che c'è del marcio in San Matteo

– Eccoci. Grazie, Piera.

– Prego, sor Galileo – disse la donna, posando un catino pieno d'acqua in terra, in mezzo alla sala. – Posso anda' a dormi' ora, o ni serve anco che n'inzaponi la schiena?

– Vai vai, che il bagno questo mese l'ho già fatto. Allora, Niccolò, questa è acqua. Acqua piovana, raccolta ora dall'otre in giardino.

– E fin qui mi fido.

Pochi minuti prima, Galileo aveva spedito a urli la Piera nell'orto a riempire la bacinella sotto la pioggia battente, cosa che la domestica in un primo momento si era rifiutata di fare «perché 'nsennò mi bagno come un pucino» e a cui aveva acconsentito solo quando il canonico si era offerto di prestarle la propria veste, incerata e impermeabile.

– Invece questo, e qui ti tocca fidarti, è licopodio. È il polline di una pianta che chiamano erba strega. Quello che ci interessa è che questa roba galleggia sull'acqua. Fra l'altro, il motivo per cui i corpi galleggiano sull'acqua è estremamente interessante. Una volta si pensava…

E qui Galileo sarebbe partito in quarta a raccontare di come e quando si era scontrato con alcuni aristotelici sul motivo per cui i corpi galleggiano (dimostrando assai dottamente che il motivo aveva a che fare con la loro densità, e non con la loro forma, come credevano alcuni, semplicemente descrivendo come un peso di una certa forma, appuntito sotto e piatto sopra, se affonda in acqua non riemerge, anche nel caso in cui lo si rivolti a punta sopra), se non fosse che il canonico, da uomo pratico, per fargli capire che della teoria del galleggiamento dei corpi gli importava una sega, prese in mano il bussolo con la polvere e chiese:

– Questo, quindi va sparso sulla superficie dell'acqua, come ha fatto suor Agnese?

– Esattamente. Ecco, vedi che galleggia? Adesso, la magia che tanto ha atterrito la povera suor Lucia.

Galileo prese un pezzetto di spago e, tenendolo per un capo, zuppò l'altra estremità in un coppino pieno di olio di oliva. Quindi, sempre con lo spago tra le due dita, lo portò sopra al catino pieno d'acqua ruotandolo e mormorando:

– In nome di Ascobarùch, Melesècch e Miscappalacacch...

E sotto gli occhi del canonico la polvere che galleggiava sull'acqua, come per miracolo o per stregoneria – difficile distinguere le due cose, dipende se sei un personaggio della Bibbia come Mosè o una povera donna come suor Agnese – si aprì piano sulla superficie del liquido, lasciando al suo posto un cerchio vuoto e limpido.

– Non c'è nessuna magia in questo, Niccolò. Già Plinio il Vecchio nella sua *Naturalis historia* osservava che versare olio sull'acqua agitata calma le onde. Il motivo è che l'olio non si mescola all'acqua, ma si spande sulla superficie, crea una sorta di velo impalpabile fra acqua e aria, ed essendo più viscoso tiene l'acqua più ferma.

Galileo tirò su il pezzetto di spago, e lo ostese di fronte al canonico.

– Quello che è successo adesso è la stessa cosa: dal filo che tengo in mano è caduta una minutissima goccia d'olio, talmente piccola che tu stesso, che eri concentrato nel guardare me che facevo il cretino evocando demoni dai nomi implausibili, non te ne sei accorto. Eppure questa goccia minutissima si è sparsa sul pelo dell'acqua per una superficie di un mezzo braccio quadro.

– Ma a che le serviva?

– Era una cosa di cui dibattevamo, io e suor Agnese. Varie volte, abbiamo parlato di quanto finemente si può suddividere la materia. Supponiamo per un momento che io prenda un foglio di carta e lo tagli a metà, e che poi prenda una delle due parti e ancora la tagli a metà, e così ancora. Ti chiedo: potrei andare avanti così senza fine, o prima o poi mi dovrò fermare?

– E io ti rispondo che prima o poi arriverai a un punto in cui la larghezza del foglio è grossa come il filo del coltello, e allora ti dovrai fermare. A quel punto è come se tu avessi un martello, non più un coltello.

– Esatto. Allora a quel punto perché non agire direttamente come un martello?

– Non capisco.

– L'olio non si mescola con l'acqua, ma ciò nonostante «cerca» di cadere a terra come fa ogni corpo naturale. Tenta così di spargersi sulla superficie dell'acqua il più possibile, e nel far questo spazza via la polvere di licopodio. È come se battessi un pezzo di metallo con un martello fino a farlo diventare sottilissimo. Alla fine quello che hai è una sorta di velo liquido che ricopre l'acqua.

– Come mai facevate questo esperimento? Cosa c'entra con il moto degli astri e con il vostro libro?

– Nulla. Talmente nulla che infatti abbiamo smesso di farlo mesi fa, giacché dovevo dedicarmi al *Dialogo*. Ma ci ripromettevamo entrambi di continuare. Il motivo, caro Niccolò, lo hai visto tu stesso. A te sembrava incredibile quello ti aveva raccontato la suora portinara, giusto? E quando l'hai visto con i tuoi occhi, ci credevi, però non lo capivi. Era come un giuoco di prestigio, di quelli che fanno i gabolieri con le carte.

Galileo si versò un altro bicchiere di vino caldo. «Per tenerti compagnia», aveva detto al canonico versandosi il primo. Questo doveva essere più o meno il quarto.

– Avevi visto qualcosa, ma non lo capivi. Ecco, Niccolò, questa è la scienza. Primo, osservare la realtà con l'esperimento, giacché per spiegare un fenomeno la prima cosa di cui ti devi accertare è che succeda per davvero. Secondo, spiegarlo. Scienza, caro Niccolò, è spiegare i fenomeni che sono visibili, ma incomprensibili, in termini di oggetti invisibili, ma semplici da capire. Forme geometriche, come gocce di liquido che si schiacciano, e che ci aiutano a far entrare i fenomeni nelle nostre povere menti.

Galileo si alzò dal tavolo, andò a prendere un ciocco di legna dal cesto e lo gettò nel fuoco.

– L'idea mi era venuta leggendo le lettere del padre Cavalieri sugli indivisibili. La sua dottrina ricava aree e volumi dei corpi facendo finta che ogni figura geometrica si possa suddividere e scomporre in un numero infinito di parti che sono, appunto, indivisibili. Come un libro è composto di pagine, così si può immaginare un parallelepipedo composto di fogli virtuali; e come contando il numero di pagine posso sapere quanto è spesso il libro, impilando e contando i fogli indivisibili posso sapere il volume del parallelepipedo.

– Vero. Però devi sapere quale sia lo spessore del foglio.

– Era proprio questo lo scopo della nostra sperimentazione, cioè capire se questa divisibilità potesse in qualche modo riscontrarsi in natura; se ci sia un limite oltre il quale non si può andare.

– Ho capito. Però questo è un problema. Cioè, se non sai dire quale sia lo spessore del foglio questo metodo non ti serve a molto.

Galileo fece un gesto con la mano, come a dire che insomma.

– Per fare i calcoli forse no. Ma per capirli, per convincerti del loro significato, per convincerti che la comprensione della natura passa attraverso la matematica invece ti serve assai. Prendi per esempio il calcolo dell'area del cerchio. Se io ti do un cerchio di raggio *due*, quant'è la sua area?

– Due, per due, per il rapporto tra la circonferenza e il diametro. Tre virgola quattordici.

– E come mai?

– Ho usato la formula. Raggio per raggio per il rapporto tra circolo e diametro. Me l'hai insegnata tu.

– Sì, ma la domanda che ti faccio io è: come mai? Da dove viene fuori questa formula?

– Non lo so. Me l'hanno insegnata.

– Guarda, allora. Prendi un cerchio qualsiasi.

E Galileo, presa una punta metallica dallo scrittoio, disegnò un cerchio malcerto sul foglio.

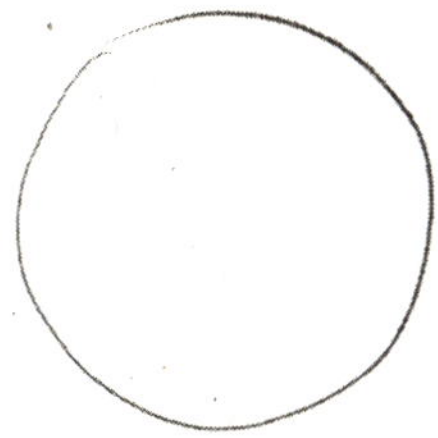

– Adesso, immagina che questo cerchio sia fatto da tanti anelli concentrici, l'uno dentro l'altro. Oppure immagina di formare il cerchio avvolgendo a spirale un filo, è la stessa cosa.

Qui Galileo, con la punta metallica che gemeva in modo fastidiosissimo, disegnò una spirale circolare, una forma che ai nostri tempi sarebbe stata identificata immediatamente come una rotella di liquirizia.

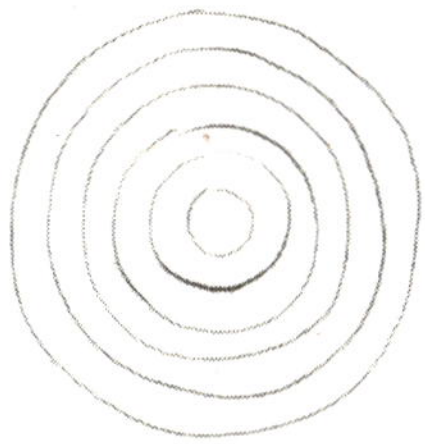

– Ora, con le forbici, immagina di tagliare questa spirale lungo il raggio, dall'esterno all'interno, fino al centro.

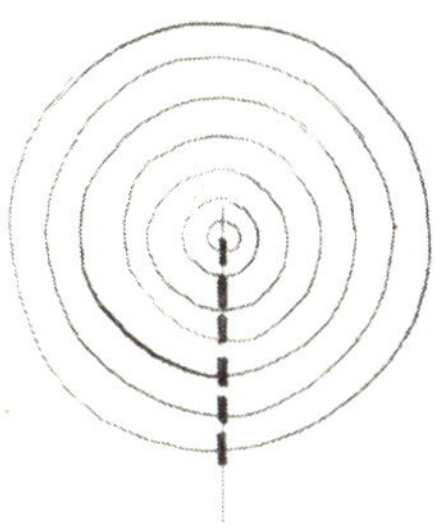

– Quindi, prendi tutti i pezzi di corda che hai ottenuto e mettili uno sopra l'altro, sul tavolo. Prendi quello più esterno, lo stendi sul tavolo. Poi prendi quello immediatamente prima, e lo stendi sul tavolo a contatto con il precedente. Fai combaciare l'estremità, qui, a destra. E metti tutti questi fili uno dopo l'altro. Che figura ottieni?

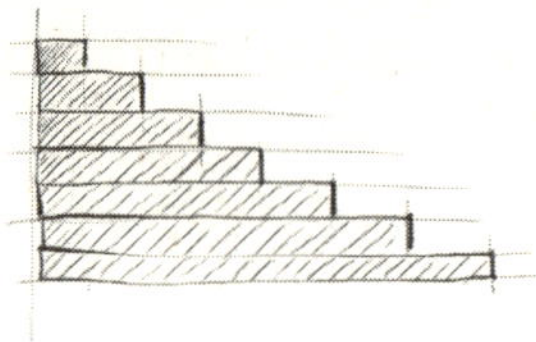

– Un triangolo. Un triangolo rettangolo.

– Esatto. Adesso, l'altezza del triangolo, lo vedi da te, è pari al raggio del cerchio. Hai messo uno dopo l'altro tutti i fili che hai tagliato, e la somma dei loro spessori dà nient'altro che il raggio del cerchio. E la base del triangolo?

– È il filo più esterno: è la circonferenza del cerchio.

– E quanto è lunga?

– Due volte il raggio, cioè il diametro, per tre e quattordici.

– Ottimo. Allora, se ti chiedessi qual è l'area di questo triangolo, cosa mi diresti che è?

– Base per altezza diviso due.

– Bravissimo. Ma in questo particolare triangolo, la base è pari alla circonferenza del cerchio, e l'altezza è pari al raggio. Lo abbiamo costruito noi così. Quindi l'area del triangolo è circonferenza per raggio diviso due. Ma siccome la circonferenza è due volte il raggio per tre e quattordici, allora

$$\text{base x altezza /2 = 2 x raggio x 3,14 x raggio /2}$$

ovvero,

raggio x 3,14 x raggio = raggio x raggio x 3,14

– Vedi? – disse Galileo, trionfante. – Hai costruito una figura della quale sai calcolare l'area semplicemente smontando e affettando una figura di cui non sapevi calcolare l'area. Hai preso il cerchio e lo hai trasformato in triangolo.

– Non mi sembra un gran risultato. La sapevo calcolare anche prima, l'area del cerchio.

– Sì, perché ti avevo fatto ingoiare la formula e te la ricordavi a mente. Ma se ti avessi chiesto di ricavartela da solo, invece di insegnartela?

Il canonico, forse, in altri frangenti avrebbe apprezzato quell'elegantissima dimostrazione. In quel momento, invece, aveva altro per la testa.

– Ti avrei detto che non posso perdere tempo dietro a circoli e indivisibili, e che in questo momento il Granduca mi paga perché capisca cosa succede nel convento di San Matteo.

– Hai ragione, Niccolò, torniamo a noi. A quello che hai visto, suor Lucia non si è inventata niente e ha realmente visto ciò che ti ha raccontato. Ma dice anche un'altra cosa vera, suor Lucia – proseguì Galileo, in tono prudente. – Ci sono in convento delle sorelle che aprono le porte, o meglio, le finestre alle visite esterne.

Galileo si alzò dallo sgabello e andò verso un grosso armadio di noce.

– Poco più di orell'anno, mia figlia mi chiese se potevo mettere un panno a riparo della finestra della sua cella, al posto dello scurino di legno. Appena la trovo, ti faccio vedere la lettera. Appena la trovo. La lettera. Appena trovo la Piera, invece, le inchiodo le mani alla trave tipo Gesù Cristo, così vedrai la smette di mettere a posto anche... Oh, eccola.

E Galileo emerse dall'armadio con un foglio in mano. Con aria trionfante, lo appoggiò sul tavolo di fronte al canonico.

– Ecco, Niccolò, leggi qui.

> *Adesso che comincia a rinfrescare, Suor Arcangela ed io, insieme con le nostre più care, facciamo disegno di star a lavorare nella mia cella che è molto capace; ma perché la finestra è assai alta, ha bisogno d'essere impannata acciò si possa veder un poco più lume. Io vorrei mandarla a V. S., cioè li sportelli, acciò me li accomodassi con panno incerato, che, quando sia vecchio, non credo che darà fastidio, ma prima avrò caro di sapere s'Ella si contenti di farmi questo servizio. Non dubito della sua amorevolezza; ma perché l'opera è piuttosto da legnaiuoli che da filosofi, ho qualche temenza.*

– A dispetto di quello che diceva mia figlia, riuscii a impannare la finestra senza troppi problemi, anche se non senza qualche aiuto, lo ammetto. Mi diede una mano Berto, il fabbisognatore del convento. Mi ricordo sempre che mi chiese, a un certo punto, per chi fosse quella finestra, e io gli dissi che era per mia figlia, suor Maria Celeste. Al che lui mi rispose con un verso che era bene, perché poteva mettere tanti chiodi ben saldi e diritti, e che non tutte le sorelle apprezzavano questa precisione.

Il canonico alzò un sopracciglio. Gesto ben poco canonico, ma piuttosto consapevole. Pur non avendo mai vissuto in un convento, come Galileo, sapeva che i monaci o le suore che facevano entrare dall'esterno i loro, diciamo così, trastulli, non si lasciavano certo ostacolare da una porta chiusa; la maggior parte delle volte, li lasciavano entrare dalla finestra che dava sul cortile, dopo aver allentato alcuni dei chiodi dell'impannata.

– Tu sai chi sono queste sorelle?

– Ahimè, Niccolò, qui mi chiedi veramente troppo. Si può sentire Berto. E già che siamo qui, avrei bisogno di domandarti io una cosa. – Galileo sembrò esitare un attimo. – Vorrei sapere, se ti è possibile dirmelo, per quale motivo l'altro giorno stavi andando a San Matteo.

Il canonico si passò le mani sulle gambe, un po' per riscaldarsele, un po' per cercare di strusciare via il disagio. Magari si potesse mandare via il malessere come se fosse sporco, una bella strofinata e via.

– Spero nella tua discrezione, Galileo. Sua Signoria ha sentito delle voci preoccupanti sul convento, proprio sul fatto che entravano persone dall'esterno e andavano a trovare le monache di notte. Non te l'ho detto, l'altro giorno, perché...

– Capisco. Vedi, te lo chiedo perché quando ieri sei andato via, sembravi piuttosto poco convinto che suor Agnese fosse stata uccisa. Invece, da quello che mi stai raccontando e chiedendo, sembra che adesso la figura di suor Agnese, sia prima che dopo la sua morte, ti interessi parecchio.

– Allora, Galileo, sarò estremamente sincero. In primo luogo, non mi è piaciuto l'atteggiamento della portinara, suor Agata. È l'unica che aveva accesso alla cella di suor Agnese, a parte lei, e quando le ho chiesto se aveva visto qualcosa di strano nella cella, mi ha risposto troppo velocemente. Tu conosci le leggi della natura, Galileo, ma io conosco le persone, e so capire quando qualcuno mi mente, anche se è al di là di una grata.

– E in secondo luogo?

Il canonico si guardò le mani. O ti fidi di una persona, o non ti fidi. Le mezze misure non gli erano mai piaciute.

– Quando sono entrato, hai notato anche tu che ero piuttosto sconvolto.

– Sì, parecchio. Mi sembra che ora tu ti senta meglio. Un buon bicchiere di vino caldo fa miracoli, vero?

– Quello, e anche sentirsi al sicuro.

– Ti riferisci alla pioggia?

– Mi riferisco al convento. Quando ero in cortile, credo che qualcuno abbia cercato di ammazzarmi.

XVI+I

Il silenzio, si sa

Dove un uggioso capitolo di suore in breve degenera

Il silenzio, si sa, amplifica ogni cosa. Se le cose vanno bene, bene. Se vanno male ogni sbattere di piatti è un colpo, ogni cigolare una minaccia, ogni respiro è una preparazione all'assalto.

Nel convento di San Matteo le cose non andavano bene.

Noi peccatori 3.0 siamo riusciti a sopportare la clausura da virus grazie a una serie sterminata di sotterfugi e passatempi: tra chi si era dato alla pasticceria e chi faceva gli aperitivi su Zoom, c'erano mille modi di trascorrere il tempo anche a casa nostra. Nel convento di San Matteo, parecchie di queste possibilità erano oggettivamente precluse: per darsi alla pasticceria ci sarebbe voluto un surplus di uova e farina, e per fare gli aperitivi su Zoom c'era da aspettare qualche secolo. Incontrare altre persone al di fuori del convento, anche in virtuale, era impossibile, eppure alle suore di San Matteo avrebbe fatto un gran bene; perché, oltre al fatto che il loro lockdown non era temporaneo come il nostro, c'era ormai la consapevolezza che convivevano con una assassina.

O assassino, certo. Ma visto che le monache erano una trentina e i frati due, le probabilità puntavano in una direzione piuttosto precisa.

Chiediamo scusa se siamo costretti a narrare gli avvenimenti del convento in forma indiretta, ma il fatto è che sono le sei di mattina, e come sappiamo le suore fino all'ora terza devono rispettare la regola del silenzio; ma anche se potessero parlare, forse non ne avrebbero molta voglia. Avevano parlato anche troppo, la sera precedente, prima di coricarsi, delle domande che aveva fatto il canonico Cini a tutte loro. A suor Arcangela aveva chiesto che tipo fosse suor Agnese, a suor Orsola perché avesse una cella singola suor Agnese, a suor Lucia cosa ci facesse suor Agnese in questa cella tutta per sé. Aveva fatto domande su quando e come si aprivano le porte, e su chi lo poteva fare o chiedere. Il canonico Cini, al suicidio della povera consorella Agnese, aveva smesso di crederci da un pezzo: questo era chiaro a tutte e a tutti.

A proposito, non che fra i due maschi regnasse l'armonia: frate Damiano si rifiutava di rivolgere la parola a padre Gioacchino. Anzi, letteralmente, quando lo vedeva cambiava strada, e a qualcuna non era sfuggito che ci metteva anche un rapido segno di croce. In più la sera passata, alla predica, il francescano aveva dedicato quaranta minuti a fare un lungo ripasso di cosa fosse l'eresia e di quanto pericoloso fosse frequentare gli eresiarchi, anche quando erano scienziati famosi. Chissà se le due cose fossero in qualche modo collegate.

Insomma, fino a quel momento la situazione era avvolta nel silenzio, e nella diffidenza. Ma sarebbe bastato aspettare l'ora terza, e finalmente le monache avrebbero potuto riacquistare l'uso della favella e discutere fra loro.

Il che non è detto che sia un bene.

– Per il bene del nostro convento, dobbiamo prendere una decisione. La nostra povera consorella deve avere giusta seppellitura. – La madre badessa si guardò intorno, e giunse le mani.

Intorno a lei, tutte le consorelle, a partire da suor Agata la portinara per finire con un'altra suor Agata, la maestra delle novizie, seduta nella penombra all'altro capo del tavolo: altissima, pallida e magra, nella tonaca nera col cappuccio bianco più che una suora sembrava un picco himalaiano.

– Credo che siamo ormai tutte d'accordo che suor Agnese non si è tolta la vita, e che quindi sia doveroso e giusto accoglierla nel nostro camposanto, insieme con le altre consorelle che ci hanno lasciato.

Madre Caterina Anselmi tentava di tirarla in lungo per evitare il più possibile il momento in cui qualcuno, una volta deciso dove mettere la defunta sotto terra, avrebbe tirato fuori l'altra questione.

– Vogliamo quindi fa' finta che gli è stato un incidente, via – disse in tono sgradevole suor Orsola, la canovaia.

– Non possiamo fare altrimenti, sorella.

– Invece secondo me si pòle – replicò la canovaia, e fu chiaro a tutte sia dal tono sia dal fiato che quella mattina suor Orsola aveva cercato e trovato il coraggio di parlare grazie a quelli che le stavano più vicino – i fiaschi.

– Non vi permetto di parlarmi in questo modo.

– Permettete cose ben più gravi. – Suor Orsola si alzò in piedi, le mani sul tavolo, non è chiaro se per assumere una posa oratoria o se per evitare di barcollare. – Lo sappiamo tutte di cosa sto parlando. Suor Agnese ci aveva una cella tutta per sé, come avete deciso a inizio estate. Così avete detto e così è stato fatto. E ora suor Agnese è morta, e lo sappiamo tutte come è morta, e se quarcuna di voi viene fòri con la storia che è stato un incidente giuro su Dio Onnipotente che inizio a pisciarvi nelle botti.

– Sorella Orsola, state degenerando.

– Io sto degenerando? È questo convento che sta degenerando, reverenda madre. Voi credete che non ci rendiamo conto che…

– Basta! – disse una voce, secca, mentre una mano – ancor più secca – sbatteva sul tavolo.

I visi di tutte si voltarono verso l'altro capo della tavola, dove era seduta suor Agata. Non la portinara, la maestra delle novizie. Esatto, quella ancora più cattiva della portinara.

– Se avete delle rimostranze da fare sul funzionamento del convento, sorella, potete farle senza dare spettacolo – disse dopo qualche secondo la maestra delle novizie, fredda e minacciosa come una trincea a febbraio.

Ora, è vero che per tenere testa al gelo un goccetto o due aiutano, ma era difficile bere abbastanza da riuscire a non avere paura di suor Agata.

Mentre suor Orsola taceva, un'altra voce disse in modo rispettoso:

– Io volevo bene a suor Agnese, madre, ma non ho mai capito perché venisse così protetta.

– Cosa intendete?

– Aveva la cella per sé e questo l'ho già detto, ci sono sorelle più anziane e cagionevoli che ne avrebbero avuto diritto – continuò suor Achillea, l'officinaria. – E prendeva cose che non le appartenevano. In officina si è servita più volte della polvere di licopodio, senza chiedermelo.

– A me ha preso la secchia, quella più grossa che avevamo. Che serve per raccogliere le mele, e non me l'ha più ridata. Ne l'ho chiesto a monsignore e ha detto che andava a cercarmela, l'hai più visto te? Io me ne lamentai anche, il mese scorso, ma la madre badessa mi disse che non era importante...

– È quel che dico anch'io – riprese suor Orsola, rivolgendosi alla badessa. – Due mesi orsono vi dissi più volte che Agnese sottraeva il vino e se lo portava in cella, invece di berlo come tutte noi a tavola al pasto. Mi avete invitato a passarci sopra, e io l'ho fatto. Ma ora, dopo quello che è successo, non posso tacere. Come mai? A cosa serviva portarsi il vino in cella?

Sulla tavola calò una coltre di imbarazzo. Non era difficile capire a cosa stessero pensando tutte le monache.

Tutte tranne una.

– Sorella Orsola – disse con voce sommessa suor Lucia – io non so cosa facesse suor Agnese col vino, ma so di altro che faceva nella sua cella.

Siccome suor Lucia era dall'altro capo del tavolo rispetto a suor Orsola, le monache voltarono tutte la testa all'unisono.

– Io l'ho vista coi miei occhi, e non ho paura di dirlo. Suor Agnese praticava la stregoneria, quant'è vero Dio!

Ci furono, a questo punto, varie reazioni.

Suor Achillea spalancò gli occhi come chi ha finalmente capito.

Suor Maria Celeste si voltò verso suor Lucia come chi spera di aver capito male.

Suor Maria Cleofe e suor Bruna iniziarono a farsi il segno della croce a gran velocità, tipo elicotteri.

Ma soprattutto, una suora a metà della tavolata si alzò in piedi e disse a voce alta:

– Meglio stregona che puttana!

Ci fu un fruscio di veli mentre le suore più vicine si giravano verso quella che parlava.

– Lo sappiamo tutte, qui, che due anni fa vi faceste mettere portinara per ricevere con più agio il vostro ganzo nella cella campanaria.

Adesso le teste delle monache non sapevano più da che parte voltarsi. Se a guardare suor Lucia, che nel frattempo stava prendendo sulle gote un bel punto cremisi che purtroppo nella penombra della sala comune non si coglieva bene, o l'altra loro compagna di digiuni che inveiva.

– E lo sappiamo tutte che detestavate Agnese perché la madre ha destinato a lei la cella singola!

– Arcangela, per carità di Dio, calmatevi… – disse suor Maria Celeste.

– Calmarmi? Come potete chiedermi di calmarmi? Ma vi rendete conto che 'sta zoccola sta accusando di stregoneria la vostra più cara amica? Che questa sgualdrina si faccia gli affari suoi, pace, ce lo siamo fatto andare tutte bene, tutto si fa per tentare di sopravvivere in questa merda di posto, ma…

Suor Lucia si alzò di scatto, prese la coppa che aveva di fronte e la rovesciò in faccia a suor Arcangela.

Suor Arcangela, dopo aver sbattuto gli occhi un paio di volte, prese a sua volta la propria, di coppa, ma invece del liquido scagliò direttamente il contenitore addosso a suor Lucia.

Rissa.

Ci sembra dignitoso, a questo punto, interrompere la nostra narrazione: sia perché lo spettacolo di due suore che si picchiano è altamente disdicevole, sia perché il combattimento a livello tecnico non era un granché. È possibile che qualche lettore trovi poco credibile quello che stiamo raccontando; nel qual caso, ci permettiamo di ricordargli che in questo stesso convento non solo qualcuno pochi giorni fa ha ucciso una suora (e questo ormai pare accertato), ma che proprio ieri sera, stando a quanto racconta il canonico Cini, hanno tentato di ammazzare anche lui.

XVIII

Come fate a dire che hanno tentato

Dove Cini & Galileo sono convocati a corte, & il secondo rassicura Cioli che nel Dialogo *non sarà meleggiato nessuno d'importante*

– Come fate a dire che hanno tentato di ammazzarvi?

– Posso solo ripetervi, Cioli, quanto ho detto a messer Galileo. Uscivo dal convento di San Matteo, il cielo minacciava pioggia, e non avevo alcuna voglia di incamminarmi sotto una possibile tempesta. Stavo lì, in cortile, a cercare di capire cosa fosse meglio fare. Ho alzato gli occhi al cielo, per scrutare tra i nembi.

Il canonico ascoltava la sua stessa voce che narrava l'evento, come lo aveva visto e rivissuto nella propria mente per due, dieci, cento volte. Le due mani, sporgenti dalla finestra, che reggevano un qualcosa e poi subito lo lasciavano andare. Il segretario di Stato, in piedi, guardava le fiamme che danzavano nel camino, con le pupille immobili.

– Ho fatto un salto all'indietro, o sono inciampato sui miei stessi piedi. Non lo so, mi sono spostato quanto bastava per togliermi da lì. Un attimo dopo è arrivato a terra. Un capitello di pietra serena, capite? Era talmente pesante che si è piantato nella terra umida per un buon pollice. Subito dopo ho udito un tuono, ed è iniziato a piovere.

– E a quel punto è uscito ed è venuto da me – confermò Galileo, che era seduto accanto ai due nella sala prospiciente (erano anni che chi scrive sognava di usare questa parola) il salone delle udienze di Palazzo Pitti. – Mi ero chiesto come mai, vista la bufera in arrivo, non aveste scelto di farvi ospitare al convento. Be', avevate i vostri buoni motivi.

– E non sareste in grado di riconoscere chi reggeva quel capitello? – chiese il Cioli, girandosi verso il suo interlocutore.

– Ho visto solo un paio di mani e le maniche di un saio scuro.

– In un convento di clarisse non aiuta molto.

– Voi ci scherzate, ma è me che hanno tentato di uccidere...

– Perdonatemi, monsignore. Sembra che in quel convento la vostra presenza non sia ben vista.

– La mia presenza?

– La vostra, al plurale. Voi e messer Galileo. È anche per questo che il Granduca mi ha fatto convocare entrambi, oggi.

– Ecco, questo è il punto – disse Galileo, guardandosi intorno con aria svagata. – Potreste dirci di preciso, Cioli, come mai Sua Altezza ci ha fatti convocare?

Il segretario di Stato tossicchiò.

– Credo che desideri farlo lui stesso.

– E non potreste, in qualche modo, prepararmi a quello che sto per sentirmi dire?

– Posso solo fare delle congetture, messer Galileo. Di certo, Sua Altezza è molto preoccupata per il vostro libro, il *Dialogo*, e per l'impatto che potrebbe avere riguardo alcune... parti della Chiesa. A quanto ho capito, teme che la vostra bravura come provocatore possa superare quella come matematico, che già è notevole.

– Non vedo perché. Non ci sono motivi per alcuno di importante di sentirsi provocato – disse Galileo, con l'aria innocente di un politico che dice di non aver mai incontrato quella donna in privato.

– Ne siete sicuro? – Il segretario si voltò verso il canonico. – Voi, monsignore, avete avuto modo di leggere lo scritto di Galileo?

– Ho avuto questo privilegio, l'anno scorso, nella sua prima versione.

– Come lo descrivereste? – lo incalzò il segretario di Stato, con gentilezza. Andrea Cioli, da diplomatico di razza, tentava sempre di non essere il primo a sollevare una critica, ma di fare sì che fosse qualcun altro il primo a tirarla fuori.

– È un dialogo tra tre filosofi intorno al sistema copernicano e tolemaico – rispose laconicamente il Cini, facendo intendere con la propria breve risposta che per lui, in quel momento, il problema non erano i massimi sistemi, ma i massi che qualcuno gli tirava in testa. Il Cioli, allargando le mani, provò a continuare da solo.

– Ecco, un dialogo. Per quale motivo avete scritto questo libro sotto forma di dialogo, invece di esporre direttamente le vostre tesi? Non è che forse è per esporre a qualche forma di dileggio uno dei personaggi?

– No, messer Cioli, no, affatto. In primo luogo perché ognuno dei tre è un mio buon amico, e non ho l'abitudine di meleggiare gli amici in pubblico. In secundis, due di questi tre sono morti da un pezzo, e non sarebbe certo di buon gusto svillaneggiare una persona che non può difendersi perché sotto terra.

– Tre vostri amici, dite? Dunque, vediamo. Abbiamo tre nobili personaggi, Salviati, Sagredo e Simplicio, che discettano tra loro. Non fatico a riconoscere nel primo il nostro buon concittadino Filippo, che d'altronde ha anche lo stesso cognome, e credo di non ingannarmi se dico che il secondo è il vostro defunto amico veneziano Gianfrancesco.

– Non v'ingannate affatto, segretario. Vorrei anche rassicurarvi nel dire che ho scritto a Zaccaria Sagredo, per chiedergli il permesso di rappresentare suo fratello nel mio dialogo.

– Bene. E il terzo? Credo di non ingannarmi nemmeno quando noto che il terzo personaggio, questo Simplicio, sembra ben più babbeo degli altri due, sia nel nome che nel modo di ragionare. Che c'è da ridere, monsignore?

– Perdonate, segretario... – disse il canonico mentre tentava di mascherare la risata con un colpo di tosse – il fatto è che credo di conoscere il personaggio in questione.

– Lo si riconosce così bene, dunque, il buon Fortunio? – chiese Galileo con un sorriso vagamente paraculo.

– Be', be' – continuò il canonico sghignazzando – diciamo che se uno ha frequentato le sue lezioni non se le scorda.

– Posso ridere anche io?

– Scusate, messer Cioli. Stiamo parlando di Fortunio Liceti, professore di logica a Pisa più di vent'anni orsono. Collega di Galileo, e mio professore, quindi.

– E l'ateneo pisano ha come professori dei bischeri simili?

– Non è uno stupido, in realtà, il buon Fortunio – disse Galileo. – È una persona pomposa, certo. Ed è un aristotelico fatto e finito, su certe cose con lui non ci si ragiona, ma è un buon cristo. Molte volte mi ha aiutato, e molte volte ho aiutato lui.

– E per ringraziarlo lo prendete per il culo? Spero di non esservi mai così amico, messer Galileo.

– Lo facciamo abitualmente. Sapeste quante volte mi ha dato dell'asino ragliante, a me come ad altri professori. Non sono certo bagatelle del genere che possono incrinare una vera amicizia. Siamo uomini di scienza, e la discussione è il nostro modo di avanzare. Non c'è ragione di temere che il buon Liceti si offenda per questo.

– Perdonatemi, Galileo, non è certo di un oscuro professore universitario che ho paura. Il mio timore è che finiate a offendere ben altri personaggi. Ecco, leggete.

Il segretario di Stato porse a Galileo una lettera, chiusa da un pesante sigillo con le chiavi incrociate. Chiunque fosse a scrivere, era uno che avrebbe potuto raggiungere in qualsiasi momento il Papa con una breve camminata.

– Di che cosa si tratta, segretario?

– Di una lettera del padre Niccolò Riccardi.

– Ah, il Padre Mostro.

– Vi sarei grato se non chiamaste con questo appellativo il maestro del Sacro Palazzo di Sua Santità.

– Mi renderei ridicolo se non chiamassi con questo appellativo il maestro di Sacro Palazzo di Sua Santità. Lo chiamano tutti così, pure voi, quando Sua Altezza il Granduca non è presente.

– Leggete.

– Leggerò, se volete. Ma vi avverto che c'è il serio pericolo che non capisca alcunché.

Il segretario di Stato guardò il filosofo. Sapeva che la vista di Galileo peggiorava di mese in mese, e a lui in fondo piaceva far risuonare la propria voce nelle stanze di Palazzo Pitti. Aperta la lettera, disse:

– Vi risparmio le formule di rito. – E cominciò a declamare:

– «*V. P. M. R. potrà valersi della sua autorità, e spedire o non spedire il libro senz'altra dipendenza dalla mia revisione; ricor-*

dandole però, esser mente di Nostro Signore che il titolo e soggetto non si proponga del flusso e reflusso, ma assolutamente della mattematica considerazione della posizione Copernicana intorno al moto della Terra, con fine di provare che, rimossa la rivelazione di Dio e la dottrina sacra, si potrebbono salvare le apparenze in questa posizione, sciogliendo tutte le persuasioni contrarie che dall'esperienza e filosofia peripatetica si potessero addurre, sì che non mai si conceda la verità assoluta, ma solamente la hipothetica e senza le Scritture, a questa opinione.»

Galileo alzò un dito.

– Perdonate, segretario, quando dicevo che c'era il rischio di non capire non mi riferivo alla mia povera vista, ma alla scrittura del maestro del Sacro Palazzo. Non so voi, saranno tutte quelle virgole messe a sproposito, ma io non ho…

Capito una sega, avrebbe aggiunto Galileo se non si fossero verificate due circostanze. La prima era che si trovava a Palazzo Pitti, di fronte al segretario di Stato messer Andrea Cioli, il tramite diretto fra lui stesso e Sua Altezza Serenissima il Granduca. La seconda era che, esattamente in quel momento, la porta si era aperta e Sua Altezza il Granduca era entrato direttamente nella stanza.

I tre rimasero paralizzati, guardandosi. Altro che Serenissima, Sua Altezza era chiaramente Incazzata Come Una Iena – ma non era tanto questo che li aveva spaventati. Vedere il Granduca arrabbiato era raro, ma possibile – un po' come vedere una suora incinta; vedere il Granduca convocare di persona i suoi ospiti invece di aspettarli seduto al suo posto era materialmente possibile, ma impensabile – un po' come vedere una suora in Ferrari.

– Galileo, non abusate della mia pazienza – disse il Granduca in tono brusco. – Dentro, subito. Tutti e tre.

XIX

Vi ho convocato, signori

Dove il Granduca dà un ultimatum a Cini e uno a Galileo, quest'ultimo elogia ammirevolmente le virtù di lingua matematica, & si scopre che a San Matteo li attende una spia incognita

– Vi ho convocato, signori, perché mi sono giunte tre lettere che non posso ignorare. Ognuna di queste tre, singolarmente, rischia di far esplodere una controversia tra me e Roma.

Sua Altezza prese dalla scrivania un plico composto da due o tre fogli di carta comune, di basso prezzo, ricoperti da una calligrafia che Galileo conosceva bene.

– Nella prima lettera, suor Caterina Angela Anselmi mi informa che ormai da cinque giorni il convento da lei diretto riceve visite quotidiane da parte di monsignor Cini. Il perdurare del contagio e la situazione precipua che si è creata, unita alla vostra presenza, non consente alle monache il regolare svolgimento delle attività del monastero. Madre Caterina si affida alla mia sapienza per far revocare il vostro incarico che si spinge a definire persecutorio, e in caso contrario minaccia di rivolgersi direttamente alla Santa Sede.

Il Granduca lasciò cadere la prima lettera sulla scrivania e ne prese una seconda, scritta a quanto sembrava sulla medesima carta grigiastra e di scarsa qualità, ma con una grafia che a Galileo non sembrava di conoscere.

– Nella seconda lettera, il cui autore non ha la delicatezza di firmarsi, si insinua che uno dei più assidui frequentatori di

San Matteo in Arcetri, e cioè il filosofo naturale Galileo di Vincenzio Galilei, oltre che un convinto sostenitore delle teorie del Copernico, sia un eretico seguace di Epicuro e debba essere allontanato da qualsivoglia luogo consacrato, e quindi in particolare dal convento stesso. L'ignoto autore della missiva si affida alla mia maestà per venirgli in aiuto, e minaccia altrimenti di rivolgersi direttamente alla Santa Sede.

Ferdinando II, sempre con la seconda lettera in mano, indicò verso il Cioli che era lì, fermo immobile, anche lui che reggeva una lettera, scritta in carta di ottima fattura; e Galileo in questo caso conosceva bene sia i fogli sia, soprattutto, la calligrafia.

– Nella terza lettera, quella che messer Cioli vi stava leggendo, padre Niccolò Riccardi, maestro del Sacro Palazzo – come del resto voi sapete benissimo anche se preferite nominarlo in modo più confidenziale –, mi ricorda che sono passati più di tre mesi dall'ultima sua lettera dove sollecitava la pubblicazione del vostro *Dialogo sopra i due massimi sistemi del mondo* – se intendo bene questo dovrebbe essere il titolo definitivo ma con voi, messer Galileo, non si sa mai –, e mi ricorda che Sua Santità Urbano ottavo attende con ansia l'apparizione dell'opera del massimo matematico della cristianità, alla quale la Chiesa ha apposto il suo nulla osta *ad imprimatur* nonostante nessuno lo abbia letto nella sua forma definitiva né si sa se, e in quale forma, sono state apportate le correzioni richieste. Il padre Riccardi sollecita, di nuovo, la comunicazione dell'avvenuta stampa entro la fine del mese, e nel caso in cui ciò non dovesse avvenire...

Si rivolgerà alla Santa Sede?, chiese lo sguardo di Galileo rivolto verso il Granduca.

No, vi faccio un culo come un battistero, rispose la faccia di Sua Altezza Serenissima.

– Sono più di vent'anni, Galileo, che servite il Granducato come filosofo e matematico, senza alcun obbligo di dare lezione e libero di risiedere ovunque vi aggradi – continuò il Granduca. – Anni in cui ci avete dato lustro e onore. Grazie a voi, attirati dalla vostra fama e dalla nostra munificenza, arrivano in Firenze matematici e ingegniari tra i migliori d'Italia.

In silenzio, Galileo ascoltava. In silenzio anche lui, il canonico Cini ascoltava a sua volta, apprezzando il raro privilegio di vedere Galileo zitto di fronte a qualcuno, che ascoltava. Potenza del Granducato.

– Siamo in un momento di crisi, Galileo, di crisi nera come il morbo che ci attanaglia. Ne usciremo, se e quando ne usciremo, solo grazie al nostro ingegno, giacché di risorse materiali ce ne sono sempre meno. In queste condizioni, l'ultima persona da cui ho bisogno di venire deluso siete voi.

– Vostra Altezza Serenissima non ha alcun bisogno di temere. Non la deluderò.

– Vi voglio credere. E per rendere più saldo e vivo il vostro proposito, adesso finiremo insieme di ascoltare la lettera del Padre Mostro, cioè, del maestro di Sacro Palazzo, e converremo su ciò che chiede. – Il Granduca si girò verso il canonico Cini. – Ma prima, monsignore, devo dire una cosa anche a voi.

– Vostra Altezza comandi.

– In questo momento, il Granducato ha più che mai bisogno delle preghiere sincere di tutte le monache di tutti i conventi, incluso il convento di San Matteo. Inoltre, ne converrete, solo la giustizia divina è perfetta e può aspettare in eterno; la nostra giustizia di peccatori è imperfetta, sommaria e rozza, e se oltre a questo arriva in ritardo rischia di non sortire alcun effetto.

Il canonico Cini giunse le mani e prese un gran respiro, di pancia, per calmarsi il più possibile.

– Vostra Altezza perdoni il mio ardire ma, come ho già avuto modo di spiegare al signor segretario di Stato, ho il fondato sospetto che all'interno del convento qualcuno abbia tentato di assassinarmi.

Il Granduca alzò le sopracciglia, come se pensasse che chiunque tentasse di assassinare un suo dipendente doveva essere un gran maleducato.

– Motivo in più per non farvi entrare più in quel convento. Al pari di Galileo, siete uno dei miei più importanti collaboratori, e al momento siete insostituibile. Se non riuscirete a far confessare la persona che ha ucciso suor Agnese, dovremo risolvere la questione in altro modo.

E finita lì. Del resto quello era il Granduca. Se c'era una cosa che il Cini aveva imparato in quegli anni, era che Ferdinando II pensava e soppesava le decisioni prima di prenderle e di comunicarle, ma quando le comunicava non era il caso di discuterci.

– Vostra Altezza mi dia un termine di tempo, e profonderò ogni sforzo nell'ottenere una confessione.

– E sia. Avete tempo fino alla fine di questa settimana.

– «*Nel fine si dovrà fare la perorazione delle opere in conseguenza di questa prefazione, aggiongendo il Sig. Galilei le ragioni della Divina Onnipotenza dettegli da Nostro Signore, le quali devono quietar l'intelletto, ancorché da gl'argomenti Pittagorici non se ne potesse uscire. Deve mostrarsi...*» Come diceva, Niccolò? Te lo ricordi?

Il canonico Cini, continuando a camminare, annuì col capo. Non era difficile ricordarsi come proseguiva la lettera del Padre Mostro. In primo luogo perché, nel Seicento, non esistevano né gli smartphone né le penne a sfera o stilografiche, non c'era la possibilità di prendere appunti al volo mentre si stava in piedi ad ascoltare un principe regnante, e quindi anche il più disgraziato dei valvassori era abituato a ricordare a memoria decine di pagine di ciò che leggeva o ascoltava. In secondo luogo perché, dopo aver fatto leggere la lettera al Cioli ad alta voce, il Granduca l'aveva fatta mostrare ai due perché la leggessero coi loro occhi e infine, tanto per non sbagliarsi, aveva riletto di persona i punti più salienti, tra cui quest'ultimo.

– «*Deve ancora mostrarsi che quest'opera si faccia*» – proseguì il Cini – «*solamente per mostrare che si sanno tutte le ragioni che per questa parte si possono addurre, e che non per mancamento di saperle si sia in Roma bandita questa sentenza, conforme al principio e fine del libro, che di qua mandarò aggiustati.*» Se capisco bene, quello che vi chiede il padre Riccardi è solo di mettere questa benedetta prefazione.

Galileo allargò le braccia con fare melodrammatico.

– Certo. Solo di mettere una prefazione nella quale spiego e dico che tutto il resto del libro è pura fantasia, e quindi si potrebbe anco fare a meno di leggerlo. È come invitare una persona a cena e chiedergli di venire già sazia.

– Non ti sembra di esagerare, Galileo? In fondo, le preoccupazioni della Chiesa circa il sistema del Copernico sono note. Chiunque leggerà il libro, lo farà conscio che questa prefazione è stata aggiunta.

– Appunto. E così si chiederà chi ha aggiunto quella prefazione, e si risponderà così: la Curia romana, ovvero l'unica accolita di persone sulla faccia del pianeta ancora convinta che sia il Sole a girare intorno alla Terra. Che fiducia mai si può avere in una simile istituzione?

Il canonico Cini scosse la testa.

– Ma allora perché cerchi per forza approvazione dalla Chiesa? L'imprimatur non è certo necessario. Sei Galileo Galilei. Sei uno dei più grandi filosofi naturali viventi. Potresti pubblicare in Germania, in Olanda dagli Elzeviri...

– Perché il libro è uno, Niccolò. Una parentesi di lettura. Uno legge il libro, poi lo chiude e si ritrova immerso nella vita, circondato dai suoi compari, e quello che hai letto nel libro, anche se l'hai capito, te lo scordi. E i problemi da risolvere sono pestilenze, povertà, guerra. Quando dobbiamo stare attenti a dove mettiamo i piedi, chi ha più modo di guardare come va il cielo?

– Non capisco, Galileo. E non mi sembra nemmeno che tu mi abbia risposto.

Galileo sospirò.

– Io non vorrei, Niccolò, perder tempo a discutere coi dottori della Chiesa se il mio libro è matematica, scienza naturale o teologia. Già anni fa il cardinale Bellarmino mi ammonì dicendomi che sostenere che la Terra non sia al centro del creato andava contro la Chiesa. Ora i tempi sono cambiati, e il papa Barberini è un uomo sapiente, ma non tutti sono colti e consapevoli del loro ruolo come lui. Se la Chiesa osteggiasse il *Dialogo*, in Italia molti nemmeno lo aprirebbero, mentre altri nelle Fiandre o in Germania si direbbero d'accordo con quanto dico senza manco averlo aperto, ed io non voglio questo.

Non voglio tornare a litigare coi prelati, ritrovarmi in mezzo a una disputa teologica e politica. Sarebbe una perdita di tempo. Ho perso gli ultimi quindici anni della mia vita a ragionar di fioretto con dei cardinali che sanno meno matematica del mio gatto; però siccome sanno come si va al cielo pretendono anche di sapere come vadia il cielo.

– Ho capito, certo. Però non puoi pretendere che le cose in accordo con la tua matematica siano per forza la realtà.

Galileo prese un profondo respiro. Quello era il punto importante. E se anche uno come Niccolò Cini non lo vedeva con chiarezza, vuol dire che bisognava spiegarsi bene.

Per i gesuiti, i risultati della matematica restavano nella matematica. Come quello che succede a Las Vegas, per intenderci: *What happens in geometry, stays in geometry*. Anche se l'unica volta in cui l'avevano usata per una applicazione pratica, il calendario, gli era andata piuttosto bene.

Per Galileo no, era qualcosa di diverso. Di ovvio. Ma per Niccolò Cini, persona tutt'altro che stupida, non lo era.

Galileo, invece di salire sulla mula, si fermò. Si chinò verso terra, e tracciò con un dito un segno nella polvere. Sembrava una P maiuscola.

– Che lettera è questa, Niccolò?

– Be', è una P.

– Dici? No, per me è una R.

Il canonico Cini ridacchiò.

– Resta il fatto che questa è una P.

– Ma nemmeno per idea. Questa è una R. Io la pronuncio R.

– Ho capito, ma è una P lo stesso.

– E chi te lo dice? Cosa ti fa pensare che quello sgorbio

debba avere il suono che dici te? Assomiglia forse alla forma della tua bocca mentre dici P?

Il canonico tornò serio, e Galileo invece sorrise.

– Se mi chiamassi Galil Galileovič, nato nelle terre dove si usa l'alfabeto cirillico, questa la leggerei come una R, e sarebbero tutti d'accordo con me.

– Va bene, ma siamo in Firenze e voi siete italiano come me. Questa per noi è una P.

– E chi di noi due ha ragione, noi o i cirillici?

– Nessuno dei due, cioè... dipende da che lingua parliamo...

– E se arrivasse un terzo, che dice che nel suo alfabeto quella lettera non si legge né P né R, ma si legge «ics»?

– Ma noi siamo d'accordo che per noi, nella nostra lingua, questa è una P.

– Esatto. È per questo che funziona, Niccolò: perché tutti siamo d'accordo che questa è una P. Pensa che guazzabuglio, Niccolò, se non fossimo d'accordo su questa cosa, che pure non è universale, e varia da paese a paese. Ecco, io penso che sia ancor più importante essere tutti d'accordo sulle cose che non possono essere contradette, perché è su quelle che si basa la compagnia degli uomini. Ma non sono certo la pronuncia della scrittura. Esistono tante di quelle lingue sulla faccia della terra...

Il canonico Cini adesso taceva. Galileo, invece, inginocchiato sulla polvere della strada, parlava con gli occhi chini, a voce talmente bassa che nemmeno si vedeva muovere la barba.

– La massima punizione di Dio, peggio ancora della pestilenza che ci affligge, è stata confondere i nostri linguaggi. E io sono convinto che fare la volontà di Dio consiste anche nell'andare verso un unico linguaggio, che tutti comprendano. Ora, dimmi, Niccolò, esiste un linguaggio che tutti possono comprendere e su cui tutti sono d'accordo, al di là della loro nascita e nazione?

Galileo si rialzò, e cancellò dalla polvere col piede quel segno senza più un suono certo. Poi alzò gli occhi sul canonico, che era più alto di lui di un buon palmo.

– A quanto ne so, Niccolò, l'unica nostra operazione mentale su cui possiamo essere tutti d'accordo è il numero. E il rango, l'ordine dei numeri, ne è la prova. Prova un po' a convincermi che cinque è minore di tre, non ci riuscirai mai. Oppure, se anche ci riuscissi, saresti costretto a darmi cinque vacche in cambio di tre vacche e andare anche a dire in giro che hai fatto un affare.

Galileo aprì le mani, con le palme in alto. Poi le ricongiunse.

– Il numero è il nostro terreno comune, la lingua che Dio ci ha dato per capire l'opera sua, e per poter andare d'accordo. Se riusciamo a tradurre ogni nostra misura, ogni nostro concetto e ad esprimerlo coi numeri, Niccolò, non ci sarà mai più Babele. Per me e per te, per un Babilonio, per un protestante, cinque sarà sempre maggiore di tre. Non è la realtà, la matematica. Ma è il linguaggio migliore che possiamo usare per parlarne.

Il canonico mise una mano sulla spalla del suo vecchio maestro.

– Ti invidio, Galileo. Sarebbe bello avere così tanto tempo a disposizione per ragionare di filosofia. Io invece…

Il che, sia detto per amore di chiarezza, non era così vero come sembrava. Niccolò Cini, canonico metropolitano di Firenze, era soprattutto un uomo pratico, e svegliarsi una mattina senza avere niente da fare e con tutto il santo giorno per ragionare di massimi sistemi gli avrebbe dato le vertigini. La vita, per il Cini, era risolvere problemi.

– … tutto questo tempo non ce l'ho, – proseguì il canonico, sulla via che si diceva giusto or ora – devo risolvere il problema del convento di San Matteo, per un verso o per l'altro.

– Cosa significa, per un verso o per l'altro?

– Lo hai sentito anche tu, Galileo. È necessario scoprire, entro la fine della settimana, chi sia stato a causare la morte di suor Agnese.

Galileo voltò piano il viso verso il suo allievo di tanto tempo prima.

– E che cosa succederebbe, Niccolò, se non riuscissi a scoprirlo?

– Dobbiamo prepararci, messer Cioli. Il responsabile della morte di suor Agnese da Peretola difficilmente verrà fuori in questi due giorni. Nel caso dovrò parlare nuovamente con Sua Eminenza l'Arcivescovo.

– Come vuole procedere, Vostra Altezza?

– Credo che la cosa migliore sia la franchezza. Anche perché so con certezza che anche l'Arcivescovo Niccolini inizia ad avere dubbi. Mi è stato detto proprio da monsignor Cini che l'Arcivescovo ha ricevuto una lettera, nei giorni scorsi, in cui una delle suore di maggior rango chiedeva di essere trasferita ad altra sede. A quanto dice monsignore, questo ha turbato profondamente Sua Eminenza. Gli comunicheremo il nostro parere e quello di monsignor Cini, e gli chiederemo se ritiene opportuno che il convento continui a rimanere in attività.

– Mi sembra il modo migliore in cui Vostra Altezza possa agire. Come insegnava il grande Socrate, prima preparate il terreno a una risposta ovvia, e poi fate la domanda.

– Tenete la vostra ruffianeria per l'Arcivescovo, messer Cioli. Ne avremo bisogno. Non è semplice dover chiedere a una diocesi di chiudere un convento e di destinare le monache altrove.

– E Vostra Altezza dove pensa che verranno destinate?

– Non è un problema che ci riguarda. Sono la Chiesa metropolitana e l'Arcivescovo, in questo caso, a prendere le decisioni. Noi in questo non possiamo, e non dobbiamo, fare niente. Mi sembrate contrariato, messer Cioli.

– No, è che pensavo… se Vostra Altezza permette, pensavo a messer Galileo. Ne parlavo poc'anzi col canonico Cini, poco prima che arrivasse. È una persona molto sola. Non ha moglie e il suo unico figlio maschio, ora che non c'è messer Geri Bocchineri posso esser franco, è uno spalletonde che quando si fa vedere è solo per spillare quattrini. Ha comprato quella casa apposta per poter stare vicino alle due figlie, che sono la sua consolazione. Sarebbe molto triste se venissero allontanate.

– Non è ancora deciso niente, Cioli. E a questo proposito, anche se le cose dovessero andare nella direzione peggiore, sarebbe meglio che non si sapesse niente di questa nostra intenzione. – Il Granduca, fermandosi, accennò con lo sguardo al pesante passamano in pelle che stava al centro della scrivania. – Vi rammento che abbiamo deciso che Galileo non venga distratto dalla sua opera finché non è finita, per motivo alcuno.

– Vostra Signoria non ha alcun motivo di averne timore – disse il Cioli, senza guardare sotto il passamano.

Anche perché sapeva benissimo cosa c'era nascosto sotto.

Una ulteriore lettera, tra le molte ricevute quella mattina dal Granduca, che riguardava Galileo Galilei e il convento di San Matteo. Una lettera firmata da Francesco Niccolini, ambasciatore di Sua Altezza presso la Santa Sede, che riportava un messaggio che sua moglie, Caterina Riccardi Niccolini, cugina di padre Niccolò Riccardi (a.k.a. Padre Mostro), aveva recapitato al marito. Dopo aver ricordato la catena di parentele sottostante al messaggio, la quale già cinque secoli fa aumentava la credibilità di qualsiasi comunicazione, l'ambasciatore informava Sua Altezza della convinzione del Padre Mostro, secondo il quale i gesuiti avevano inviato a Firenze una spia.

Una spia con il compito di leggere il manoscritto o le pagine stampate del *Dialogo* prima che venisse pubblicato, e riferire ai gesuiti stessi.

XX

Le nostre consorelle tutte

Dove suor Arcangela non fa in tempo a confessarsi che commette novamente peccato, suor Maria Celeste ha un'idea per scoprire chi abbia rubato i fogli, & Galileo sbaglia a calcolare una traiettoria

– Le nostre consorelle tutte vi ringraziano, padre. Per vostra intercessione, oggi abbiamo potuto dare seppellitura ad Agnese in terra consacrata. – Suor Maria Celeste sospirò. – Adesso potrà riposare in pace, almeno lei.

– Ci vuole coraggio, figlia mia – disse Galileo, prendendole le mani. Mani fredde, come sempre, ma nervose più del solito. Non stava bene, era chiaro. Prima di parlare, Galileo si guardò intorno e si rese conto che mancava qualcosa.

– Suor Maria Cleofe?

– Ha preso una brutta infreddatura. Oggi funge da ascoltatrice suor Taddea, ma in questo momento è con la madre insieme al canonico.

– E non hanno messo nessun'altra ascoltatrice?

– Ahimè, padre, il momento è gramo. Ieri c'è stato un litigio tremendo, e oggi tutte si guardano in cagnesco. Anche se il corpo della nostra consorella è sotto terra, quello che le è successo è ben lontano dall'essere seppellito. Ma non parliamo di queste misere cose, padre. Le sofferenze terrene vanno accolte in perfetta letizia, solo così ci guadagneremo il nostro posto nell'alto dei cieli. E voi mi sembrate parecchio angustiato.

– Lo sono, figlia mia, lo sono. Sono arrivate lettere da Roma.

Devo pubblicare il libro quanto prima. Il che significa che devo ritrovare quei fogli. Ci metterei settimane a ricostruire quello che avevo scritto, e ho una manciata di giorni per consegnarli.

– Se penso che sono andati persi per causa mia, mi sento scomparire.

– Voi non avete alcuna colpa. Senza di voi a chi avrei fatto copiare in bella i miei sgorbi? E sono stato io stesso a darvi il permesso di farli leggere a suor Agnese. Adesso serve a ben poco battersi il petto. Avete chiesto alle vostre consorelle?

– Certo, padre, più d'una volta. Senza dubbio qualcuna c'è, che lo sa, ma non me lo dice.

– Mentire non è certo un comportamento da suore.

– Se ne stan vedendo tanti, qui dentro, padre, di comportamenti che non sono da suore… Ma certo, certo.

Suor Maria Celeste, da dietro la grata, aveva abbassato la voce già solitamente sommessa, come se non si volesse far sentire nemmeno da se stessa.

– Mentire, mentire è peccato… – aggiunse, dopo qualche secondo.

– Che state dicendo, Celeste? Certo che mentire è peccato.

– Scusate, padre, ma mi è venuta in mente una cosa. Vi fidate di monsignor Cini?

Galileo rimase un attimo interdetto.

Fino al giorno prima avrebbe detto di sì, senza esitazione.

Ora, non ne era più tanto sicuro.

Se la persona che ha assassinato suor Agnese non confesserà o non verrà rivelata il convento chiuderà, aveva detto. Ma la sensazione di Galileo era che il canonico avrebbe chiuso il convento con o senza chiusura delle indagini. Per quale motivo era stato mandato a San Matteo, in origine? Perché alcune suore, si diceva, ricevevano. E cosa vi aveva trovato? Stregoneria (presunta), fornicazioni (sospette), compravendita di camere e di privilegi in cambio di soldi (quasi certo). Ah, e un omicidio. Su quello, non rimaneva nessun dubbio. Se Galileo fosse stato al posto del canonico Cini, che parere avrebbe dato? Siamo seri. Ma come faceva a dirlo alla figlia?

– Monsignor Niccolò Cini è persona di sicura fede e di grande discernimento – rispose, senza sbilanciarsi troppo. – Che cosa proponete?

Suor Maria Celeste si chinò verso la grata. Galileo poteva quasi vederne il viso. La voce rimase sommessa, ma ferma.

– Come sapete, noi ci confessiamo ogni due settimane per i nostri peccati. Solo in caso di gravi mancanze, e capita assai di rado, o se viene a mancare una consorella, una di noi sente il bisogno di alleggerire il fardello dell'animo prima. Da poco ci siamo tutte confessate, prima del solito, in seguito alla dipartita di suor Agnese.

– Capisco, Celeste, ma non posso certo chiedere ai vostri confessori chi tra voi gli ha raccontato di aver trafugato le mie carte. Senza contare che potrei rivolgermi al solo padre Gioacchino. Frate Damiano è convinto che sia un eretico e nemmeno mi parlerebbe.

– Come fate a saperlo?

– Ha scritto una lettera al Granduca. Anonima oltretutto, ma chi volete che sia stato?

– A giudicare da quello che ha detto nella predica, temo abbiate ragione. Ma non pensavo di farvi parlare con lui. Come vi dicevo, se qualcuno sente il bisogno di confessarsi, ha un peccato sulla coscienza. Stamani, per esempio, suor Arcangela e suor Lucia sono andate a confessarsi per via… per via dello screzio che hanno avuto ieri.

– Uno screzio. È sempre così impulsiva, suor Arcangela. Così impetuosa. Tutto il contrario di voi.

– Sì, a dire il vero… In questo caso, padre… Mettiamola così, la penitenza di suor Lucia credo sarà ben più lunga di quella di mia sorella. Ma vi dicevo di monsignor Cini. Se chiedeste al canonico di fare la stessa domanda, solo una, a tutte noi?

– Non vi seguo.

– Immaginatevi questo, che il canonico a ognuna di noi chieda se sa dove siano finiti i fogli del *Dialogo*, che tutte conoscono giacché sono da anni la segretaria e copiatrice. Immaginatevi che rimarchi quale peccato grave sia nascondere questa informazione o negarla quando si sapesse. Ci siamo tutte confessate pochi giorni orsono. Se il canonico si sentirà rispondere con una sequenza unanime di no, di negazioni, e poi una consorella andasse a confessarsi il giorno stesso… se fossi in voi, quella consorella sarebbe la prima a cui chiederei spiegazioni.

– Non è una brutta pensata, Celeste. Potrebbe avere senso.

– Sono lieta di potervi aiutare, padre. Questa è la mia casa, ma voi e suor Arcangela siete la mia famiglia.

– Già, a proposito, scusate ma non abbiamo finito il discorso di prima. Che cosa ha fatto, esattamente, suor Arcangela?

– Adesso dimmi, sorella, quali sono i tuoi peccati?

– Ho aggredito una mia consorella in Cristo, usandole violenza con atti e con parole.

– Non hai altri peccati da confessarmi, vero?

– No, fratello.

– Bene, sorella, – disse il confessore con pazienza – attraverso la confessione e per mezzo del sacramento della penitenza, il cristiano muore e risorge con Cristo. Sei pronta ad accogliere la tua penitenza? Sei sinceramente nel tuo cuore pentita di ciò che hai fatto?

– Io lo sono, padre, ma non vorrei essere la sola.

– Sorella, nessuna penitenza vale se non perdoniamo chi ci ha offeso – disse paziente la voce di frate Damiano. – Specialmente in questo momento occorre andare oltre le offese ricevute e porgere l'altra guancia.

– Lo farò volentieri, se anche l'altra è disposta a farlo – rispose suor Arcangela in modo piccato. – Ho la spiacevole sensazione di dover essere la sola a perdonare.

– Sorella, in quello che dite state peccando di superbia. Solo Dio può sapere se nel cuore di chi ci ha offeso c'è il perdono. Non è cosa che sia possibile mercanteggiare.

– Questo dovrebbe valere anche per voi, fratello.

– Cosa intendete?

– Vi ho osservato, in questi giorni. Voi evitate di proposito padre Gioacchino. In un paio di occasioni si è rivolto a voi e lo avete appena salutato, in altre lo avete chiaramente ignorato. – La voce di suor Arcangela adesso aveva una puntina di perfidia. – Come possiamo noi perdonare se chi ci dovrebbe dare il buon esempio non ci mostra il sentiero?

– È proprio una questione di sentiero – rispose frate Damiano seccamente. – Padre Gioacchino cammina su un sentiero molto pericoloso. Ha pessime frequentazioni dalle quali subisce pessime influenze.

– E chi sarebbero queste pessime frequentazioni?

Seduto sull'ultima panca della chiesetta del convento, Galileo aspettava, guardandosi intorno. Di sicuro il canonico Cini, prima di andare via, sarebbe passato da lì per salutare il crocefisso. Un crocefisso spoglio, di legno grezzo, dipinto dalle suore con tanta volontà e poca perizia. Niente a che vedere con la magnificenza di Santa Maria del Fiore o delle altre chiese di Firenze; una chiesa buia, piccola, spoglia, dalla porta talmente angusta che anni prima, per far entrare la sacra immagine della Madonna dell'Impruneta che aveva attraversato in processione tutta Firenze, s'era dovuto rompere il muro della corte e far alzare la porta. Ma il Granduca si era impuntato, e le persone avevano prestato volentieri le loro mani, perché quello era uno dei conventi che meritava di esporre l'immagine sacra più venerata della città.

E ora, per colpa di poche, si rischiava di perdere il bene che molte facevano. È sempre più facile additare il male che ringraziare per il bene, perché al bene ci si abitua.

Per fortuna, la porta era ancora abbastanza larga da far entrare il canonico Cini, così mentre Galileo era sul punto di perdersi in pensieri sempre più foschi la sua attenzione venne richiamata alle proprie spalle.

– Oh, Niccolò.

– Oh, Galileo – rispose il canonico, segnandosi. – Eccoti qua. Mi ha detto suor Maria Celeste che mi cercavi.

– Sì, Niccolò. Suor Maria Celeste ha avuto un'idea e avrei bisogno del tuo parere.

– Volentieri. Almeno tua figlia è una persona sensata. Non hai idea delle cose che mi tocca sentire, Galileo.

Per esempio, dopo aver parlato con la badessa sono stato trattenuto non so quanto da quella vecchia rintronata della secchia, che ci ha messo un quarto d'ora per dirmi che per fortuna ha ritrovato la secchia però è bucata e quindi non tiene più l'acqua. Qui scaraventano dalle finestre roba di ogni tipo, dalle pietre alle suore, come se fosse Capodanno, e questa si preoccupa di una secchia bucata.

– Guarda, non perdiamo tempo con discorsi inutili. Cosa propone suor Maria Celeste?

Galileo abbassò la voce. In fondo erano nella chiesa del monastero: un posto dove la vista, come abbiamo visto, perde piano piano di importanza, dove l'udito diventa il senso più importante e dove anche le grate hanno orecchie.

– Mia figlia suggerisce di interrogare tutte le monache e di porre a tutte la stessa domanda, cioè di chiedere loro se sanno dove sono i fogli del *Dialogo*.

– Non capisco come questo possa aiutarci. E poi, se anche lo sapessero, non me lo direbbero.

– Giusto. Però siccome si sono confessate tutte da poco, se qualcuna mentisse, specialmente se tu mettessi giù bene la gravità del peccato di menzogna in questi frangenti, quasi sicuramente si andrebbe a confessare. E a quel punto lo sapremmo lo stesso, chi ti ha mentito.

– Non lo so, Galileo – disse il canonico, sempre sottovoce – Mi sembra un po' macchinoso. E poi, non capisco cosa c'entri con l'uccisione di suor Agnese.

– Chi ha preso quei fogli, Niccolò, è lo stesso che è entrato nella cella di Agnese. E chi è entrato di nascosto in quella cella sa molte cose che finora non ci ha detto.

Il canonico si guardò intorno, perplesso. Aveva come la sensazione che Galileo volesse usare la sua autorità per risolvere i propri problemi – cioè i problemi di Galileo, non quelli del canonico Cini, che invece era quello che deteneva l'autorità, scusate l'inciso ma già la situazione è incasinata, quando ci sono di mezzo i possessivi è sempre bene fare chiarezza.

– Ascoltami, Galileo. Credo che ognuno stia pensando al suo problema. Solo che tu mi sembri convinto che si riconducano alla stessa questione, e io invece credo che siano due problemi ben diversi.

– Certo che ognuno pensa ai suoi problemi, sorella. Ma non è questo il modo di risolverli.

– L'unico modo di risolverli è smontare questo convento pietra dopo pietra – rispose suor Arcangela. – Già che non faremmo fatica, viene via a pezzi.

E suor Arcangela staccò dal muro del confessionale un sasso grosso come un mezzo pugno, che sembrava un uovo preistorico.

– Va bene, staccate quel che volete – rispose frate Damiano. – Ma poi usatelo per ricostruire, come dice anche la nostra regola. Pietra su pietra, come fece san Francesco per la chiesa del santo di cui porto indegnamente il nome.

– Voi almeno portate il nome di qualcuno – disse suor Arcangela. – Io nemmeno quello. Mio padre ha riconosciuto mio fratello Vincenzio, ma mia sorella e io siamo rimaste figlie bastarde. Quando è morta la mamma, siamo state portate a Firenze da nostra nonna, Giulia. Una carogna che non avete idea, una delle creature più cattive del creato. I primi tempi ero contenta di venire a stare in monastero, tutto era meglio di casa della nonna. Poi nostro padre ci ha abbandonate di nuovo. Non ci sono soldi per le vostre doti, ci ha detto. Per quella di Vincenzio sì, ma per le due figlie maggiori no.

Padre Damiano tossicchiò. Il tono di Arcangela, dall'usuale acida cattiveria, era virato piano piano verso il malinconico. Una cosa che toccava il cuore, e che implorava dolcezza.

– Sapete che disapprovo le idee di vostro padre, ma posso assicurarvi che non vi ha abbandonato. Pensa spesso a voi, al vostro cammino e alle vostre sofferenze.

– E come fate a saperlo? Avete confessato anche lui? – La voce di Arcangela era tornata di nuovo in aceto. – Non dategli troppa retta, anche a me aveva detto che mi avrebbe fatto uscire dopo che avessi completato la mia istruzione.

– No, il fatto è che sono qui per volontà sua.

– Cosa intendete?

– Alcuni anni fa, vostro padre ebbe l'occasione di inoltrare una supplica al Santo Padre in merito al vostro convento. Memore della cattiva condotta dei preti, ha fatto richiesta di avere un regolare o frate istruito, e dove possibile anche un paio, come confessore e parroco della congrega. Io sono uno di quelli.

– Siete sicuro di quello che dite?

Padre Damiano sorrise, cercando di assumere un'aria di beatitudine.

– Ho visto con i miei occhi la lettera indirizzata al Santo Padre.

– Cioè, voi mi state dicendo che mio padre ha avuto la possibilità di inoltrare una supplica al Papa… – suor Arcangela si alzò in piedi – … e che invece di chiedere una prebenda, delle terre, degli animali, delle rendite, ha chiesto un confessore?

Padre Damiano continuava a sorridere, ma con meno beatitudine di prima.

– Sì. Egli, come vi ho detto, pensava al vostro benestare spirituale…

– Disgraziato farabutto...
– Sorella, cercate di calmarvi...
– Pezzo di mota schifoso lurido troiaio...

– Pezzo di mota schifoso lurido troiaio...
– Che c'è? Che succede? – chiese il canonico, voltandosi. La voce di suor Arcangela, infatti, era cresciuta d'intensità e dal confessionale, che era attiguo alla chiesa, aveva percorso agevolmente lo spazio tra una grata e l'altra e adesso si sentiva rimbombare attraverso la grata del coro.
– Che succede costì? – chiese Galileo, subito dopo.
– Padre? – chiese la voce di suor Arcangela, quasi incredula.
– Arcangela?
– Padre! Padre! – urlò subito dopo la voce, accostandosi alla grata del coro.
– Figlia, che succede?
– Ditemi che non è vero! Ditemi che non avete chiesto voi un nuovo confessore al Papa!
– Che cosa intendi, figlia?
– Anni fa, dice frate Damiano che avete potuto inoltrare una supplica al Papa per il nostro convento. È vero?
– È vero, figlia mia.
– E che cosa avete chiesto?
Galileo respirò profondamente, tacendo.
– Avete davvero chiesto un confessore? Potevate chiedere terreni e animali, e avete chiesto uno stupido confessore?
Chi tace, a volte, avrebbe troppe cose da dire. Per esempio, Galileo avrebbe avuto da dire che non era stato lui ad avere quell'idea, ma che era stata suor Maria Celeste a insistere. Ma non era il caso di dirlo apertamente, visto che lui era al di là

della grata, ma sua figlia – la primogenita – invece era dalla stessa parte e ben raggiungibile da sua figlia – la secondogenita. E lo sarebbe stata ancora per tanto, tanto tempo.

– Ho chiesto quello che credevo fosse meglio per il convento.

– Ma cosa avete nel cervello?

– Figlia mia, calmatevi…

– Calmatevi? Ma io vi ammazzo! Vi sbudello! Vi torco il collo!

Galileo, con la figlia secondogenita, aveva fatto già parecchi errori. Però questo non gli impedì di farne uno nuovo di trinca.

– Figlia mia, adesso cercate di non dire stupidaggini – disse, con tono a metà fra il paternalistico e il professorale. – C'è una grata di ferro tra noi, cosa potreste mai fare?

L'errore, nella fattispecie, fu di non considerare che il foro della grata era più piccolo di una suora incazzata, ma più grande di un sasso a forma di uovo.

E suor Arcangela, casualmente, aveva in mano proprio quello.

Passarono un paio di secondi, poi il sasso attraversò la grata e prese Galileo esattamente in mezzo alla fronte.

Subito dopo la chiesa iniziò a girare, e diventò ancor più buia di prima.

XXI

Non vorrei che tu avessi male interpretato

Dove un particolare apparentemente secondario
fa tutta la differenza del mondo

– Non vorrei che tu avessi male interpretato, Niccolò, la scena che hai visto.

Seduto su uno sgabello di legno, mentre la Piera accanto gli teneva sulla fronte una pezzola bagnata d'acqua fredda marmata, Galileo guardava il canonico Cini con aria grave. Quest'ultimo, dopo essersi liberato della palandrana, cominciò a camminare di fronte alla grande tavola di noce, avanti e indietro.

– Galileo, che ti posso dire? Provo ad elencare ciò che ho visto. Ho visto una professa di un convento di clarisse prendere a sassate il padre in chiesa.

Galileo aprì la bocca, ma il canonico lo prevenne alzando una mano in modo perentorio.

– Nello stesso convento – continuò – dove, a quanto tu stesso mi hai confermato, le monache nottetempo fanno entrare gli amanti, hanno ucciso una loro consorella. Non serve essere versati nelle matematiche per interpretare.

– Ma appunto per questo, Niccolò. Tieni conto del contesto in cui mia figlia ha agito. Le monache sono nervose, agitate, spaventate.

– Allora potrebbero pregare invece di lapidare i congiunti.

Perdonami, ma quello che dici non sta in piedi. Nei momenti di crisi da delle monache consacrate a Cristo mi aspetto ben altro comportamento.

– Ha ragione monsignore – disse la Piera togliendo la pezzola bagnata. – Avete bisogno d'altro?

– Io no. Te fra poco avrai bisogno d'un altro lavoro, se continui a impicciarti.

– Lo vedete, monsignore? È sempre così. Se c'ha torto in qualcosa se la deve rifa' con qualcuno. E, gira gira, son sempre io.

La Piera mise la pezzola nel grembiule e si alzò dallo sgabello. Galileo rimase seduto, guardandola come se rimpiangesse i bei tempi dell'Antico Testamento, quando i servitori si potevano picchiare a morte e la Bibbia ti dava anche ragione, bastava che morissero un paio di giorni dopo (*Esodo* 20:21).

– Ascolta, Galileo, la situazione è grave e lo sai anche tu. Lo hai visto anche tu. Io ti conosco, sono stato tuo allievo e porto per te il massimo rispetto, ma questo non può impedirmi di fare il mio dovere.

– Dunque, il tuo dovere è chiudere il convento?

Se glielo avesse chiesto il Granduca, la risposta sarebbe stata «Sì, Vostra Altezza». Di fronte a Galileo la risposta era chiaramente la stessa, ma era difficile dirlo apertamente. Anche e soprattutto per le motivazioni.

– Galileo, il mio dovere è fare quello che è giusto. E il bene delle monache. Stiamo parlando di un posto talmente povero dove anche la sparizione di una secchia diventa un affare di stato.

E il canonico ritenne, con quest'ultimo argomento, di aver chiuso le possibilità di comportamento dentro un recinto abbastanza stretto da contenere solo la frase «bisogna chiudere il convento», e che da quel recinto non ci fosse modo di scappare. Galileo, invece, guardava in basso. Forse pensava di scavare un tunnel.

– Secchia?

– Sì, una monaca anziana si era lamentata che suor Agnese le aveva rubato la secchia, e poi quando l'ha ritrovata era contentissima anche se aveva il fondo bucato, e quando le ho chiesto a cosa serviva una secchia bucata lei ha detto che ci raccoglieva le mele.

– Insomma, Galileo, quello che sto cercando di dirti è che abbiamo un posto povero, molto povero.

Galileo rimaneva in silenzio, guardandosi le mani, le dita che si muovevano piano. Come se cercasse di contare qualcosa. Approfittando del fatto che il maestro teneva lo sguardo basso, il canonico incominciò a liberarsi del peso che gli dormiva sul petto da un paio di notti.

– Un posto in cui le entrate, le limosine, i magri guadagni fatti coi lavoretti non basterebbero nemmeno se venissero tutti registrati correttamente, e versati correttamente. Che possibilità materiali può avere questo posto?

– Enormi.

– Come dici?

– Ho detto: «enormi».

– Galileo, hai preso una botta in testa?

– Sì. Ma ragiono bene lo stesso. Perché non me lo hai detto prima?

Cosa non ti ho detto prima?

– Ah, che palle. Non ha importanza. Adesso so perché hanno ucciso suor Agnese.

XXII

Parlarono a lungo, dopo

Dove il Cini pone a tutte le suore la stessa domanda e, in attesa della risposta, Galileo gli dimostra che vera bestemmia è negare l'opera di Dio, non cercare di spiegarla

Parlarono a lungo, dopo questa affermazione, Galileo e il canonico Cini. Galileo parlò, il Cini chiese.

Galileo affermò, il Cini mise in dubbio.

Galileo si incazzò, il Cini fece per uscire. Meno male che nel frattempo era ricominciato a piovere, altrimenti probabilmente il canonico se ne sarebbe andato per davvero e questa storia non avrebbe mai trovato fine.

– Se ci pensi, torna tutto. Torna con le difficoltà finanziarie del convento. Torna con il motivo per cui suor Agnese aveva una cella singola. Torna con il manto di segretezza di cui era stata circondata. Torna con la frase che mi ha riferito suor Celeste, quando ha detto «meno male che a suor Agnese ci pensavamo noi». Torna con tutti gli elementi che abbiamo a disposizione, senza contraddirne nessuno.

Il canonico Cini annuì con aria grave. Non tanto perché non fosse d'accordo con la spiegazione, quanto perché non aveva molta fiducia nel metodo proposto per stanare le colpevolesse (che è sbagliato in italiano, ma fa rima con professe).

– E cosa gli dovrei domandare, quindi?

– Quello che abbiamo stabilito. Devi chiedergli se sanno dove sono i fogli manoscritti con il *Dialogo,* quelli copiati in bella da mia figlia maggiore. E calcare bene il fatto che una menzogna detta in questo frangente sarebbe un peccato gravissimo.

– E tu credi che funzionerà?

– Mia figlia ne è convinta. Sai, lei in quel convento ci vive. Certe cose le sa meglio di me e di te, che le sentiamo solo raccontare.

– E se nessuna si confessa, che facciamo?

Galileo allargò le mani.

– Abbiamo due giorni per venire a capo della faccenda, dopo di che Sua Altezza chiuderà il convento, lascerà un omicida in libertà e le pagine manoscritte del *Dialogo* saran perse e andranno ricominciate da capo. Hai un'idea migliore?

– «*... et reversi estis et commaculastis nomen meum et reduxistis unusquisque servum suum et unusquisque ancillam suam, quos dimiseratis, ut essent liberi et suæ potestatis, et subiugastis eos, ut sint vobis servi et ancillæ...*»

Il lettore non si preoccupi se non capisce il significato di questa frase: in primis perché è inutile ai fini della vicenda, e in secundis nemmeno le suore stavano capendo alcunché. Non per colpa di suor Taddea, che leggeva come d'abitudine, con aria tarda e soffermandosi a compitare le parole più difficili, e nemmeno per la loro scarsa conoscenza del latino.

– «*... et dabo viros, qui prævaricantur fœdus meum et non observaverunt verba fœderis, quibus assensi sunt in conspectu meo, sicut vitulum, quem conciderunt in duas partes et transierunt inter divisiones eius...*»

Semplicemente, le suore di San Matteo avevano altro per la testa.

Si erano riunite a tavola mezz'ora prima, per consumare un pasto ancor più magro del solito, ma per fortuna erano talmente nervose e preoccupate che era passato loro l'appetito. Solo tra le novizie, con lo spirito tipico dell'adolescenza, dopo un primo momento di imbarazzo, la tensione aveva lasciato spazio alla fame e si erano buttate sulla zuppa come se non ci fosse un domani. Tra le suore più mature poche avevano assaggiato qualcosa, e quelle poche avevano mangiato pochissimo. La badessa, in particolare, non aveva toccato cibo, e stava immobile a capotavola, udendo la parola del profeta Geremia senza ascoltarla né tantomeno comprenderla, quando la portinara si avvicinò alla badessa e le parlò in un orecchio.

Madre Caterina Anselmi si guardò intorno, poi alzò una mano per fare cenno a suor Taddea di fermare quell'inutile lettura diesel.

– Sorelle – disse poi, alzandosi. – È tornato a farci visita monsignor Cini.

Di solito le parole «farci visita» nelle suore di clausura provocavano un brivido di gioia, ma in quell'occasione al massimo ci fu un brivido e basta. Si immaginavano tutte per quale motivo Niccolò Cini, non tanto monsignore quanto commissario, fosse tornato a fare loro visita, ed era lo stesso motivo per cui nessuna aveva fame.

– Ha detto che deve fare alcune domande a tutte noi. Tutte, nessuna esclusa.

– Nessuna esclusa?

– Nessuna esclusa. Anzi, nessuno escluso. Ho interrogato anche padre Gioacchino, frate Damiano e Berto il factotum.

Il canonico Cini appese la cerata al trespolo accanto alla porta. Anche in quella circostanza, come per le precedenti visite, la badessa aveva preteso che il canonico indossasse la sua assurda bardatura con tanto di becco e occhiali. – A questo proposito, devo dire che frate Damiano è oggettivamente inquietante.

– L'hai notato anche te?

– Porca miseria. A parte che non ti guarda negli occhi, e poi sembra che ce l'abbia col mondo intero. Te compreso.

– È un tipo ambiguo – confermò Galileo. – È istruito, ma non troppo intelligente, temo.

– Ah be', la mossa di mandare la lettera anonima al Granduca è piuttosto scema. Ci sono tre maschi al convento, la grafia di padre Gioacchino la conoscete bene e Berto non sa né leggere né scrivere... ma come mai vi considera eretico?

– Eh, bella domanda. Credo sia per colpa di una discussione che abbiamo avuto sulla caduta dei proiettili e dei gravi. Il giorno in cui abbiamo trovato la povera suor Agnese. Gli ho fatto notare che i sassi non cadono come dice Aristotele, fermandosi d'improvviso come se sbattessero contro un muro e crollando in terra a piombo.

– Ah, siete andato a toccare il filosofo. Ho capito, il frate Damiano deve essere uno di quelli che confondono Aristotele con Gesù Cristo. Ci credo che vi consideri un eresiarca.

– Il sentimento è reciproco, visto che io considero lui un bestemmiatore.

– Via, Galileo, ora non esagerare.

– Non esagero affatto. Essere ignoranti è un conto, ma negare i propri sensi perché contraddicono i propri studi è un altro. Guarda, ti faccio vedere una cosa. – Galileo aprì un grosso armadio e ne tirò fuori un volume polveroso. – Lo conosci questo libro?

Il Cini aprì la copertina e lesse, compitando:

– *Problematum astronomicorum et geometricorum sectiones septem.* Daniel Noviomagus. No, non lo conosco.

– Beato te. Ti sei risparmiato tanto tempo perso a leggere delle castronerie. Guarda qua questo disegno.

Galileo aprì il libro a colpo sicuro, a una pagina che evidentemente era stata osservata a lungo.

– Ecco, secondo il nostro Daniel Noviomagus una palla di cannone nell'aria fa un triangolo, e si può sapere dove va a cadere facendo un computo trigonometrico basato sull'angolo tra il cannone e il terreno.

– Va be', ma lo sanno tutti che la traiettoria di una palla di cannone è una curva…

– Lo sanno tutti, ma nessuno lo scrive. Fanno tutti finta che sia un triangolo, e lo sai perché?

– Perché nessuno sa calcolarla correttamente?

– Esatto! Perché nessuno sapeva dare la risposta corretta, e allora preferiscono dare quella che sanno tutti. È stupido, ed è... a proposito, scusa un attimo. – Galileo si affacciò alla finestra e chiamò: – Pieraaaaa...

– Che c'è?

– C'è da andare al convento a prendere il pane.

– Ce n'abbiamo ancora da ieri, tre libbre buone.

– Piera, c'è da andare al convento a prendere il pane. Non mi far perdere la pazienza.

– Ma io sto raccogliendo le fave...

– Finisci di raccogliere le fave e poi vai al convento a prendere il pane. – Galileo ritirò il busto dentro e guardò il canonico. – Sarebbe più facile ammazzarla a gavettoni che farla obbedire alla prima. Ti dicevo, è da stupidi dare la risposta che tutti sanno quando si sa che è sbagliata. Se i nostri sensi vanno tutti d'accordo, se chiunque vede che la palla cade con traiettoria parabolica, perché sostenere che sii triangolare? Quando i sensi cozzano contro la nostra logica, sarebbe molto più proficuo dire che la risposta non la si sa.

– Non sono d'accordo, Galileo. I sensi spesso sono ingannatori, vediamo arcobaleni e fate morgane ma non c'è nulla che dia loro spessore e sostanza. E poi sarà scorretto ignorare i sensi, ma non è certo una bestemmia.

– Invece, a mio parere, lo è eccome. – Galileo si alzò dallo sgabello e si portò nel mezzo della stanza. – Supponiamo di metterci nei pressi di un campo di tiro, dove un cannone sta per sparare. Supponiamo che tutti vi dicano che la palla cadrà così, a parabola... – Galileo tracciò una curva nell'aria con mano tremante e rugosa – ... e voi mi dite nossignore, anche se voi vedete che cadrà così, questo è solo un inganno dei vostri sensi, e in realtà la palla cade a triangolo.

Galileo fece tornare indietro la mano, la fermò all'apice della traiettoria e la sbatté sul tavolo.

– Anche il tatto è un senso, sapete? Se rimarrete nel punto in cui la palla cade, i vostri sensi vi avvertiranno (e non sarà piacevole, temo). Immaginate di trovarvi in un qualsiasi punto della traiettoria della palla, e verrete comunque colpito; se vi metteste nell'angolo retto del triangolo ciò non avverrebbe, giusto?

– Giusto.

– Allo stesso modo, se voi siete convinto che la palla cada con traiettoria a triangolo, per salvarvi potreste scostarvi, indietreggiare dal punto in cui è previsto che cada; ma in questo modo è più... – la parola di cui avrebbe avuto bisogno Galileo era «probabile», ma all'epoca non era ancora in uso nel senso in cui la intendiamo noi – ... più facile che vi beccherete una palla di cannone in testa. Giusto? Se voi mi dite che la palla vi inganna sul movimento, cioè su ogni punto da cui passa nel cadere al suolo, vuol dire che vi inganna anche sul punto dove è caduta. Oppure credete che la pietra dopo aver toccato terra si sposti sanza parere, come una talpa sotto una coltivazione?

– Be', no, certo che no.

– Siete quindi convinto che la palla non sii caduta là dove la vedete. Supponiamo allora che io spari un nuovo colpo con il medesimo cannone. Se i vostri sensi vi ingannano, vuol dire che il sasso non è caduto lì, quindi non avreste problemi a mettere la testa esattamente dove è caduta la palla. – Galileo, con fare teatrale, appoggiò la testa sul piano del tavolo, e mimò l'arrivo di un proiettile contro la sua tempia. – Potreste certo spiegare a quella palla che non è caduta secondo la filosofia di

Aristotele, se solo non aveste il cranio spaccato in due, il che renderebbe problematico il vostro eloquio. – Galileo si rialzò. – Quale vantaggio ve ne verrebbe? Non sarebbe un autentico suicidio? E allora come vi giudicherebbe il Creatore, quando sarete al suo cospetto? Un santo o un autore di peccato mortale? Se i vostri sensi son causa della vostra salvazione, perché negarli?

Il canonico, Galileo lo sapeva, era una di quelle rare persone che quando l'interlocutore diceva cose sensate lo ascoltava rimanendo in silenzio. E da quando l'anziano filosofo aveva iniziato la propria spiegazione, Cini non aveva detto una parola. Galileo, a passo soddisfatto ma comunque lentissimo, si diresse di nuovo verso la finestra.

– La vera bestemmia è negare l'opera di Dio, non spiegarla. Dio ci ha dato la natura e ci ha dato i sensi: negando ciò che questi ci dicono sulla natura, è come se dicessimo che Dio ha fatto uno sforzo inutile nel darci occhi e orecchie. I quali sono necessari per la salvazione del corpo, così come la nostra condotta lo è per la salvazione dell'anima. Ah, è tornata la Piera. Pieraaa…

– Ditemi, sor Galileo.

– L'hai preso il pane?

– L'ho preso sì. È in cucina.

– Portalo subito su, dài.

– Subito. Ci volete anche un po' d'olio e sale?

– Ma quale olio e sale, Piera, per cortesia. Porta su il pane.

– E lo mangiate così, senza nulla? 'Un son nemmeno le cinque…

– Piera, me lo porti in sala cotesto pane?

Due minuti e la porta della sala si aprì, mostrando la Piera con in mano un grosso pane bitorzoluto sopra un tagliere, con un grosso coltello appoggiato accanto.

– Un goccio di vino ce lo volete insieme?

– Quello sì, Piera, grazie. Eccoci. Vieni, Niccolò.

– Ti ringrazio, Galileo, ma io a quest'ora proprio non ho fame…

– Nemmeno io – disse Galileo, prendendo il pane e cominciando a tagliarlo esattamente nel mezzo. Arrivato circa a metà, voltò il pane e ricominciò a tagliare dalla parte opposta.

– Ecco – disse posando il coltello, e indicando un qualcosa di giallo chiaro che spuntava da dentro il pane.

– E cos'è?

– È la risposta alla nostra domanda – rispose Galileo, cominciando a scalzare con le dita l'oggetto dalla mollica. – Maria Celeste sa come comunicare con me senza che altri sappiano cosa ci diciamo. Ci siamo quasi… oh, fatto. Tieni, leggi pure tu stesso.

Galileo porse il foglio al canonico, che lo prese fra le dita. Era ancora caldo come il pane che lo aveva custodito. Lo spiegò, mostrando una calligrafia femminile larga e precisa, con le lettere «d» che facevano un ricciolo.

Si andiedero a confessare la m. badessa e suor Agata portinara.

XXIII

Il pane era ancora caldo

Dove pane e olio rinfrancano il Cini e il Galilei, & finalmente si svela cosa combinasse suor Agnese nella sua cella tutta per sé

Il pane era ancora caldo, come si diceva, e la notizia che lo stratagemma pensato da suor Maria Celeste e messo in atto dal canonico aveva funzionato, unito al profumo di forno appena spezzato, contribuì, come avrebbe detto un grande autore italiano di classici che Galileo avrebbe senz'altro amato se non fosse nato cinque secoli più tardi, «a smorcargli un pititto lupigno».

– Visto che ci diceva un po' d'olio e di sale? Sennò a mandallo giù così fa mappa.

– Hai ragione, Piera – disse Galileo, che era talmente contento che non riusciva nemmeno a maltrattare la Piera, nonostante non avesse capito un tubo di cosa stava succedendo.

– Bonìffimo – confermò il canonico, talmente immerso nell'aroma di pane e olio da scordarsi persino che non si parla a bocca piena.

– Non vi ci strangugliate, monsignore – avvertì la Piera. – Fate piuttosto come il sor Galileo, prima di buttallo giù bagnatelo ammodino. Un sorso di vino ogni morso di pane, mi raccomando.

– Hai ragione anche stavolta, Piera. Ora puoi andare.

– 'Un vi sarete mìa risentito?

– Perché mi hai detto che bevo troppo? Sì, ma ti frusto dopo, che in presenza di monsignore sarebbe maleducazione. Ne parliamo poi.

– Come volete voi – disse la Piera, chinandosi verso il tagliere.

– Il pane e il vino puoi lasciarli, grazie.

– Adesso, Niccolò – cominciò Galileo – dobbiamo decidere cosa devi fare. Dico «cosa devi» perché io non ho nessuna autorità per obbligare la badessa a parlarmi. È tutta una questione di cortesia, e in questo momento ho la sensazione che non siano troppo per la quale.

– Non ho idea di come reagiranno le monache – rispose il canonico. – Potrebbero ammettere, negare, o ammettere parzialmente. Raccontarci mezza verità e nascondere fatti essenziali. Tu le conosci meglio di me, per cui sarebbe meglio se tu mi accompagnassi.

–Vi ringrazio di averci ricevuto, reverenda madre, e della vostra pazienza.

– Siamo nelle mani del Signore – disse con voce stanca ma anche un po' contrariata suor Caterina Anselmi. Probabilmente, più che al Signore nell'alto dei cieli pensava a quello al primo piano di Palazzo Pitti. – Solo lui dispone del nostro tempo.

Il canonico Cini si schiarì la voce e guardò Galileo, che era in piedi accanto a lui, leggermente defilato. Vai, gli disse il maestro di un tempo con gli occhi.

– Ecco, reverenda madre, non vi nascondo che il discorso che devo farvi sarà breve, ma piuttosto delicato e penoso. Non so se ritenete che la suora ascoltatrice sia la persona migliore per assistere a ciò che sto per dirvi.

– Suor Maria Cleofe è ricoverata in infermeria, monsignore – disse la voce acida di suor Arcangela al di là del ferro. – Un attacco di dolori di ventre. Oggi sono io a farne le veci.

– Perdonatemi, sorella. Non vi avevo riconosciuta.

– Non siete il solo – rispose suor Arcangela, e il Cini notò che Galileo aveva rivolto lo sguardo verso il basso. – Ma non preoccupatevi di chi sta al di qua della parete, monsignore. Non lo avete fatto fino a ieri, e non vedo motivo per cui dobbiate cominciare oggi.

– Sorella Arcangela, non siate sgarbata – si inserì la voce della badessa. – Ascoltiamo quello che ha da dirci monsignore. Sono sicura che se non fosse importante non si sarebbe dato disturbo di venire sin qui di persona.

– Reverenda, temo che sia una delle ultime volte, forse l'ultima, che vengo a disturbare le monache di San Matteo.

All'interno della cella, le due suore si guardarono.

Dall'alto del cielo, limpido dopo la pioggia, la luce ritagliava nel pieno dei loro colori due figure fuori dalla finestra, la barba rossogrigia del filosofo e i capelli bianchi del canonico; ma questa stessa luce faceva fatica a trovare la strada per entrare in convento. Come accade dalle finestre di casa nostra, che dall'interno si vede bene l'esterno, ma non il contrario, così spesso le suore, aiutate dall'oscurità in cui apparentemente vivevano, vedevano più chiaramente degli altri ciò che succedeva fuori, mentre chi stava fuori non capiva nulla di quello che capitava lì dentro.

– Dunque il convento chiuderà – disse la voce della badessa, da un posto che sembrava molto più lontano di prima.

– Non per mia decisione, né per vostra – rispose il canonico – giacché nessuno di noi due ha facoltà di decidere su questo. È solo Sua Eminenza che può prendere questa decisione.

– Sappiamo tutti e due che Sua Eminenza farà quello che gli dice di fare Ferdinando – disse una voce acida da dentro la stanza.

– Se colui al quale vi riferite è Sua Altezza Serenissima, sappiate che è la stessa persona che ha pagato per le vostre preghiere fino all'altro ieri – si inserì con voce piana Galileo. – E che potrebbe permettersi di pagare ben altro.

La voce della badessa uscì dalla stanza più dura del ferro della grata.

– Sua Altezza può permettersi di pagare le nostre preghiere, ma non certo la nostra anima.

– Non intendevo certo questo. Quello che intendevo dire è che sono sicuro che Sua Altezza potrebbe permettersi anche altro di quello che si trova qui in convento.

– E cosa potrebbe mai desiderare Sua Altezza Serenissima, che ha tutto, tra le povere cose che si trovano nel nostro convento?

– Pensavo all'oggetto che suor Agnese era riuscita a costruire nelle ultime settimane. L'orologio a pendolo.

– Come fate a sapere dell'orologio?

Galileo sorrise. Era come chiedere a Zico come faceva a mettere sempre la palla all'incrocio dei pali.

– Ma via, figlia mia. Per anni, per decenni ho progettato marchingegni per misurare il tempo che passa. È sempre stata una mia idea fissa. Ma anche di suor Agnese, del resto. Era una persona di notevole intelligenza e aveva una manualità coi meccanismi ben maggiore della mia. È stata lei, mentre io ero a Roma un anno fa, a riparare l'orologio del convento più volte.

Galileo si sedette accanto al canonico, di fronte alla grata della finestra.

– Recentemente, una vostra consorella si è lamentata con monsignore perché le mancava una secchia, e sosteneva che gliela avesse presa suor Agnese. Poi, a quanto mi dice monsignore, ha ritrovato la detta secchia, ma con un piccolo forellino in fondo. – Il filosofo si puntò il palmo della destra con l'indice della sinistra. – Ormai questa secchia è inutile per tenerci del liquido, ma sarebbe utilissima per farci gocciolare dell'acqua, a un ritmo costante. Voi stessa lo sapete, Arcangela. Sapete come funzionano le mie sperimentazioni, e sapete che quando devo misurare lunghi intervalli di tempo con la precisione del secondo uso sempre un orologio ad acqua. Uno strumento indispensabile anche per controllare se un altro orologio funziona come dovrebbe, senza aspettare una stagione.

Galileo fece finta di alzare qualcosa con la mano sinistra, e con l'altra mano a carciofo mimò l'acqua che gocciolava attraverso.

– Per sapere quanto tempo è passato, basta pesare il recipiente dentro cui si è fatta gocciolare l'acqua con un saggiatore, una bilancia da orafi. Bilance precise ne abbiamo e ne sappiamo costruire, orologi precisi ancora no. Possiamo usare le prime per valutare il funzionamento dei secondi. Chiunque riuscisse a costruirne uno che misuri l'arco di tempo di una giornata con la precisione del secondo, farebbe un sacco di soldi. Dico bene, Arcangela?

– Quanto vi piace il suono della vostra voce, padre? Quanto vi piace spiegare alle persone quello che esse già sanno?

– Allora parlate voi. E rispondete alle mie domande, già che in questo caso siete sicuramente più esperta di me nel rivelarmi quello che è successo. Chi è stato, oltre a voi, a brigare per concedere a suor Agnese una cella singola, affinché potesse fare i propri esperimenti indisturbata?

– Siamo state noi due. Io e madre Caterina.

Madre Caterina si inserì, ma con voce sommessa, quasi titubante:

– Lo scopo era di riuscire a mettere su una manifattura di orologi. Avevamo tutto quello che serviva. Tempo, pazienza, mani operose e precise. Se fossimo state le uniche a saperli fabbricare, avremmo potuto venderli in tutta l'Europa. Non per arricchirci, ma per uscire dalla povertà.

– E quando, suor Agnese vi ha parlato del suo progetto?

– Ne parlò all'inizio di giugno con suor Arcangela.

– Sapevo che voi, padre, la tenevate in grande considerazione, e quando mi disse che aveva avuto un'idea per un orologio meccanico a pendolo di grande precisione… le ho creduto.

– Come mai ne parlò proprio con voi?

– Perché sono la provveditora, monsignore. Sono io che gestisco le spese e le entrate. Suor Agnese aveva bisogno di tempo e di tranquillità, e avrebbe avuto bisogno di una cella singola per potersi dedicare al suo progetto, ma non aveva denari di suo. Ne parlai con la reverenda madre.

– Suor Arcangela ha un carattere scabro – si inserì la badessa, – e non sempre fra noi vi è accordo, ma è una persona di grande acume, e fui felice di vedere che questo progetto la entusiasmava. Così parlammo entrambe con suor Agnese. Le mettemmo a disposizione una cella singola, quella di suor Donata Dondoli che ci aveva da poco lasciato. In questo modo avrebbe avuto lo spazio e la tranquillità di poter sperimentare.

– E la discrezione, immagino.

– Immaginate bene, monsignore. Come ha detto messer Galileo, quest'invenzione era preziosa, e questo era un segreto che poteva far gola a tanti, anche qui fuori. E le nostre consorelle parlano coi loro congiunti, spesso, di cose che non dovrebbero, che il Signore le perdoni.

– Quindi solo voi due, oltre a suor Agnese, sapevate di questa impresa?

– Solo noi due, monsignore.

Galileo, sotto al davanzale del parlatorio, strinse la coscia del Cini in un gesto d'intesa nascosto. Era la seconda volta che facevano finta di essere le uniche coinvolte. Nessuna delle due aveva fatto cenno ad Agata, l'altra suora nominata nel bigliettino dentro la pagnotta.

– E quando, invece, vi disse che era riuscita a fabbricare un orologio funzionante?

– All'inizio della scorsa settimana. Lo mostrò solo alla madre badessa, e lo mise in azione di fronte ai nostri occhi.

– Funzionò per un'ora, mentre l'acqua gocciava– confermò suor Caterina Anselmi, con tono quasi di rammarico. – Saremmo state a guardarlo per una giornata. Era fatto di povere parti, quello che era riuscita a raccattare in giro. Il pendolo era un ramaiuolo da minestra riempito di terra bagnata, lo scappamento era la maniglia della porta della cella campanaria…

– Perché dite «era», reverenda madre?

– Perché non sappiamo dov'è. Dopo la morte di suor Agnese, l'orologio è sparito.

XXIV

Quando è stata trovata suor Agnese

Dove sono ritrovati gli ultimi fogli del Dialogo,
suor Arcangela piange se stessa, & Galileo riflette col Cini
sul tempo necessario alla virtù

– Quando è stata trovata suor Agnese, siamo rimaste attonite. Non potevamo crederci.

La voce di suor Caterina, al canonico, sembrava piena di autentica contrizione.

– Poi, qualche ora dopo, non saprei dire quanto, ho dato ordine di andare nella sua cella. Ci andò suor Agata, e disse che l'aveva trovata aperta. Mi allarmai, e andai io stessa. L'orologio era sparito.

– Lo cercaste bene?

Anche al buio, si capì dalla voce che suor Caterina adesso stava sorridendo.

– Monsignore, è vero che la cella di Agnese è più grande di altre, ma lo spazio è quello che è. Sarebbe stato ben difficile non trovarlo. Ma abbiamo cercato, abbiamo anche smosso pietre. L'unica cosa che abbiamo trovato sono le sue carte, gli appunti di lavoro. Erano conservate con cura, sotto al giaciglio, insieme alle pagine del manoscritto di messer Galileo.

– Allora avete voi quelle pagine?

– Le ho tuttora nella mia cella. Ve le posso consegnare seduta stante.

– Lo apprezzerei tantissimo, reverenda madre – disse Galileo.

– Suor Arcangela, vi dispiace? La cartella di cuoio all'interno dell'inginocchiatoio, nella mia cella.

L'ombra di suor Arcangela si alzò dallo sgabello, ed uscì. Suor Caterina aspettò che fosse uscita, prima di ricominciare a parlare.

– Vi ho mentito, in precedenza, monsignore, e me ne rammarico. Ne sono sinceramente pentita.

– Quando le nostre menzogne non raggiungono lo scopo, reverenda, il pentimento è sempre sincero – disse il canonico in modo aspro, ma ugualmente sincero, visto che evidentemente era una settimana che la badessa lo pigliava per il culo. – Come mai avete negato di non sapere dove fossero le pagine del manoscritto?

– Perché altrimenti avrei dovuto ammettere che ero entrata nella cella di suor Agnese. Avreste sospettato di me.

– E perché avete portato via i fogli?

– Capisco cosa potete pensare, ma vi assicuro, monsignore, che non lo abbiamo fatto con malizia. Vedete, quando abbiamo trovato il corpo della nostra sventurata consorella, credevamo ancora che si trattasse di un incidente. Speravo di poter capire, da sola o insieme alle consorelle, come era riuscita suor Agnese a costruire l'orologio. Speravo che ci fossero dei disegni, o dei progetti d'insieme. Io l'ho visto, anche suor Arcangela l'ha visto, ma non siamo capaci di montarlo.

– Reverenda... – disse suor Arcangela, rientrando, e porgendo una grossa cartella alla madre superiora.

– Grazie, sorella. – La badessa appoggiò la cartella sul davanzale, di fronte a sé, con lentezza. – Sapete, messer Galileo, suor Agnese avrebbe voluto parlare anche con voi di questo progetto. Diceva che con il vostro aiuto, con la vostra notorietà nelle corti di tutta Europa, ci saremmo fatte conoscere in breve tempo. Ce ne parlò, e noi due glielo impedimmo. Forse, se le avessimo dato retta, se avessimo fatto tutto alla luce del sole sin dal principio, tutto questo non sarebbe successo.

– Questo non puoi saperlo, Livia – disse suor Celeste, con tono prudente. Non era il caso di dirle «e certo, brutta cretina, cosa ti costava dirlo fin da subito».

– Ma certo che lo so – disse suor Arcangela, cioè Livia, tirando su col naso. – È colpa mia, solo colpa mia.

– Ma intendevate parlargliene, prima o poi, no?

Qui, usando il «voi», suor Maria Celeste intendeva «tu e le altre». Quando erano sole, infatti, le due sorelle consorelle si davano del tu e si parlavano con i loro nomi terreni. Virginia chiamava Livia e Livia chiamava Virginia, come quando giocavano nel cortile della casa di Padova, ignare del modo in cui la vita le avrebbe separate facendole vivere gomito a gomito.

– Quando avremmo realizzato il primo orologio... lo avrebbero saputo tutti...

E giù lacrime, che nel buio della cella si immaginavano nere come la sua rabbia.

Sognava da mesi quel momento, suor Arcangela, quando avrebbero presentato il loro orologio, costruito e pensato interamente al convento, al cospetto del Granduca. E suo padre, il grande scienziato e filosofo Galileo Galilei, in un angolo, ammirato e forse anche un po' invidioso. Ma prima di tutto ammirato, ne era sicura. Avrebbe dovuto riconoscere, il suo signor padre Galileo Galilei accademico dei Lincei e matematico granducale, che anche quella invisibile sciagura della sua secondogenita era stata in grado di realizzare qualcosa che prima non c'era, senza il suo aiuto né di quello del Signore, che d'altronde dal cielo si sentono meglio le preghiere che vengono dai piani alti.

Ora, invece, anche quello le era stato portato via. E oltretutto le toccava anche di sentirsi in colpa. Doppiamente.

Da un verso perché, inutile nasconderselo, aveva sottilmente goduto nel veder rallentare al padre la pubblicazione della sua opera, sapendo che i suoi preziosi fogli manoscritti non si trovavano; e dall'altro, ben più pesante, perché impedendo a suor Agnese di parlare aveva indirettamente causato il suo assassinio.

D'altronde, c'era da tenere conto che anche suor Maria Celeste si sentiva in colpa; sia perché sapeva che il padre si era preso la responsabilità di una iniziativa sua – per cui fra l'altro era stato preso a sassate in chiesa come una qualsiasi adultera –, sia per il suo sotterfugio, la sua idea di far confessare le suore per mezzo della confessione. Insomma, c'era senso di colpa da tutte le parti. In un convento cattolico, tutto sommato, nemmeno troppo inopportuno.

– Hai agito come credevi meglio.

– Ma certo che lo credevo... Te la conoscevi bene, suor Agnese, quando parlava delle sue scoperte e dei suoi studi partiva al galoppo e non la fermavi più. Avevo paura che lo andasse a dire a nostro padre, e a quel punto le abbiamo detto di non parlarne con nessuno.

– Abbiamo chi?

Livia tirò su la testa. No, a giudicare dallo sguardo, questa qua era di nuovo suor Arcangela.

– Io e la madre superiora – confermò con voce già un pochino acida. – Chi altre?

– Non lo sapevano altre tra noi, quindi – rimarcò Maria Celeste, come a chiedere conferma. Ma se fosse stato vero, suor Agata per cosa si era andata a confessare?

– Lo dovevano sapere meno persone possibile – disse di nuovo Livia. – Per questo non ho detto niente neanche a te. La cosa che mi preoccupava… la cosa che mi preoccupava…

– Era che lo potesse sapere nostro padre, ho capito.

– Ci sono tutti? – chiese il canonico, entrando in chiesa.

– Oh, Niccolò – rispose Galileo, seduto su una panca in mezzo, accanto alla navata. – Sì, ci sono tutti. Anzi, c'è di più, a dire il vero. Oltre alle pagine ricopiate da mia figlia, ci sono parecchi appunti di suor Agnese. Credo che riguardino proprio l'orologio.

– E siete in grado di capire come è stato costruito il meccanismo?

– Qui, con questo buio, non sono in grado nemmeno di capire in quale lingua siano scritti. Adesso, a casa, con un buon lume e un po' di santa pazienza, vedremo se ci si cava qualcosa. Il problema, caro Niccolò, è che suor Agnese non era brava a disegnare. Se ha descritto i marchingegni a parole, bisognerà pregare che sia stata brava parecchio.

Il canonico si sedette accanto al maestro di un tempo.

– Fai attenzione, Galileo. Se ti sente qualcuno a dire che si può pregare per qualcosa di successo nel passato, rischi che ti diano dell'eretico anche per quello.

– Allora dovrò limitarmi a pentirmi. Ne ho ben donde, fra l'altro. Sai, il giorno prima di morire suor Agnese aveva chiesto di vedermi. Doveva parlarmi di qualcosa di importante, ma io ero troppo indaffarato, fra il manoscritto e la casa nuova, e ho lasciato detto che le avrei parlato l'indomani.

Lo sguardo di Galileo vagava per il soffitto della chiesa, senza muovere la testa, gli occhi a fuoco su chissà cosa fra le volte di mattoni scuri e la volta celeste.

– Quando ero giovane, a volte sognavo di poter tornare indietro nel tempo, e rivivere i momenti del mio passato in cui avevo fatto la scelta sbagliata. Immaginavo di mettere me adulto nei panni e nell'aspetto del Galileo adolescente. Me li raccontavo, e rivivevo la scena, comportandomi da eroe quando ero stato vigliacco, o da uomo inflessibile quando ero stato troppo compiacente. – L'anziano filosofo faceva scorrere le pagine fra le dita, come se avesse paura che si sentissero trascurate. – Era da tanto che non mi ricapitava. Sarebbe facile, vivere, se si potesse rinascere.

Galileo sospirò.

– A volte, sai, mi sorprendo a pensare che il Paradiso potrebbe essere questo. Tornare, su questa terra, bambini con la mente da adulti, e poter rivivere ogni volta la propria vita, correggendo ogni singolo sbaglio, e crescendo ogni volta, sinché non si giunga alla dignità di essere ammessi al cospetto di Nostro Signore.

– Intanto, Galileo, dovremmo evitare errori nella nostra vita presente – disse il canonico con voce prudente, che se prima aveva scherzato parlando di eresia adesso le ultime frasi del maestro glielo facevano quasi pensare per davvero. – E forse il primo da non fare è di fidarci troppo di quello che ci è stato detto.

– Sì, la badessa non ci ha detto tutto – si riscosse Galileo, posando i fogli sulla panca accanto a sé.

– Non ci ha detto tutto per nulla. Non ha mai menzionato suor Agata, per esempio.

– Che si è confessata insieme alla badessa.

– Che è la portinara e quindi ha le chiavi di tutto il convento. Hanno provato ad accopparmi a un'ora in cui le celle delle monache in teoria erano chiuse. Solo una persona in grado di muoversi liberamente lo poteva fare.

Galileo guardò il canonico, e vide che il Cini non aveva cambiato intenzione.

Da tempo Galileo non sognava di tornare indietro nella sua vita, e da ancor più tempo, forse, non si sentiva così emozionato.

– Bene – disse alzandosi. – Allora io vado a casa.

– Sor Galileo?

– Sono qui, Piera.

– Ma monsignore si ferma per cena? Perché 'un m'avevate detto nulla.

– Monsignor Cini? No, no. Sono da solo stasera.

– Ah, scusate. È che mi pareva d'ave' visto costì appesa la palandrana...

Galileo voltò lo sguardo verso la parete, accanto alla porta, dove pendeva il bubbaio rosso del canonico.

– Ah, sì. Me l'ha prestata per uscire dal convento.

– Ma perché, piove?

– No, ora come ora no. Ma c'è parecchio vento.

– E il canonico senza come fa?

– Non preoccuparti per monsignore – ridacchiò il filosofo. – Un modo per ripararsi lo trova.

XXV

Immobile dietro alle balle di paglia

Dove il Cini guarda dai buchi delle serrature,
& Galileo trova la chiave per risolvere il tutto

Immobile dietro alle balle di paglia in fondo al corridoio, il canonico Cini tremava dal freddo. La nicchia che si era ricavato tra la paglia e la parete era piccola, e monsignore era costretto a stare con le spalle appoggiate al muro umido e gelato.

Mai come in quel momento il canonico della Chiesa metropolitana rimpiangeva la veste medica: ingombrante, soffocante, voluminosa ma, tutto sommato, calda. Però liberarsene era stato necessario. Sia per farla indossare a Galileo, e convincere quindi per testimonianza visiva le brave suorine che il Cini aveva lasciato il convento, sia perché quella notte la sua intenzione era di passare inosservato, e muoversi con una palandrana rossa addosso non sarebbe stata la scelta migliore.

Al termine dell'incontro con la badessa, Galileo e il Cini si erano parlati brevemente, quel tanto che bastava per capirsi. Pochi minuti dopo, in chiesa, il Cini era entrato nel confessionale e si era tolto la palandrana, restando con addosso la sola tonaca da monsignore e la propria tensione. Galileo invece era andato via, celato dalla palandrana e dalla maschera occhialuta, salutando con la mano padre Gioacchino e incamminandosi lungo la via Imprunetana.

Il canonico invece si era nascosto nel campanile e aveva

aspettato che facesse buio, ascoltando i suoni attutiti e distanti che arrivavano dal pian terreno del convento; poi dal campanile era sceso direttamente nel dormitorio, attraverso la strada che gli aveva spiegato Galileo dopo avergli dato la chiave.

– Hai la chiave della cella campanaria?

– No, ho la chiave che apre la porta della cella campanaria, è diverso. Me ne sono accorto quando installai il cannocchiale in cima al campanile. Non mi stupirei se aprisse parecchie tra le porte del convento.

Questo il canonico non lo sapeva. Gli bastava che chiudesse e soprattutto aprisse la porta della cella campanaria, cosa che gli era riuscita piuttosto facilmente, senza fare nemmeno rumore. Esattamente ciò che cercava di fare da un paio d'ore: evitare il minimo rumore, respirando pianissimo, restando immobile e aspettando al buio non sapeva bene chi, o cosa.

Il canonico, continuando a scrutare nell'oscurità del corridoio, alitò dentro la mano chiusa a pugno. Aveva la sensazione che avrebbe fatto rumore anche muovendo gli occhi.

A nessuno dei due, né al Galileo né al Cini, era sembrato che le due suore stessero nascondendo qualcosa. Insomma, le ipotesi erano due: o le suore che avevano tenuto al riparo suor Agnese sapevano dove era l'orologio, oppure non lo sapevano. Se qualcuna lo sapeva, e non aveva detto niente al canonico, probabilmente quella notte avrebbe tentato di liberarsene o di nasconderlo meglio. Se nessuna delle due lo sapeva… be', qualche altra persona lo sapeva per forza. E probabilmente quella notte avrebbe tentato di liberarsene, nascondendolo da qualche altra parte, magari per incolpare una consorella.

Di una cosa il canonico era certo: l'orologio era in una di quelle celle, e quella notte qualcuno non avrebbe preso sonno finché non lo avesse sistemato meglio.

Seduto nel canto alla destra del fuoco, Galileo si abbandonò sullo schienale espirando soddisfatto.

Le sue pagine c'erano tutte. La mattina dopo, avrebbe preso la mula e sarebbe andato dal tipografo Landini. Finalmente il libro si sarebbe potuto stampare, con buona pace e soddisfazione del Granduca, del Papa e di Galileo medesimo. Mille copie, se ne era viste ordinare. E mille copie, a tre scudi a copia, facevano un sacco di soldi.

Galileo si alzò, andò alla finestra e la aprì, facendo entrare nell'anziano polmone l'aria fresca e netta della notte. Di fronte a lui, anche se con quel buio non ci si vedeva un tubo, il convento di San Matteo. Quello di suor Maria Celeste, che pensava al bene degli altri prima che al suo, e di suor Arcangela, capace di riconoscere negli altri quei talenti che lei non aveva. Anche quello è un talento, raro più che non si pensi. Occorre umiltà, ma non solo: anche competenza. Su che basi giudichi l'orologiaio, se non hai mai costruito un orologio? Sull'orologio che produce? Potrebbe essere impreciso, certo, ma sapresti fare di meglio? Le abilità necessarie a riconoscere un comportamento corretto sono le stesse che ti servono per eseguirlo: precisione, pazienza, intransigenza. Quando applicate nella vita di tutti i giorni, producono un rompicoglioni; quando applicate nella scienza, producono risultati.

Galileo riprese in mano i fogli. Oltre alla bella copia del dialogo, c'erano gli appunti di lavoro di suor Agnese. E, in uno di questi, il disegno che aveva fatto suor Lucia giorni prima, quello per cui l'aveva descritta come dedita alla stregoneria.

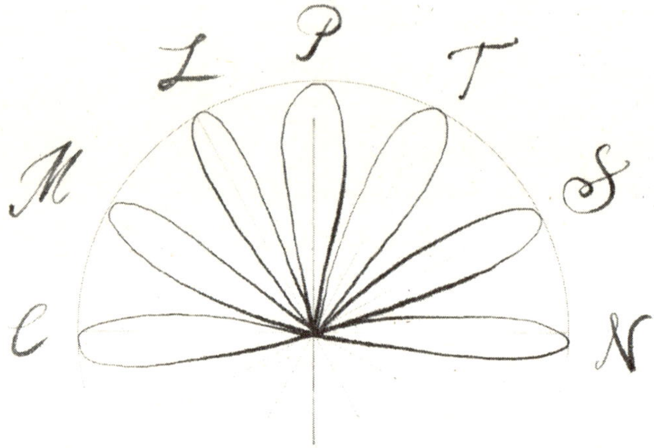

Solo che stavolta il disegno era completo. E lo si poteva riconoscere per quello che era veramente. Un orologio, come aveva mostrato Galileo alla superiora. Le lettere, così aveva intuito, rappresentavano le ore canoniche: **C**ompieta, **M**attutino, **L**audi, **P**rima, **T**erza, **S**esta e **N**ona. Sette ore liturgiche, che coprivano le ventiquattr'ore di un giorno, dal tramonto al tramonto. Però perché una mezzaluna per quadrante invece di un cerchio come negli altri orologi? Un motivo estetico? O forse funzionale, pensato prima di tutto per il monastero? Boh, forse era scritto nel testo.

Galileo si sedette nel canto e si mise a leggere.

Un quarto d'ora dopo, prese la campanella e iniziò a suonare come un ossesso.

– Piera!

– State bene, sor Galileo?

– Portami su del vino, lesta.

– Son le tre di notte, signore. 'Un è che preferirebbe un infuso?

– Piera, portami su una botticella di vino rosso e non rompere.

– Come lo preferisce?

– Portami la botte di topazio, che è bella piena.

– Così, a stomaco vòto, non sarebbe meglio un bianco?

– Piera, portami la botte di topazio. Poi puoi tornare a dormire.

– Finché la 'un mi richiama perché si sente male sur serio…

La campana stava battendo le una quando il canonico sentì il rumore. Alla sua destra, qualcuno stava percorrendo il corridoio. Qualcuno con addosso un saio – e grazie tante – ma non suor Agata, che era già passata una volta e che aveva un passo leggero, ma sicuro e regolare; questo era un passo circospetto, che avanzava piano, due falcate e stop, con l'orecchio teso.

L'ombra incappucciata si fermò di fronte al canonico, nel buio del corridoio, e toccò appena il legno della porta. Dopo un attimo, questa si aprì, illuminando in pieno il volto dell'incappucciato.

Durò un mezzo secondo, poi la figura scomparve nel buio, ma era bastato. Anche se quello era un convento di suore, e le suore non di rado hanno i baffi, in quel convento la barba lunga ce l'aveva solo frate Damiano.

– E ora cosa ci faccio con questa? – si chiese Galileo, le mani appoggiate sui fianchi, guardando la botticella appoggiata sulla tavola, che deformava il piano col proprio peso. Una osservazione scientificamente interessantissima che avrebbe potuto portare a innumerevoli disquisizioni sulle proprietà meccaniche dei materiali, ma in quel momento Galileo pensava ad altro.

– È la prima vorta che vi vedo in difficoltà co' i' vino.

Invece di ribattere promettendo nerbate, come faceva di solito quando la Piera alludeva alla sua facilità di trinca, Galileo guardò i fogli sul tavolo accanto alla botte e annuì lentamente.

– Guarda, Piera, vai a prendere una secchia. La secchia più grande che abbiamo.

– E cosa ci dovete fare?

– Prima di tutto, bisogna farci un foro.

Ma è una mania, allora.

E sembrava un po' un maniaco anche il canonico Cini, chino sui buchi delle serrature, a cercare di capire in quale Cristo di cella fosse entrato frate Damiano. Sì, perché la postazione in fondo al corridoio che si era trovato il canonico era ideale per tenere d'occhio tutto il lungo camminamento che portava alle celle, ma essendo perfettamente perpendicolare alla parete delle porte delle celle, le quali erano immerse nel buio, le porte non si vedevano proprio; per cui il canonico aveva visto e riconosciuto facilmente frate Damiano, che si era stagliato chiaro sullo sfondo scuro come in un Caravaggio, ma poi lo aveva visto grattare a un uscio e sparire al di là della parete. Ora, escludendo che il francescano fosse in grado di attraversare i muri, l'unica spiegazione plausibile era che fosse entrato in una cella; il problema era capire quale. E quindi in quel momento il canonico procedeva carponi lungo il corridoio, a guardare nei buchi delle serrature delle celle – un comportamento per il quale, fino a non molti anni prima, nella sua precedente vita da maestro dei novizi, aveva comminato diverse carriolate di nocchini.

Arrivato a una porta, già mentre si chinava al canonico sembrò di avvertire una differenza. Appena l'occhio arrivò a collimare con il buco della serratura, si rese conto del perché.

Primo, in quella cella c'era una candela accesa.

Secondo, in quella cella c'era frate Damiano. E dietro di lui c'era una donna.

Monsignore non la riconobbe subito, un po' perché fino a quel momento l'aveva sempre vista con il velo, e in quel momento era senza. E poi perché aveva il viso deformato, violaceo, come congestionato. Ma sebbene suor Lucia fosse purpurea in viso, quasi cianotica, frate Damiano non la stava strangolando.

Anche perché, nonostante il freddo, erano tutti e due nudi.

XXVI

Quando si sente urlare in un convento

Dove nell'epilogo si rivela chi ha taciuto, chi mentito, chi assassinato.

Quando si sente urlare in un convento nottetempo, si pensa subito a qualcosa di grave.

Potrebbe essere una professa, o una conversa, che è caduta da una finestra, o che si è ferita gravemente.

Potrebbe essere che una delle sorelle malate stia soffrendo atrocemente e cerchi comprensibile sfogo nelle grida (abbastanza comprensibile nel Seicento, anche perché all'epoca gli analgesici non erano di chissà quale efficacia).

Potrebbe essere che qualcuno si sia introdotto di soppiatto nel corridoio del convento e una professa, vedendo un intruso in un posto in cui non dovrebbero stare nemmeno i residenti, si sia spaventata a morte cacciando un grido di terrore.

Oppure potrebbe essere che il canonico metropolitano della città abbia abbattuto con una gagliarda spallata la porta della tua cella e ti abbia trovato a letto con il frate confessore.

Sia come sia, quando si sente urlare nottetempo in un convento tutti si dirigono verso il punto da cui arrivano le grida. O meglio, si vorrebbero dirigere: in realtà arriva solo chi ci può arrivare, ovvero chi può uscire dalla propria stanza. Prima di tutto padre Gioacchino, che lui mica sta in clausura, poi la portinara e subito dopo, ovviamente, la badessa.

– Che succede qua?

Eh, che succede qua. Va bene che sei una badessa di clausura, ma guardiamo i fatti: in una cella ci sono una suora giovane, mezza spogliata e rossa in faccia e un frate ugualmente giovane e a culo ignudo; improbabile che giocassero a carte. Ma del resto è noto che, per riconoscere gli atti sessuali in luoghi consacrati, alla Chiesa cattolica ci è sempre voluto parecchio tempo.

La badessa guardò prima la suora, che era a viso chino, e poi il frate, incredula. Quindi guardò suor Agata, la portinara, che le rispose con uno sguardo muto e imbarazzato.

– Frate Damiano… monsignore… cosa ci fate qua?

– Andiamo con ordine, reverenda. Sarà bene innanzitutto chiarire che frate Damiano si trovava qui, in questa cella in compagnia di suor Lucia, ben prima della mia irruzione.

– Monsignore, sono le tre di notte, e questo è il mio convento. Vi ripeto, cosa ci fate qua?

– Reverenda, sono il commissario generale di Sanità, incaricato da Sua Altezza Serenissima di sorvegliare sul decoro e sul comportamento dei religiosi di Firenze, e ho trovato una suora del vostro convento in congresso carnale con un frate. Siete proprio sicura di essere voi a poter fare domande?

Suor Caterina Anselmi si guardava intorno. Il problema era che non sapeva dove guardare – ed è pure comprensibile, povera donna, non era facile tenere gli occhi aperti ed evitare il volto severo di monsignore o le chiappe pelose del francescano, chino col proprio saio sul davanti.

Alla fine, scelse di puntare lo sguardo su qualcuno che era sicuramente più colpevole di lei.

Sorella, perché?, chiese lo sguardo della badessa a suor Lucia.

Reverenda madre, non qui, risposero gli occhi bagnati di lacrime di suor Lucia.

– Credo che sarebbe meglio continuare questa conversazione altrove.

Pochi minuti dopo, il canonico Cini e madre Caterina Anselmi erano nello studio della badessa. I due sventurati (nel senso manzoniano del termine) li avrebbero raggiunti appena si fossero resi presentabili, scortati da suor Agata e da padre Gioacchino.

Era la prima volta che il canonico vedeva suor Caterina da vicino, senza filtro. Era più piccola di come se l'era immaginata, e più vecchia, il volto stanco oltre che serio, come se non si aspettasse più niente.

– Adesso, prima che arrivino – suor Caterina si schiarì la voce – credo di aver diritto a sapere perché stanotte eravate nascosto in corridoio.

Il canonico si sfregò le mani. Aveva passato parecchie ore immobile al freddo con un muro gelido attaccato alla schiena e avrebbe voluto chiedere qualcosa di caldo, ma in quel momento non era il caso.

– L'altro giorno, cioè, ieri, nel parlare con me e con messer Galileo, voi e suor Arcangela non siete state completamente sincere.

– Non vi capisco, monsignore. Abbiamo detto la verità.

– Si può mentire anche per omissione, reverenda madre. Non dicendo cose che si sanno.

– Non ricordo… – cominciò suor Caterina, ma venne interrotta da un rumore di nocche alla porta. – Avanti.

La porta si aprì, e la prima ad entrare nello studio fu (abbastanza logicamente) suor Agata. Subito dopo, a capo chino, suor Lucia e frate Damiano con aria smarrita. Chiudeva la fila padre Gioacchino, ancora mezzo preso dal sonno.

– Se preferite, per ricordare meglio, sarebbe il caso di avere qui con noi suor Arcangela e suo padre, messer Galileo. Erano entrambi presenti al nostro discorso, credo che possano aiutarci.

– Adesso, monsignore, abbiamo un altro problema di cui occuparci. Quello che è successo qui stanotte non ha niente a che vedere con i nostri discorsi e con la morte di suor Agnese.

Frate Damiano si schiarì la voce.

– A dire la verità...

– Che c'è, frate Damiano?

– Reverenda madre, a dire la verità, quello che è successo stanotte ha a che fare con la morte della nostra consorella.

– Cosa state dicendo?

– Ecco, credo che la faccenda forse richiederebbe una certa discrezione...

Il canonico Cini alzò entrambe le mani.

– Reverenda madre, consorelle carissime, fratelli in Cristo, perdonatemi ma adesso tutta questa segretezza avrebbe veramente rotto i coglioni. Adesso che i nodi stanno venendo al pettine, esigo che siano presenti tutte le persone coinvolte. Non permetterò più che qualcuno qui dentro racconti balle senza poter essere smentito. Più siamo, meglio è.

– Monsignore, posso ricordarvi che siete tra le mura di un convento di clausura?

– Mi sembra che qui ormai, reverenda, siate l'unica a tenerlo a mente. Ripeto, più siamo meglio è. Mandate subito a chiamare suor Arcangela e spedite Berto a villa Galilei. Appena si sveglia, lo voglio qui.

– Allora, fratello Damiano, che cosa intendevate dirci?

Nello studio, c'erano ormai sette persone: oltre alla titolare dello studio e al canonico, gli unici seduti, li aveva nel frattempo raggiunti suor Arcangela, che si era posizionata accanto alla badessa, con le spalle al muro.

– Vedete, monsignore, sorella Lucia era molto spaventata per gli ultimi accadimenti. Quando poi stamani si è sentita male suor Maria Cleofe, che condivide con lei la cella, suor Lucia mi confidò che tremava dalla paura di dormir sola.

– Ma certo – interruppe suor Arcangela, con tono sprezzante. – Dopo che suor Agnese è volata in cielo, aveva paura che toccasse anche a lei. Per fortuna che c'eravate voi sopra a tenerla giù.

– Sorella Arcangela, risparmiatemi il vostro sarcasmo.

– E voi risparmiatemi le puttanate, frate Damiano. Siamo tutte spaventate dopo quello che è successo. Anche suor Taddea ha una cella singola, perché non siete andato a confortare lei?

Frate Damiano guardò suor Lucia, che aveva singhiozzato fino a quel momento e aveva il volto rigato di lacrime. Poi, quasi con premura, fece una cosa normalissima, più da fratello che da confratello, ma che in quel frangente sembrava fuori luogo: si accostò a suor Lucia e l'abbracciò.

– Non siete tutte spaventate come lei.

– E perché, di grazia?

Frate Damiano ignorò suor Arcangela, e guardò la sua consorella come a chiederle un permesso. La ragazza annuì, e il francescano a quel punto si rivolse con aria seria alla badessa.

– Perché sorella Lucia ha visto chi ha ucciso suor Agnese.

– Permesso… – disse una voce educata, bussando alla porta. Non c'era certo bisogno di presentazioni; tutti, in quella stanza, conoscevano quell'anziano signore dalla barba rossa.

– Galileo – disse il canonico. – Che ci fate già qui?

– Non dormivo. Quando è arrivato Berto, l'ho seguito seduta stante. Anzi, a proposito di sedute, se potessi avere anche io un posto dove sedermi… Non sono più tanto giovane e una notte in piedi si fa sentire.

Monsignor Cini si alzò in piedi. Mentre il filosofo si accomodava, il canonico si avvicinò ai due che erano abbracciati al centro della stanza, suor Lucia sempre in lacrime.

– Voi avete visto chi ha ucciso suor Agnese? – le chiese.

Suor Lucia annuì, in modo energico e insieme impaurito, come se il tremore del corpo si fosse coordinato con l'intenzione di muovere la testa.

– E voi come lo sapete?

– Me lo ha rivelato in confessione. Sentiva il peso del suo peccato, di aver visto e di non aver rivelato per paura.

– Quindi voi non sapete chi ha visto suor Lucia.

– Anche se lo sapessi, non potrei dirvelo. Voi lo sapete meglio, monsignore, il segreto della confessione è sacro e inviolabile.

In realtà, ad esser pignoli, era quello che frate Damiano aveva appena fatto, visto che il peccato di suor Lucia era di omissione e non di omicidio.

– Ma nemmeno potevo ignorare la richiesta d'aiuto della mia consorella. Le mie intenzioni nel bussare alla sua porta questa notte erano buone.

I propositi, pensò il Cini, lasciano il tempo che trovano. Lo dovreste sapere, frate Damiano, dove portano spesso le vie lastricate dalle buone intenzioni. Ma lasciamo perdere, al momento il problema più urgente non è certo questo.

– Dunque voi, sorella, avete visto? – chiese il canonico con la massima delicatezza possibile. Bisognava ottenere la sua fiducia, e la ragazza era in una posizione spiacevole, al contrario di un'oretta prima.

Suor Lucia annuì, tremando.

– E ve la sentireste di dirci chi avete visto?

Suor Lucia alzò gli occhi e si guardò intorno in giro, rapidamente. Stavolta, fece no con la testa. Ma qualcosa il canonico aveva capito lo stesso.

– È in questa stanza, vero?

La ragazza chinò il capo. Poi, in maniera impercettibile, annuì. E continuò ad annuire, sempre più convinta, mentre l'aria dello studio diventava pesante.

I presenti, a questo punto, smisero di guardare gli interlocutori e iniziarono a guardarsi, con reciproco sospetto. Gli unici a tenere il capo chino erano suor Lucia, che sapeva già di chi si parlava, e Galileo, che invece di seguire la dinamica degli eventi aveva preso in modo quasi furtivo un foglietto dalla scrivania della badessa e adesso era intento a scrivere chissà che.

Fu il Cini a rompere il silenzio.

– Come vi stavo dicendo poco fa, suor Lucia non è la sola a non essere stata del tutto sincera con me. Lo avete fatto anche voi, reverenda madre. Lo ha fatto suor Arcangela. E lo ha fatto una terza persona, la stessa che voi due avete evitato di menzionare. E questa è stata la vostra omissione. A sapere del fatto che suor Agnese stava costruendo un orologio lo sapevate in tre, non in due.

Il canonico si guardò intorno. Suor Agata, la portinara, era diventata pallida.

– Chiunque abbia ucciso suor Agnese era in grado di muoversi liberamente per il convento, cosa che non tutte sono in grado di fare. E questa terza persona è in grado di muoversi per il convento, grazie alla sua mansione. Sbaglio, suor Agata?

Stavolta fu il turno di suor Agata di guardare verso il canonico. Da pallida che era, diventò rossa e urlò:

– Ma anche voi, allora?

– Vi ci mettete anche voi? Già stasera prima di compieta sono stata minacciata, letteralmente minacciata, monsignore, da queste due… queste due…

– Aspettate, sorella. Che cosa è successo esattamente?

– Stasera, prima di compieta, sono stata convocata qui. Esattamente qui dove siamo ora. E queste due…

– Intendete suor Arcangela e la reverenda madre?

– Proprio loro, queste due cacasentenze. Sono convinte che sia stata io a uccidere suor Agnese e a trafugare l'orologio!

– Abbiamo solo detto che secondo noi sapevate dove era l'orologio…

– E mi avete minacciato.

– Scusate, io non capisco – troncò il canonico. – Quindi, reverenda, voi confermate che suor Agata sapeva della vostra impresa. Perché nascondermelo allora?

– Non credevamo che la nostra consorella avesse ucciso nessuno, ma eravamo convinte che si fosse impadronita lei dell'orologio. Credevamo di poter risolvere la cosa *inter nos*. Né volevamo denunciare una consorella, questo avrebbe macchiato il convento in maniera indelebile.

– È andata proprio così, monsignore. Mi hanno detto, papale papale: se ci dici chi ha l'orologio, avrai il trasferimento e non ti farai più vedere. Se non ce lo dici, verrai degradata alle mansioni più umili.

– Il trasferimento? – chiese il Cini, guardando la badessa e facendo finta di non sapere.

La badessa rispose senza guardare, con tono vagamente imbarazzato:

– Sua Eminenza l'Arcivescovo Niccolini mi ha scritto, pochi giorni fa, dicendomi che suor Agata gli aveva chiesto di essere trasferita ad altra sede.

Mentre la badessa rispondeva, Galileo si era alzato dallo sgabello ed era andato accanto al canonico, mettendogli in mano un foglietto piegato in quattro con aria furtiva, come se gli stesse passando le soluzioni del compito in classe. Il canonico Cini lo aprì, gli dette un'occhiata distratta e sbiancò. Con un cenno, chiamò suor Arcangela e le consegnò il foglio. Anche la secondogenita di Galileo, dopo aver letto, impallidì, andò alla porta, l'aprì e uscì dalla stanza senza che nessuno quasi se ne accorgesse.

– Abbiamo pensato che foste d'accordo con qualcuno all'esterno, per consegnargli l'orologio e dopo lasciare il convento e trasferirvi altrove. Quale motivo avevate, altrimenti?

– Quale motivo avevo, chiedete? Sono cinque anni che vi servo in tutto e per tutto, prima come maestra delle novizie e poi come portinara. Sono anni che vi sopporto, che sopporto voi e la vostra prosopopea... – la voce di suor Agata, che era diventata quasi un mormorio, ricominciò a salire – e dopo tutto questo tempo sento che diventerà badessa al posto mio suor Agnese. Una ragazzetta di neanche trent'anni! E io cretina che vi ho dato retta. Giusto così, il Signore mi punisce per avervi dato fiducia, a una persona che fa le cose in segreto e trama all'interno del suo stesso convento...

– Volevamo solo capire a chi avesse affidato l'orologio. Ripeto, non abbiamo mai pensato che fosse stata lei a sollevare la mano contro la sua consorella.

– Ma no che non sono stata io! – urlò suor Agata, fuori dalla grazia di Dio. – Sorella Lucia, voi avete visto! Diteglielo, diteglielo che non ero io quella che avete visto!

Tutti, stavolta, si voltarono verso suor Lucia. Proprio tutti, anche Galileo.

E suor Lucia, in effetti, aveva tirato su il capo e aveva gli occhi spalancati. Piano, ma visibilmente, fece di no col capo.

– Non era suor Agata quella che avete visto? – chiese il canonico, tentando di riprendere il controllo della situazione.

Suor Lucia fece di nuovo no con la testa.

– E allora, benedetta figliola, chi è che avete visto?

La ragazza alzò una mano con un dito già puntato. Ed esattamente in quel momento suor Arcangela rientrò nella stanza.

Di fronte al dito puntato della suora le persone si aprirono come le acque del Mar Rosso, lasciando in mezzo solo una persona.

La stessa persona che frate Damiano stava guardando con rabbia già da qualche secondo.

La stessa persona su cui si scagliò suor Arcangela incazzata come un gatto fradicio, gridando «assassino maledetto» mentre lo buttava in terra, ci si sedeva sopra e cominciava a prenderlo a schiaffi.

La stessa persona che era indicata nel foglio che Galileo le aveva passato.

Fate perquisire la cella di padre Gioacchino.

XXVII

Voi lo sapevate

Dove chi ha commesso il delitto confessa, & ha pure il tempo di denunciare un errore astronomico

– Voi lo sapevate, frate Damiano? – chiese Galileo con curiosità.

– Lo sospettavo, da quello che aveva detto sorella Lucia – disse il francescano evitando di guardare il gesuita, seduto a capo chino dietro alla scrivania della badessa, le mani legate dietro la schiena con il cordone del saio di suor Arcangela. Dietro a lui, in piedi, suor Orsola con in mano un pesante tagliere di olivo. Se prova a muoversi daglielo in capo, era stato l'ordine implicito nello sguardo del canonico.

Suor Orsola aveva raggiunto gli altri nello studio della badessa da poco, quando suor Agata aveva aperto tutte le celle con più malagrazia del solito, ordinando a lei e a suor Maria Celeste di andare immediatamente dalla badessa – la primogenita di Galileo per motivi investigativi e la canovaia, come si è visto, per mantenere l'ordine pubblico.

– Nel confessarsi suor Lucia mi disse «l'ho visto buttare giù Agnese dalla finestra». Se fosse stata una suora avrebbe detto «l'ho vista». Sul momento non ci ho fatto caso, ma ho notato il giorno dopo che suor Lucia lo evitava.

– E avete incominciato a evitarlo vistosamente anche voi.

Frate Damiano guardò il collega con riluttanza.

– Sono stato imprudente, me ne rendo conto – disse, mentre padre Gioacchino rimaneva a testa bassa. – Ma avevo le mie buone ragioni.

– E voi, padre Gioacchino, avete qualcosa da aggiungere?

Padre Gioacchino tirò su la testa. Quando aprì la bocca, ne uscì un rivoletto di sangue.

Nessuno aveva capito subito che suor Arcangela non aveva aggredito il gesuita a mani nude; quando era ritornata nello studio, dopo aver perquisito la cella del gesuita, aveva in mano una grossa pietra, e stringendola nella destra aveva sfogato sul viso del religioso una rabbia preistorica.

– Non c'è molto da dire.

Anche perché la pietra era proprio quella incastrata nel mestolo che fungeva da pendolo dell'orologio. L'orologio di suor Agnese, che suor Arcangela aveva ritrovato nella cella di padre Gioacchino.

– Non ve la caverete così – disse il canonico Cini con tono pacato. – Come sapevate dell'esistenza dell'orologio?

– Me lo disse suor Agnese.

– Siete un bugiardo schifoso – disse suor Arcangela. – Non è possibile che ne abbia fatto cenno con voi. Aveva la consegna di tacere, e lo ha fatto. Non lo ha detto nemmeno a mio padre, né a mia sorella, che sono cento volte più ingegnosi di voi. Perché mai avrebbe dovuto dirlo a voi?

– Suor Maria Celeste, è vero? – chiese il canonico. – Voi non lo sapevate?

– Non lo sapevo fino a ieri, né lo sospettavo. Suor Arcangela aveva organizzato la cosa molto bene.

– Ci dovete una risposta più convincente, padre Gioacchino.

Il gesuita guardò il canonico con un sorrisetto di scherno. In quel momento, Galileo si alzò dallo sgabello e tossicchiò.

– Credo di poter parlare io al posto suo.

– E ti pareva… – disse suor Arcangela, alzando gli occhi al cielo.

– Come sapete, ero preoccupato come tutte voi per la possibile chiusura del convento. Ho deciso di agire prendendola larga, con cautela, e giorni fa, quindi, ho scritto a un mio buon amico dell'arcivescovado chiedendogli per quale motivo fosse stato assegnato un secondo confessore al monastero, se era vero che l'arcivescovado stava indagando su di questo e stava addirittura pensando di chiuderlo. Mi è stato risposto che nessuno aveva destinato un ulteriore confessore per il convento, né dall'arcivescovado né da Roma. Voi sapete che queste decisioni devono essere prese direttamente dal Papa e comunicate all'Arcivescovo. Quindi, c'era un confessore di troppo. Ma quale dei due?

– L'altro giorno ho avuto la risposta. Suor Arcangela si è sensibilmente adirata con me, facendomi bersaglio della sua rabbia, perché ha saputo che io stesso avevo richiesto a Roma un frate regolare come confessore. Lo ha saputo da frate Damiano, giusto? Ergo, se frate Damiano conosceva la mia richiesta fatta espressamente a Roma e aveva con sé la lettera firmata direttamente da Sua Santità, non poteva certo essere lui l'impostore. Semplicemente, era arrivato più tardi di quanto previsto.

– A questo punto, la domanda successiva era: perché? Per quale motivo padre Gioacchino era stato destinato dai suoi superiori a questo convento? Sospettai fin da subito che la cagione dovevo essere io.

Suor Arcangela alzò gli occhi al cielo. Il solito egocentrico. Tutti gli altri li tenevano incollati su Galileo.

– A questo proposito, reverenda madre, chi è di questi tempi il responsabile della posta nel convento?

Suor Caterina Anselmi guardò verso il gesuita, prima di rispondere.

– Padre Gioacchino, certo. Lo chiese lui stesso, e ne fui sorpresa. È un compito ingrato, per via del contagio, perché le lettere vanno fumigate sia in entrata che in uscita. Gli spiegai che in questo convento su tale aspetto non si transigeva. Ne fu colpito in maniera positiva, tanto che, appunto, si propose per l'incarico, e io accettai di buon grado.

– Questa cosa fu raccontata anche a me, da suor Maria Celeste. Non vi diedi alcuna importanza all'epoca, ma mi è tornata in mente giusto poco prima.

– Uno dei motivi che mi indussero a pensare che suor Agnese fosse stata uccisa per ridurla all'impotenza eterna e impadronirsi dell'invenzione era il fatto che, il giorno prima di morire, aveva chiesto di parlarmi. Ricordate perché, Celeste?

– Certo che me lo ricordo, padre. Me lo ha ripetuto anche il giorno in cui le diedi le vostre carte. Disse che vi aveva scritto una lettera e voleva sapere al più presto il vostro parere.

– Esatto, figlia mia. Mi aveva scritto una lettera. Ma quella lettera a me non è mai arrivata. Nelle settimane precedenti la sua morte, non mi ha scritto mai una singola riga. Le missive a me indirizzate, lo sapete, non vengono spedite per posta. Abito qui. Me le porta direttamente la Piera o le ritiro io stesso quando vengo a trovarvi. Era pressoché impossibile che si fosse persa nel tragitto. Come mai, allora?

Galileo alzò l'indice, e subito dopo il medio.

– Le domande a questo punto diventano due. La prima, che fine ha fatto quella lettera? Qualcuno se ne è impossessato, l'ha sottratta e distrutta. Chi si è impossessato di quella lettera? Non mi sembra campato in aria supporre che siate stato voi. Per questo ho suggerito di perquisire la vostra stanza. A questo punto però arriva una seconda domanda: perché? Perché prendere quella lettera? Come mai una persona sottrae una lettera? Mi sono dato questa risposta: perché questa lettera era indirizzata a me.

Galileo aveva detto l'ultima frase indicandosi il petto con le due mani a taglio. Le abbassò, posandole sulle ginocchia, e continuò:

– Sin da quando siete arrivato, padre Gioacchino, vi siete sempre mostrato interessato alle mie attività. Abbiamo parlato spesso di scienza e di matematiche, e mi avete anche dato spesso una mano nelle mie ricerche sull'orologio a pendolo... – Galileo sorrise amaramente – ... anche se poi lo avete trovato altrove. Sbaglio, padre Gioacchino, nel dire che non erano tanto le mie ricerche, quanto la mia persona a interessarvi?

Padre Gioacchino si guardò intorno. In mezzo a un gruppo di persone ostili, tutte consapevoli di cosa aveva fatto, Galileo sembrava l'unico a cui interessasse il perché.

Espirò, come forse un tempo aveva fatto il figlio di Dio sulla croce. Tutto quello che doveva fare, lo aveva fatto.

– Tre mesi fa, sono stato mandato qui da un alto ministro della Chiesa, il cui nome non vi può interessare, allo scopo di leggere il vostro manoscritto, quello che voi chiamate il *Dialogo*, e di riferirne il contenuto. – Padre Gioacchino tossì. – Non tutti a Roma vedono di buon occhio il vostro libro, lo sapete. La Compagnia sapeva che la vostra grafia è faticosa, e che avreste dato da copiare a vostra figlia il manoscritto. Arrivai qui e brigai per farmi assegnare alla posta, in modo tale da poter intercettare i vostri fogli e la bella copia, rispedendoveli poi un paio di giorni più tardi. La cosa è andata avanti con tranquillità fino a un paio di settimane orsono, quando siete venuto via da Bellosguardo e vi siete trasferito qui ad Arcetri. Suor Maria Celeste non vi spediva più i fogli per posta, ma ve li dava di persona quando venivate a trovarla, e non avevo modo più di leggervi. Già sapevo che vostra figlia passava la bella copia a suor Agnese perché anche lei la leggesse, e pensai di approfittarne. Così un giorno sono entrato nella sua cella, mentre lei era ad osservare le stelle.

– Come vi siete entrato?

– La chiave della cella campanaria apre anche le porte di tutte le altre celle – disse con un certo fastidio padre Gioacchino, come deluso da quella elementare mancanza di sicurezza. – E avevo una copia della chiave già da tempo, anche io quando potevo mi servivo del cannone occhiale. Così entrai, e vidi l'orologio.

Nessuno fiatava. Nessuno. Padre Gioacchino forse avrebbe voluto aiutarsi con un gesto, ma aveva le mani legate alla seggiola dietro la schiena con un cordone. Semplice precauzione, in fondo siamo nove contro uno, ma prima che ci ritenti...

– Lo guardai marciare per mezz'ora, forse, mentre l'acqua gocciolava accanto. Andava senza un inciampo, regolare, perfetto. – Il gesuita guardò Galileo, sicuro che avrebbe visto il suo stesso sguardo di allora. – Non riuscivo più a pensare ad altro. Funzionava, ma volevo sapere quanto tempo perdeva. Voi mi capite, Galileo, la mia era curiosità scientifica. Ma suor Agnese non parlava quasi con nessuno, e l'unica volta che provai ad accennare al discorso si chiuse.

– Sono tornato nella sua cella una seconda volta. Nelle notti serene, suor Agnese andava spesso a guardare le stelle nella torre campanaria, e sapevo di avere un po' di tempo. L'orologio era sempre lì. Dopo aver letto le nuove pagine che vostra figlia aveva dato a suor Agnese decisi di disegnarlo, per poi tentare di costruirne uno uguale, insieme a voi. Da solo non ne sarei mai stato capace.

Padre Gioacchino scosse la testa.

– Non fui svelto come avrei dovuto. O forse fui rapito dall'esaltazione di quello che stavo vedendo, non so. Ma sta di fatto che suor Agnese rientrò prima che me ne accorgessi.

Il gesuita alzò lo sguardo.

– Provai a spiegarmi, ma lei fu irremovibile. Provai a irretirla, anche, dicendole che aveva fatto una grande impresa, e lei a quel punto mi schernì. – Lo riabbassò. – Una volta denunciato alla badessa, la verità sarebbe venuta fuori. E non potevo permetterlo, non con voi là fuori, a meno di cento braccia di distanza. – Un lungo momento di silenzio. – Non mi illudo, so che fine farò. Una spia della Compagnia di Gesù in un convento, non a Roma, ma nel Granducato... E in più adesso su di me grava un omicidio. Adesso lo so, che fine farò, allora credetti di poterlo evitare. Ma c'era un modo solo. Suor Agnese era piccola, minuta. Nessuno sentì niente.

L'ultima parte del discorso, padre Gioacchino l'aveva pronunciata con lo sguardo verso il pavimento, senza guardare in viso nessuno dei presenti. Precauzione inutile, in quel momento nessuno era rivolto verso di lui.

– Credetti di poter confondere tutti gettando il cadavere dalla finestra della cella campanaria. In fondo era noto che andava là spesso a usare il cannocchiale. Ma era troppo pesante, non ce la feci ad arrivare fino in cima, e decisi di gettarla al piano di mezzo. Poi proseguii fino alla torre ed aprii la finestra. Credevo che nessuno se ne sarebbe mai accorto.

Lì vicino, troppo vicino, suor Lucia arrossì di nuovo. Sarebbe stato lungo, troppo lungo e troppo imbarazzante da spiegare come mai la professa aveva aperto l'impannata della propria cella ed era uscita nottetempo.

– Poi tornai nella cella di suor Agnese e vidi l'orologio. Non lo avevo ancora disegnato, e avevo capito che lo teneva segreto. Credevo, allora, che nessuno ne sapesse nulla e che a nessuno importasse, in questo covo di monache ignoranti. Né potevo certo chiedere che me lo dessero, il giorno successivo. Avrei generato dei sospetti. Così lo portai nella mia cella. Il mio compito era finito, sarei dovuto partire a giorni. Pensai di anticipare la mia partenza, ma esattamente il giorno successivo siete arrivato voi.

– Siete stato voi, quindi, a gettarmi addosso un capitello?

– Mi ero convinto che foste in convento a fare domande sulla morte di suor Agnese – confermò padre Gioacchino con mestizia. – Non avevo capito che la vostra intenzione all'inizio era un'altra. Mi sono spaventato. È stato un errore, uno stupido errore.

Il canonico rimase in silenzio.

– Non ho capito ancora di preciso, padre Gioacchino, quale fosse il vostro compito – disse, dopo qualche secondo. Il gesuita prese fiato e cominciò a parlare in modo quasi solenne.

– A Roma, molti temono il libro di Galileo, e la Compagnia su tutti. Hanno mandato me per leggerlo prima che venisse pubblicato, e ho già trasmesso ai miei superiori quello che ho letto. Posso darvi un consiglio sincero, Galileo? Non da gesuita, ma da filosofo?

Galileo aprì le mani. Era come se, dicendo qualcosa, chiunque avesse paura di fermare il flusso di coscienza del gesuita.

– Non pubblicatelo. Contiene degli errori. Ho già detto quello che penso ai miei superiori. Avete commesso due errori che vi costeranno gravissimi. E uno, Galileo, è un errore di sostanza. Voi sostenete che il moto delle maree possa dimostrare che la terra gira su se stessa, ma è sbagliato. Se così fosse, se fosse come dite voi, le maree si alzerebbero ogni ventiquattr'ore, e non ogni dodici. La stessa natura che voi siete maestro nell'osservare vi contraddice. È un errore enorme, imperdonabile. Ve lo dico da studioso, da cercatore della verità: vi scongiuro, non pubblicatelo. Otterrete il risultato contrario a quello che vi prefiggete.

– E qual è, secondo voi, il risultato che mi prefiggo? Che cosa spero di ottenere?

– Sono anni ormai che la Chiesa ha perso la sua autorità sulle questioni di scienza. E voi di questo ve ne crucciate, non riuscite ad accettarlo. Avete chiesto apposta l'imprimatur al Papa, e ugualmente dedicherete il libro al Granduca. È chiaramente un tentativo politico, il vostro, ed è per questo che la Compagnia mi ha mandato qui, per capire le vostre intenzioni. E questo mi spaventa, come scienziato e come cristiano.

Padre Gioacchino adesso, nel parlare, si era infervorato e aveva rialzato la testa, e tutti lo stavano a sentire con attenzione massima. Vista così, dall'esterno, la scena (un gesuita seduto in cattedra con delle persone adulte che ascoltavano) poteva sembrare quasi una lezione universitaria, se non fosse stato per quell'inspiegabile particolare del docente legato alla sedia.

– Voi volete restituire alla Chiesa la sua autorità, ma confondete la Chiesa con il Papa. Il Papa è vostro amico, ride quando prendete in giro noi della Compagnia, e vi appoggerà. Forse vi darebbe ragione anche se scriveste che la luna è quadrata: ma non tutti stanno con il Papa, Galileo. La parte più colta, la parte più influente, la parte migliore della Chiesa siamo noi. Noi vi abbiamo difeso quando eravate in difficoltà, noi siamo stati i primi a guardare nel cannocchiale quando i cardinali si rifiutavano di farlo. Non voltate le spalle a chi è in grado di capirvi.

– Padre Gioacchino, non tentate di infinocchiarmi, voi e la vostra parte migliore. Mi dite che confondo la Chiesa con il Papa, e poi mi chiedete di non fare distinzioni tra la Compagnia di Gesù e i gesuiti. I migliori... sarebbe da decidere in cosa. Ma in un aspetto avete ragione, e forse mi avete dato una buona idea.

Galileo guardò il gesuita quasi con rispetto, annuì un paio di volte e continuò.

– Sì, mi avete dato un'idea. Ma non voglio perdere altro tempo. Prima che il canonico Cini vi prenda in consegna, ditemi, per pura curiosità: che cosa diceva la lettera di suor Agnese? La lettera che avete intercettato?

– Non l'ho letta nel dettaglio, non ce n'era bisogno. Era ovvio che parlasse della sua scoperta.

– Di quale scoperta dite, padre?...

Padre Gioacchino rimase un momento senza respirare. Forse, chi diceva che Galileo esagerava col bere non aveva tutti i torti, i sintomi tutto sommato erano quelli.

– Ma... dell'orologio a pendolo, no?

Galileo alzò lo sguardo al soffitto, poi lo riportò a terra.

– Padre Gioacchino, voi siete stato sincero con me, e io sarò sincero con voi: siete un deficiente. Agnese non avrebbe avuto bisogno di chiedermi alcun parere, sapeva che l'orologio ormai funzionava. Quello che descriveva nella sua lettera non era un'invenzione. Era una scoperta, la scoperta di un movimento della natura, ben altra cosa rispetto all'orologio. Suor Agnese aveva fatto, per l'appunto, una scoperta.

– E quale scoperta, allora?

Il filosofo, con aria paterna, si chinò sul gesuita e gli sussurrò alcune parole all'orecchio. Quando si rialzò, padre Gioacchino aveva le pupille dilatate ed era rosso in volto.

– Non potete esserne sicuro... non è possibile...

– Ne sono sicuro al di là di ogni ragionevole dubbio. Stanotte stessa ne ho avuto la conferma.

– E come avete fatto?

– Vi piacerebbe davvero saperlo, padre Gioacchino?

– Ma certo! Vi rendete conto? Così... cambierebbe il nostro modo di vedere il mondo. Sarebbe l'inizio di una nuova epoca!

Galileo tornò improvvisamente serio. Senza guardare padre Gioacchino, si incamminò verso la porta e la aprì. Quando parlò, aveva un tono stanco.

– Monsignore, avete avuto una piena confessione in presenza di molti testimoni. Lo affido alla vostra potestà.

– Ma... Galileo, almeno spiegatemi...

Galileo si voltò verso il gesuita.

– Avete tolto la vita a una persona che mi era cara. E che era cara a tutte, in questo convento. Non sarò certo io a dare soddisfazione alla vostra curiosità. Andate al patibolo col vostro tormento.

XXVIII

E quindi adesso non si sa

Dove si narra di una incomprensibile fuga a occidente, & Galileo e il Cini hanno un dialogo sul Dialogo

– E quindi adesso non si sa dove sia?

– Pare proprio di no, monsignore.

– Ma come è possibile?

– È successo mentre le guardie della Signoria lo portavano al Bargello. Pare che abbia distratto una di queste facendola inciampare sulla sua stessa alabarda e poi si sia messo a correre per Borgo degli Albizi, verso occidente.

– Il contrario della strada che avrebbe dovuto fare, via... – disse Galileo scuotendo il capo.

In effetti, all'epoca, i condannati a morte raggiungevano il pratello della Giustizia, cioè il luogo dell'esecuzione, proprio a partire dalla strada degli Albizi; accompagnati dal corteo della confraternita dei Battuti, percorrevano tutta via Pietrapiana e attraversavano piazza Sant'Ambrogio e Borgo della Croce prima di uscire dalla porta cittadina e arrivare allo «spiazzo», come lo chiamavano tutti. Padre Gioacchino, invece, nonostante fosse scortato non da confratelli misericordiosi ma da quattro gagliardi sbirri del Granducato, nelle vicinanze del Bargello aveva preso la fuga e via, a cercare la libertà verso il West, come del resto cominciavano a fare in parecchi in quel periodo, sebbene con una destinazione un po' più lontanuccia.

Galileo e il canonico si erano incontrati poco lontano da lì, sulla via Por Santa Maria, quasi all'altezza del Ponte Vecchio: il canonico a piedi, di ritorno da Palazzo Pitti, e Galileo sulla mula, verso casa, dopo essere stato dal tipografo, così aveva detto.

– Sua Altezza si deve essere adirato non poco, immagino – proseguì Galileo, mentre la mula continuava a camminare a fianco del canonico.

– Nemmeno troppo – disse il Cini. – Anzi, ad essere completamente sincero ho l'impressione che fosse un pochino sollevato. Capisci, grazie a questa fuga gli diventa impossibile impiccare un gesuita. In questo momento di frizione con la Santa Sede, non ne aveva proprio bisogno.

– Eh... – disse Galileo, con l'aria di chi capiva.

I due proseguirono per qualche secondo in silenzio, i piedi e le zampe che sollevavano la stessa polvere, prima che il canonico riaprisse bocca.

– A proposito, Galileo, ti chiedo in anticipo perdono, ma non posso non domandartelo. Padre Gioacchino, che Dio lo perdoni dei suoi orrendi peccati, aveva ragione?

– In che senso?

– So che magari alla cosa non hai dato molta importanza, ma... quando eravamo in convento, l'ultima volta, ha detto che il tuo *Dialogo* contiene un errore sostanziale.

– È vero. – Galileo annuì, o forse dondolava soltanto la testa al ritmo dei passi della mula. – Padre Gioacchino ha ragione. La teoria delle maree è sbagliata. È un errore piuttosto inequivocabile.

– Mi dispiace sinceramente. Questo rallenterà di molto la pubblicazione del libro?

– Niente affatto. Le ultime pagine sono in stampa.
– Come? Lo hai già corretto?
– Non ho alcuna intenzione di correggerlo.

Il canonico guardò Galileo, che gli restituì uno sguardo cordiale e sereno. A quel punto, esasperato, il canonico sbottò:

– Galileo, perdona questo povero imbecille, ma io non ti capisco. Stai per dare alle stampe l'opera più importante della tua vita, chiedi l'imprimatur al Santo Uffizio e poi ci litighi, addirittura mandano una spia a leggerlo in anteprima, insomma, è un libro che sta per scatenare un pandemonio... scopri che c'è un errore, e non lo correggi? Ma che intenzioni hai?

Galileo tacque, mentre la mula proseguiva, guardando chissà cosa fra le orecchie della bestia.

– Le mie intenzioni, mi chiedi. Sarò sincero con te, Niccolò: le mie intenzioni sono un po' cambiate. Non nel principio, ma nel metodo.

Il filosofo alzò la testa, e continuò a parlare guardando avanti:

– Avevo due intenzioni, nel pubblicare questo libro. La prima, la più pressante, quella che davvero mi muove: evitare alla Chiesa di rendersi ridicola. Ormai è ovvio a chiunque abbia un capo con occhi e cervello che la Terra gira intorno al Sole, e non il contrario; e più di un devoto servitore della Chiesa, anche fra i gesuiti, se ne è reso conto e mi sostiene. Ma sono molti, troppi nella Chiesa quelli che ancora vogliono difendere l'indifendibile, e preferiscono l'autorità di Aristotele e Tolomeo all'osservazione dei fatti. – Galileo staccò le mani dalla soma e fece un gesto piuttosto eloquente. – Ma te lo immagini, Niccolò, una Chiesa che dice di possedere la verità celeste ma dice assurdità sul cielo? Sarebbe come andare a lezione da un matematico che dice di aver risolto le equazioni algebriche più difficili, e poi scoprire che non sa contare: ti fideresti? Chi mai crederebbe a una congrega che nega l'evidenza, oltre agli stolti?

Galileo si era infervorato così tanto che aveva cominciato a smanaccare e manca poco cadeva dalla mula. Si calmò, mise le mani sulla soma e ripartì.

– Per questo ho insistito per ottenere l'imprimatur e la benedizione del pontefice. I gesuiti possono attaccare e discutere quanto vogliono, ma per loro stessa formazione non possono disobbedire al Papa. Se il Papa si convince che la Terra gira, il gesuita sarà costretto a credergli.

– Scusa, Galileo, ma perché ce l'hai tanto con i gesuiti?

– Perché ormai hanno in mano le scuole! Perché ormai chiunque voglia imparare, erudirsi, levare il capo dalla zolla deve passare da una scuola di gesuiti. Ognuno di noi, Niccolò, vuole il meglio per i propri figli, e dimmi: dove manderesti un figlio oggi a studiare? In una città universitaria, piena di osterie e di puttane, dove gli studenti si sfondano di vino e dilapidano al gioco le tue fortune, o in un collegio della Compagnia di Gesù?

Il canonico Cini annuì. Galileo stava dicendo una cosa quasi ovvia. Lo stesso Cini era di Pisa, e si ricordava bene la differenza fra il deboscio pisano e la serietà, l'organizzazione, la preparazione del Collegio Romano.

– Ormai i figli dei nobili, dei ricchi, dei benestanti vanno nei collegi, non all'università. E questi un giorno diventeranno i nostri governatori, i nostri vescovi, i nostri ambasciatori. Vogliamo davvero essere guidati e governati da gente convinta che il Sole giri intorno alla Terra? Che nega l'evidenza, che non crede ai propri occhi?

– Sì, ho capito. Però non mi hai ancora risposto: perché non vuoi correggere il tuo errore?

– Perché non c'è niente di più soddisfacente per l'essere umano che trovare un errore altrui. E se per farlo… Lo avete visto e sentito voi stesso, padre Gioacchino, no? Per confutare la mia tesi, ha fatto appello all'osservazione della realtà. Ha detto che non è possibile quello che dico sulle maree *perché l'osservazione mostra il contrario*. Non ha citato Aristotele, né la Bibbia. È sceso sul mio stesso terreno. Ti rendi conto? E se lo ha fatto padre Gioacchino, che era un gesuita ed è stato cresciuto e nutrito con lo spirito gesuita, perché non lo dovrebbe fare un uomo ben più colto come papa Barberini? Capisci, adesso?

– Sei davvero sicuro che il Papa si renderà conto dell'errore? O che, una volta che se ne sia reso conto, userà questo argomento per confutare la tua tesi?

Galileo sorrise, con l'aria dello scommettitore che sa che la corsa è truccata, e vede dei tizi puntare su cavalli diversi da quello che ha ricevuto un siringone di amfetamine.

– Conosco Maffeo Barberini fin da quando non era ancora Papa. L'unica cosa che gli piace più di avere ragione è farsi dare ragione. Se avesse la prova inconfutabile che la Terra gira, e fosse migliore e ben più convincente della mia, non esiterebbe a usarla.

– E se non l'avesse, o non gli venisse in mente?

– La saprà, fidatevi.

– Sembrate molto sicuro.

– Lo sono. Gliela dirò io stesso.

Il canonico si fermò. Galileo fece ancora un metro o due, per poi voltarsi. Continuando a sorridere, abbassò lievemente il tono della voce:

– Vedi, Niccolò, come ti dicevo, quello che voglio ottenere è sempre la stessa cosa, ma adesso credo di aver trovato un modo più efficace di farlo. Conosco l'errore, e grazie a suor Agnese conosco anche il modo di emendarlo.

– Davvero? Sei in grado di dimostrare senz'ombra di dubbio che la terra si muove?

– Lo sono.

– E come hai fatto?

Galileo fece un breve cenno di diniego con la testa, e abbassò lo sguardo.

– Mi dispiace, Niccolò. Questa cosa la dirò al Papa, e solo al Papa.

Niccolò Cini conosceva Galileo abbastanza bene da sapere che se era convinto di qualcosa, per smuoverlo ci sarebbe voluto nessuno da meno del Papa stesso, e forse nemmeno lui. Un povero canonico metropolitano non aveva speranza.

Il canonico riprese a camminare, a passi lenti e misurati.

– Pregherò per te e per la tua impresa. Però toglimi un'altra curiosità, se puoi.

Galileo annuì all'allievo di un tempo.

– Hai detto prima che avevi due intenti nel pubblicare il *Dialogo*. Il primo è quello che mi hai spiegato. E il secondo?

Galileo sorrise di nuovo, stavolta in maniera quasi compiaciuta. Poi tornò serio.

– C'è grande attesa per questo libro. E una volta che verrà letto, ci sarà gran polemica. Grande attesa e grande polemica...

Te la faccio breve: sai quante copie del *Dialogo* hanno già ordinato al tipografo? Mille.

– Sei un disgraziato – disse il canonico, di rimando.

– Casomai un affarista – rimbeccò Galileo. – Le disgraziate sono quelle due povere figliole e le loro consorelle. Quei soldi sono per loro, non per me. Ho sbagliato anni fa a dar retta a suor Maria Celeste, ma non ripeterò lo stesso errore. Non voglio più rischiare che le mie figlie muoiano di fame.

– Ah, quanto a quello, non credo che ci sarà più problema.

Stavolta fu il turno di Galileo di guardare il canonico con l'aria di chi non sa se ha capito bene.

– Sua Altezza è rimasto colpito dalle condizioni in cui vivono le monache di San Matteo, ma anche dal loro spirito di iniziativa. Ha molto apprezzato il progetto dell'orologio, ed è disposto a finanziarlo con una rendita annuale. Inoltre, per testimoniare la sua volontà, l'anno venturo ha dato ordine che la Madonna dell'Impruneta venga trasferita nella chiesa di San Matteo.

E il canonico guardò Galileo come chi sa che effetto faranno le sue parole.

La Madonna dell'Impruneta era l'icona sacra più importante di Firenze dai tempi della peste nera del 1348, e laddove era l'immagine sacra della Madonna dell'Impruneta non arrivava contagio, inondazione o carestia. O almeno, così erano convinti i fiorentini, e quello era il significato del messaggio: questo è il posto più protetto di Firenze, diceva chiaro a tutti quell'immagine. Un premio ancora più gradito, se possibile, della rendita annuale.

Galileo fermò la mula, e tese il braccio verso il suo ex allievo. Il canonico porse la mano verso il gomito, credendo che volesse scendere, ma l'anziano maestro gli prese l'avambraccio e glielo strinse, guardandolo negli occhi.

– Portate a Sua Altezza, e a chi lo rappresenta, i segni della mia più profonda gratitudine e devozione.

E stavolta fu il Cini, cosa rara, a sorridere.

– Vi assicuro, messer Galilei, che sono debitamente e degnamente ricambiati.

XXIX

In nome del Padre, del Figlio e di noialtri

Dove al Collegio Romano cinque gesuiti decidono che cosa sia meglio non fare riguardo al Galilei

– In nome del Padre, del Figlio e dello Spirito Santo – disse padre Jakob mentre si segnava, con un pesante accento teutonico. – Possa la luce dello Spirito Santo illuminare la nostra via.

– Amen – risposero gli altri quattro, con vocali aperte e strascicate. Due spagnoli, due italiani e un tedesco – un ritratto piuttosto fedele della Compagnia di Gesù, per espresso volere del Generale dell'Ordine, che li aveva scelti personalmente.

I cinque uomini in tonaca nera che si trovavano nella sala più piccola del Collegio Romano avevano infatti un compito fondamentale: sottoporre a giudizio le nuove idee scientifiche e filosofiche che si affacciavano, per stabilire se potevano essere insegnate nelle loro scuole. I revisori generali erano, probabilmente, tra i gesuiti più colti e, sicuramente, tra i più importanti.

– Fratelli – iniziò padre Jakob alzandosi in piedi – vi ho convocato perché abbiamo una questione assai delicata da discutere. Una fonte fidata ha potuto leggere il manoscritto del nuovo libro di Galileo Galilei, in Firenze, mentre veniva redatto, e ne ha mandato un ampio resoconto a padre Christoph Scheiner, persona di fiducia degli Asburgo presso la Santa Sede, che tutti noi conosciamo per i suoi grandi meriti nella astronomia e nella matematica. Padre Scheiner ha ritenuto opportuno che ne conoscessi il contenuto, e dopo... Qualche problema, padre Geronimo?

Il frate alla destra di padre Jakob abbassò una mano.

– Chiedo scusa, fratello, ma non mi è chiara una cosa. A che scopo l'ambasciatore degli Asburgo ha condiviso con voi queste informazioni?

– Padre Scheiner ha a cuore le sorti di questo collegio, e ritengo le abbia generosamente messe a mia disposizione per consentirci di valutare se sia il caso o meno di far circolare questo libro all'interno del nostro istituto. Ad ogni modo, credo sia nostro dovere leggere la missiva, dopodiché potremo pronunciarci in merito. Dunque, ecco qui. – E padre Jakob, dopo una impercettibile scatarrata, iniziò a leggere con voce piatta:

– «*A sua Eccellenza reverendissima padre Cristoforo Scheiner...*»

Ah, ecco, pensarono contemporaneamente gli altri quattro religiosi, arrivando alla stessa conclusione a cui padre Jakob era giunto non appena aveva aperto la missiva. Padre Christoph Scheiner, nonostante vivesse a Roma da più di cinque anni, non aveva ancora imparato l'italiano in maniera decente. Altro che buon cuore, aveva bisogno di qualcuno fidato che gli traducesse cosa c'era scritto. Che poi questo qualcuno fidato non fosse poi così fidato, poteva capitare. D'altronde, se uno da queste parti del Tevere non sa gestire gli intrighi di palazzo, è meglio che cambi mestiere.

«*... mi firmo il suo umilissimo servitore, frate Gioacchino da Rimini.*»

Era passata più di un'ora da quando padre Jakob aveva iniziato la lettura, mentre i quattro componenti del collegio erano rimasti silenziosi come benedettini.

I quattro gesuiti ascoltavano, in silenzio.

– Fratelli, come avrete capito, sono molto in difficoltà. Sapevo, come sappiamo tutti, che c'è molta discussione riguardo a questo libro. Galileo ha cambiato effettivamente il titolo, che non si richiama più al flusso e al riflusso delle maree, ma è generico e neutrale. La concezione copernicana è espressa come pura ipotesi matematica, come richiesto da Sua Santità, e l'introduzione che il Padre Mostro... che il maestro del Sacro Palazzo ha richiesto è stata inserita. Le condizioni insomma sono state rispettate. Ciò nonostante, non posso fare finta di ignorare il modo in cui Galileo si è espresso nei confronti della Compagnia.

Padre Jakob posò la lettera e guardò i confratelli uno per uno.

– Fra pochi mesi, questo libro sarà stampato e potrà circolare. Credo sia saggio decidere preventivamente se è il caso che una delle copie possa entrare in questo collegio. Chiedo quindi a voi fratelli di esprimervi. Padre Rodríguez?

Padre Nicanor Rodríguez si strinse nelle spalle. Era nato nel Nord della Spagna, a Vigo, ed era sfuggito alla povertà e alla fame solo grazie ai gesuiti e al proprio cervello, entrambi enti per cui nutriva il massimo rispetto. Era entrato a far parte dei revisori generali pochi anni prima, alla morte di padre Ezequiel Calvo, ed essendo l'ultimo nominato era sempre il primo a cui veniva data la parola.

– Fratelli carissimi, credo che sappiate già come la penso. Le nostre scuole si propongono di educare i giovani nel modo migliore possibile, e Galileo Galilei è uno dei massimi filosofi del nostro tempo. Quello di cui questa lettera ci informa è solo che le correzioni richieste sono state inserite. Non vedo motivo per cui non dovremmo far circolare questo testo.

– Padre Alvarado?

Padre Geronimo Alvarado era nativo di Toledo, e la barba copriva a malapena la lunga cicatrice che gli attraversava tutto il viso, dal sopracciglio al collo, ricordo di una pentola piena di minestra bollente che da piccolo aveva tentato di assaggiare. Padre Geronimo sapeva che non si giudica un libro dalla copertina, e men che meno dalle recensioni.

– Galileo è un grande filosofo, padre Nicanor, ma è anche un grande provocatore, e non di rado ha attaccato dei membri del nostro ordine. Io vorrei poter vedere il testo prima di pronunciarmi. Al momento, quindi, dico che non è il caso di autorizzare preventivamente la circolazione del libro all'interno delle nostre scuole.

– Padre Rosco?

Padre Fabrizio Rosco aprì le mani, e poi le appoggiò alle cosce. Era il più giovane della congrega, non avendo neanche cinquant'anni, e la barba ancora nera gli partiva da quasi fin sotto gli occhi, piccoli e neri anch'essi. Scuotendo la testa, disse:

– Non è questo libro quello che mi preoccupa, fratelli, ma il prossimo.

– Il prossimo?

– Sono il solo ad essermi accorto che nelle sue lettere il padre Gioacchino dice chiaramente che Galileo sta insegnando la teoria degli indivisibili?

– E cosa c'è di così pericoloso? – chiese padre Nicanor. – È solo una teoria matematica, fratello Fabrizio. Io ho letto gli scritti di padre Buonaventura Cavalieri, e mi è costato molta fatica penetrare nel suo stile oscuro, ma non ho trovato nulla che renda questa dottrina in contrasto con la fede.

– Voi siete nuovo, fratello Nicanor – intervenne padre Fabrizio. – Padre Benedetto, potete ricordare al fratello Nicanor per quale motivo questa stessa assemblea ha ritenuto di bollare come eretica, falsissima e perniciosa la teoria degli indivisibili, e ha disposto che non venga insegnata in queste scuole?

Padre Benedetto Fordini arrossì, come sempre quando padre Fabrizio gli rivolgeva la parola; poi, pur rimanendo seduto, raddrizzò la schiena e si rivolse al suo confratello.

– Le matematiche, fratello Nicanor, insegnano verità che sono incontestabili e riconosciute da tutti. Per questo discendono da Dio, perché vediamo attraverso di esse, incorporee, spirituali e incorruttibili, come il puro spirito possa condurci alla verità.

Padre Benedetto, con la coda dell'occhio, vide che padre Fabrizio sembrava approvare quello che diceva, e continuò:

– Ma se noi attribuiamo agli enti matematici essenza e dignità di corpo, se le dividiamo e le corrompiamo, se operiamo su questi oggetti perfettissimi ed eterni come se fossero fatti di materia vile, noi tradiamo la loro stessa natura, ed ammettiamo che queste possano essere costruite, e non rivelate. Gli indivisibili possono essere usati in matematica per capire l'essenza di enti che non hanno corpo, ed è questo il rischio che rappresentano, perché dopo aver studiato il triangolo e il rombo, potrebbero cercare di capire il cerchio, la figura geometricamente perfetta. E dopo aver capito il cerchio, la perfezione geometrica, potrebbero mettersi in testa di usare gli indivisibili per capire l'essere perfetto, Dio stesso.

Padre Benedetto guardò padre Nicanor, che non sembrava affatto convinto. Mentre prendeva fiato per continuare, padre Fabrizio gli fece un cenno. Padre Benedetto si riappoggiò allo schienale, e il gesuita più giovane prese la parola:

– In altre parole, fratello, la geometria di Euclide è matematica dall'alto in basso, gli indivisibili sono geometria dal basso in alto. Usando gli indivisibili si possono ottenere le verità matematiche stabilite da Euclide per altra via che non sia quella di Euclide. Imparando il metodo degli indivisibili, gli studenti potrebbero convincersi che ci sono diversi modi per arrivare alla verità. Qualsiasi tipo di verità. Anche quelle che geometriche non sono. Per questo è stato stabilito che il metodo degli indivisibili è falso, eretico e pericoloso. Non possiamo insegnare certo nelle nostre scuole che si possono ricavare le verità dal basso verso l'alto. Invece di un solo Martin Lutero ne avremmo dieci, cento, mille; e, per giunta, li istruiremmo noi stessi.

– Allora non vedo per quale motivo preoccuparsene. Se è stabilito che questa dottrina è eretica, Galileo non potrà certo scriverne.

Padre Fabrizio sorrise.

– Guardate la realtà, padre Nicanor. Anche la teoria di Copernico è eretica, e sta per uscire un libro a firma di Galileo Galilei, con l'imprimatur della Santa Sede, in cui se ne parla a pari dignità del sistema tolemaico. Voi stesso, che esaltate Galileo, sembrate incline a sottovalutarlo.

Padre Fabrizio si alzò in piedi. Era basso e tracagnotto, ma a suo modo imponente; il più giovane di tutti, è vero, ma per capire meglio come funzionava il collegio dei revisori sarebbe stato più utile pensare che era il meno anziano.

– Finora la teoria degli indivisibili è rimasta sconosciuta perché è incomprensibile. Avete detto voi stesso, un erudito scelto come revisore generale del Collegio, un grande pensatore e un finissimo matematico, che avete faticato a capire il testo del Cavalieri. E non va certo a vostro demerito. Ma Galilei è un'altra cosa! Sa scrivere, conosce la retorica come e più della matematica. Se ne scrivesse Galileo degli indivisibili, tutti li capirebbero.

Padre Fabrizio cominciò a camminare, a passo quasi più lento e misurato di quello di Galileo.

– Gli indivisibili sono un metodo potentissimo, e tutti vorrebbero conoscerlo. E noi saremmo costretti a insegnarlo.

Padre Rosco, camminando, era arrivato in mezzo alla stanza. Si fermò, e si voltò verso il suo confratello:

– Il nostro potere viene dalle scuole. Guardatevi intorno, fratello Nicanor. Il Granduca di Toscana ha studiato dai gesuiti. Ferdinando II d'Asburgo, l'imperatore del Sacro Romano Impero, ha studiato dai gesuiti. Sua Santità Papa Urbano VIII ha studiato dai gesuiti, è il secondo pontefice di fila che viene eletto tra i nostri studenti. È grazie a questo potere, al nostro potere, che la follia eretica dei protestanti è stata arginata e respinta. La Chiesa non si può permettere che i figli delle casate più influenti vadano in altre scuole, diverse dalle nostre, a imparare a costruirsi da soli le proprie verità.

Il gesuita (quello in piedi) si guardò intorno. Non importava che padre Nicanor fosse convinto: le facce degli altri tre parlavano da sole. Lentamente, con tranquillità, tornò a sedersi, concludendo:

– Se permettiamo che Galilei prossimamente pubblichi un libro sugli indivisibili, siate pur certo che questo è quello che accadrà.

– Se il libro non è confacente alla dottrina verrà messo all'Indice, non credete?

– L'Indice dei libri proibiti – sbuffò padre Fabrizio. – Il modo migliore per far desiderare qualcosa, padre Nicanor, è proibirlo. Mettiamo all'Indice un libro e subito sarà un successo nei paesi dei protestanti. E poi, avete mai visto che libri ci sono nell'Indice? L'*Orlando furioso*, il Machiavelli, persino il *De Monarchia* dell'Alighieri. Proibire l'Ariosto, per carità di Dio...

– E come facciamo, allora, a fermare un libro che ancora non esiste?

Padre Fabrizio si guardò intorno, nuovamente.

– Galileo sta diventando troppo importante. Troppo ascoltato. Per fermare la diffusione della dottrina degli indivisibili, dobbiamo fermare lui.

– Adesso siete voi che non guardate la realtà, padre Fabrizio. Stiamo parlando di uno degli uomini più ammirati da Sua Santità. Come facciamo? Andiamo da Sua Santità e gli chiediamo di dare retta a noi, l'ordine che ha fatto dell'obbedienza al Papa il cardine del proprio comportamento? Come dite qui in Italia, padre Fabrizio, mi sembra che questo sia un gatto che si morde la coda.

– Nessuno di noi, fratello Nicanor, potrebbe ardire di suggerire a Sua Santità cosa deve fare o anche solo dove rivolgere lo sguardo. Il nostro pontefice è un lettore attento di Galileo, e vaglierà con attenzione il libro quando verrà pubblicato. Certo, non posso fare a meno di chiedermi cosa ne penserà quando lo vedrà.

– Cosa intendete dire, fratello?

– Potreste rileggere la fine della lettera, padre Jakob? Nel punto in cui dice che è stato inserito l'argomento espressamente richiesto dal Papa?

– Se non desiderate altro... ecco qui. «*Al fine della giornata quarta, al termine e conclusione del libro, il Galileo mette in bocca all'aristotelico Simplicio l'argomento della inesplicabilità delle maree e della loro possibile origine miracolosa, con le parole seguenti: "So che amendue voi, interrogati se Iddio con la Sua infinita potenza e sapienza poteva conferire all'elemento dell'acqua il reciproco movimento... so, dico, che risponderete, avere Egli potuto e saputo ciò fare in molti modi, ed anco dall'intelletto nostro inescogitabili." Le quali sono le parole medesime che il padre Riccardi disse di aver udito dire a Sua Santità nell'ammonire e istruire il Galileo.*»

Padre Fabrizio allargò le mani, con dubbio studiato.

– Alla fine della lettera, questo padre Gioacchino ci dice che l'argomento richiesto dal Papa, ovvero che non si potrà mai determinare con certezza che la Terra si muova, viene detto a chiare lettere non dall'autore né dal suo alter ego, ma dal terzo dialogante, questo Simplicio.

– Lo avevo notato anche io – disse padre Jakob. – Ma non c'è rischio che il pontefice creda di poter essere confuso con Simplicio. Viene dipinto come un mezzo sciocco, e oltretutto è indubitabilmente un aristotelico, uno scolastico. Tutto il contrario del Santo Padre.

Padre Fabrizio annuì.

– Sono d'accordo. Ma resta il fatto che Galileo ha usato le stesse parole del pontefice. – Il gesuita alzò gli occhi al cielo. – Mi chiedo se potrà mai fare a meno di notare che, alla fine del libro, il suo argomento è stato messo in bocca non solo a un aristotelico, ma al più ingenuo e sprovveduto dei tre dialoganti. E mi chiedo, non posso fare a meno di chiedermi, cosa potrebbe accadere se lo notasse…

XXX

Nel giro di un anno

Dove si raccattano a casaccio, ma in ordine rigorosamente cronologico, cose scritte e dette intorno al Dialogo sopra i due massimi sistemi del mondo *nell'anno successivo alla sua pubblicazione*

Hora lo viddi, anzi lo devorai, per dir così, con gli occhi.
Buonaventura Cavalieri a Galileo Galilei, 22 marzo 1632

V. S. con quest'opera divina cava dalle tenebre. Non adulo, ma di cuore le dico: Non est factum tale opus in universa terra.
Fulgenzio Micanzio a Galileo Galilei, 15 maggio 1632

È pervenuto in queste bande il libro del S.r Galilei, e ci sono molte cose che non piacciono.
Padre Niccolò Riccardi (o Padre Mostro) a Clemente Egidi, inquisitore di Firenze, 25 luglio 1632

Queste novità di verità antiche, di novi mondi, nove stelle, novi sistemi, nove nationi etc., son principio di secol novo. Faccia presto Chi guida il tutto: noi per la particella nostra assecondamo. Amen.
Tommaso Campanella a Galileo Galilei, 5 agosto 1632

Ma la sustanza debbe essere che i PP. Giesuiti deono sotto mano lavorar gagliardissimamente perché l'opera sia prohibita, ché questo me l'ha detto egli medesimo con queste parole: i Giesuiti lo perseguiteranno acerbissimamente.

Filippo Magalotti a Mario Guiducci (riferendo un dialogo col Padre Mostro), 7 agosto 1632

... con gran disgusto mio ho sentito che si fa Congregatione di theologi irati a prohibire i Dialoghi...

Tommaso Campanella a Galileo Galilei, 21 agosto 1632

... S. A. il Granduca resta grandemente ammirato che un libro, presentato dall'autor medesimo in Roma in mano della suprema autorità, e quivi attentissimamente letto e riletto... emendato, mutato, aggiunto e levato tutto quello che fusse piaciuto a i superiori... e finalmente licenziato là e qua, e pubblicato qui con le stampe, debba hora, passati 2 anni, esser sospeso, e proibitone all'autore et allo stampatore di più darne fuore...

Andrea Cioli all'ambasciatore Francesco Niccolini, 24 agosto 1632

... proroppe Sua Santità in molta collera, et all'improviso mi disse ch'anche il nostro Galilei haveva ardito d'entrar dove non doveva, et in materie le più gravi e pericolose che a questi tempi si potesser suscitare...

L'ambasciatore Francesco Niccolini ad Andrea Cioli, 5 settembre 1632

... dice, con la solita confidenza e secretezza, che circ'a 12 anni sono, essendosi sentito che il Sr Galilei haveva questa opinione e la seminava in Fiorenza, e che per questo essendo fatto venir a Roma, li fu prohibito, in nome del Papa e del S.^{to} Offizio, dal

S.ʳ Card.ˡ Bellarmino il poter tener questa opinione, e che questa sola è bastante per rovinarlo affatto.

L'ambasciatore Francesco Niccolini ad Andrea Cioli (riferendo un colloquio avuto col Padre Mostro), 11 settembre 1632

Trovomi in grande confusione per una intimazione statami fatta 3 giorni sono dal Padre Inquisitore, di ordine della Sacra Congregazione del S.ᵗᵒ Offizio di Roma, di dovermi per tutto il presente mese presentare là a quel Tribunale…

Galileo Galilei ad Andrea Cioli, 6 ottobre 1632

…pigliarlo et condurlo alle carceri di questo supremo Tribunale, legato anche con ferri…

Cardinale Antonio Barberini a padre Clemente Egidi, inquisitore di Firenze, 1° gennaio 1633

Diciamo, pronunziamo, sentenziamo e dichiaramo che tu, Galileo sudetto, per le cose dedotte in processo e da te confessate come sopra, ti sei reso a questo S.° Off.° veementemente sospetto d'eresia, cioè d'aver tenuto e creduto dottrina falsa e contraria alle Sacre e divine Scritture, ch'il sole sia centro della Terra e che non si muova da oriente ad occidente, e che la Terra si muova e non sia centro del mondo…

dalla Sentenza del Sant'Uffizio, 22 giugno 1633

E acciocché questo tuo grave e pernicioso errore e transgressione non resti del tutto impunito, e sii più cauto nell'avvenire e essempio all'altri che si astenghino da simili delitti, ordiniamo che per publico editto sia proibito il libro de' Dialoghi di Galileo Galilei…

dalla Sentenza del Sant'Uffizio, 22 giugno 1633

Ti condaniamo al carcere formale in questo S.° Off.° ad arbitrio nostro; e per penitenze salutari t'imponiamo che per tre anni a venire dichi una volta la settimana li sette Salmi penitenziali: riservando a noi facoltà di moderare, mutare o levar in tutto o parte, le sodette pene e penitenze. E così diciamo, pronunziamo, sentenziamo, dichiariamo, ordiniamo e reservamo in questo e in ogni altro meglior modo e forma che di ragione potemo e dovemo.

dalla Sentenza del Sant'Uffizio, 22 giugno 1633

... con cuor sincero e fede non finta abiuro, maledico e detesto li suddetti errori e eresie...

Galileo Galilei di fronte al Sant'Uffizio, 22 giugno 1633

XXXI

Se Iddio con la Sua infinita potenza

Dove si scopre che i libri si giudicano anche dalla copertina,
che talvolta le lettere è meglio bruciarle dopo averle lette,
& perché sia importante studiare il moto de' cieli

– «*Se Iddio con la Sua infinita potenza e sapienza poteva conferire all'elemento dell'acqua il reciproco movimento... so, dico, che risponderete, avere Egli potuto e saputo ciò fare in molti modi, ed anco dall'intelletto nostro inescogitabili*» – ripeté ad alta voce l'ambasciatore Francesco Niccolini, leggendo dal libro che aveva aperto davanti. – È fondata opinione di tutti noi, Eccellenza, che questa frase *in primis* sia stata la causa della disgrazia del signor Galilei.

Sì, è comprensibile – rispose l'Arcivescovo Ascanio Piccolomini, seduto accanto all'ambasciatore al grande tavolo di quercia dello studio. – Sua Santità si è sentito preso in giro. Le sue parole messe in bocca a un aristotelico stolto.

Dopo aver nuovamente annuito, l'Arcivescovo chiuse il libro prendendolo per il retro, e lo girò – appoggiare un libro con la copertina all'ingiù lo infastidiva alquanto – mostrando così nuovamente la pagina illustrata prima dell'antiporta che tanto lo aveva emozionato pochi giorni prima. Tre uomini in dialogo fra loro, sormontati da una tenda su cui campeggiavano i pianeti medicei e la scritta:

DIALOGO
di
GALILEO GALILEI LINCEO
AL SER.mo FERD. II. GRAN. DUCA DI
TOSCANA
Stefan. Della Bella. F

Sotto di essa, i tre uomini discutevano. O meglio, due di questi, vestiti elegantemente, sembravano ascoltare con pazienza e degnazione un terzo, un vecchio rompicoglioni col dito puntato, decisamente male in arnese. «Voi sbagliate» sembra dire il barbone agli altri due. «Ma suvvia» replica chiaramente il secondo, con la mano aperta a palmo all'insù, mentre il terzo, le mani sui fianchi come un pensionato che guarda i lavori stradali, pensa «Guarda lì cosa tocca sentire ogni tanto».

L'identità dei tre, invece, non era in discussione. Per i due più centrali, aiutavano non poco le scritte TOLOM. e NIC. COPERN. all'estremità delle loro vesti – si vede che anche all'epoca andavano di moda le cifre ricamate sulla camicia: Tolomeo e Niccolò Copernico, gli autori dei due massimi sistemi del mondo. Il terzo, invece, era girato quasi di schiena, per cui il sarto gli aveva dovuto cucire la scritta sul dorso: ARIST., si leggeva seminascosto sopra il piede destro del losco individuo.

Era sbagliato, ma fin troppo facile, sovrapporre i personaggi che dialogavano nel libro con i tre uomini raffigurati in copertina: senti parlare Salviati e pensi Copernico, vedi Sagredo e pensi Tolomeo, leggi Simplicio e pensi Aristotele. Il che rendeva le cose ancora più chiare, e giustificava vieppiù l'incazzatura furibonda del pontefice.

Non si giudica un libro dalla copertina, ci dicono sempre: ma se ancora non lo abbiamo letto? Alzi la mano chi di noi non ha mai comprato un libro perché attirato dall'immagine e dal titolo. O dal nome dell'autore, anche. Galileo Galilei, in questo caso: magnifico filosofo, straordinario matematico; ma, soprattutto, grandissimo provocatore. E Urbano VIII si era fidato di Galileo. Aveva ricevuto il libro, lo aveva aperto (bei tempi, si potrebbe pensare, quando i potenti aprivano i libri; mica sempre, ci sentiamo di aggiungere in questo caso) e aveva letto le proprie parole in bocca a uno stolto aristotelico. Era bastato e avanzato. Il Sant'Uffizio era stato convocato in IV e IV VIII, badando bene di escludere dai componenti della commissione personaggi come Tommaso Campanella, fin troppo entusiasta della pubblicazione, o Benedetto Castelli, allievo di Galileo stesso. La conclusione della commissione era stata netta, veloce e inequivocabile: Galileo deve comparire di fronte all'Inquisizione.

– Non avete idea di quanto fosse infuriato, Eccellenza – disse l'ambasciatore Niccolini, riferendosi al Papa.

– Oh, no, vi sbagliate – disse l'Arcivescovo, agitando una mano nell'aria di fronte al Niccolini. – Conosco bene Sua Santità, ancor meglio di Galileo, e so quanto sia umorale. Quando le cose gli van bene, è l'uomo più amabile dell'universo. Quando gli van male, ogni scusa è buona per scatenare la sua furia. E questa, ora capisco, è una ben valida scusa. E quindi?

– Quindi si è rifiutato di vedere Galileo. «Non vi provate a recarlo nemmeno nel mio stesso palazzo», così ha detto. Suo nipote, il cardinal Francesco Barberini, temerariamente s'azzardò a chiedergli di poter considerare un incontro. Pare sia uscito dal colloquio rosso tre volte: per la sua veste, per l'imbarazzo e per la coppa di vino che Sua Santità gli ha scagliato addosso.

– Capisco. Sì, capisco. E ditemi, Galileo che cosa aveva da dire al Papa di così importante e segreto?

– Lo sanno solo Iddio e Galileo stesso, Eccellenza. Non ho provato nemmeno a domandarglielo. L'ultima volta che l'ho visto, a Roma, non era in condizione di parlare né di ragionare.

L'Arcivescovo guardò l'ambasciatore da sotto in su, con gli occhi sgranati.

– A noi lo volete dire, signor Niccolini? Quando è arrivato qui a Siena era in condizioni pietevoli. Sembrava di avere a che fare con un pazzo. Le prime due notti lo sentivamo urlare dalla sua stanza, e abbiamo temuto di doverlo immobilizzare al letto per paura che si ferisse. Adesso, grazie a Dio, sta molto meglio. Abbiamo capito subito che per lenire lo spirito affranto la cosa migliore era deviarne i pensieri verso le sue amate scienze meccaniche. Problemi terreni, da ingegnario, per distoglierlo dalle sue pene. Gli abbiamo presentato il nostro problema della fusione della campana della cattedrale, e lo ha risolto in modo brillante. Da allora, il suo spirito si è molto sollevato, e credo che rimanere qui a Siena ancora per un po' in nostra compagnia gli gioverà assai.

Anche perché lì doveva rimanere. Il tribunale dell'Inquisizione era stato chiaro: Galileo aveva potuto lasciare Roma solo per rimanere agli arresti domiciliari in casa dell'Arcivescovo di Siena, come tappa di avvicinamento. Da lì, prima o poi, sarebbe dovuto ritornare a casa sua, ad Arcetri, per non uscirne, mai più.

– La città di Siena è veramente fortunata ad avere come guida spirituale un uomo così avveduto e sapiente, Eccellenza.

– Non mi adulate, Niccolini. Non sono certo un granduca.

– Dico seriamente, Eccellenza. Oltre ad essere un grande uomo di Chiesa siete un matematico valente, in grado di conversare da pari a pari con messer Galilei. Anzi, sono sicuro che se foste voi a chiedergli che cosa voleva dire personalmente al Papa, ve lo rivelerebbe.

– Voi dite?

Francesco Niccolini allargò le braccia.

– L'unica cosa che ho capito, Eccellenza, è che si tratta di una questione scientifica.

Quando ho chiesto se almeno Sua Altezza Ferdinando II sapesse qualcosa, Galileo ha fatto un gesto come a dire «cosa volete, che lo vada a dire al Granduca». Ma a voi, forse…

– Messer Galileo?

Dal centro del cortile, Galileo sollevò la testa. Il bambino accanto a lui, invece, rimase intento a guardare una specie di gioco che i due dovevano aver costruito insieme: un piccolo pendolo che dondolava appeso a un turacciolo, così sembrò all'Arcivescovo, tenuto su da tre forchette appoggiate a un piattino.

– Eccellenza, come state?

– Molto bene – rispose l'Arcivescovo, scendendo verso il giardino. Non era consono che fosse un Arcivescovo a muoversi verso il proprio ospite di rango inferiore, ma quel giorno di luglio faceva un caldo cane e stare ai piani superiori era una sofferenza. – Voi, piuttosto, come vi sentite stamani?

– Benissimo, Eccellenza. Mi perdoni, Vincenzino?

«Vai vai» disse il bimbo con un cenno, sempre tenendo gli occhi fissi sul suo nuovo giocattolo.

– Un ragazzino sveglio – disse Galileo, accostandosi all'Arcivescovo.

– Porta lo stesso nome di vostro figlio – osservò il Piccolomini.

– Sì, ma porta tutto un altro tipo di testa sul collo. E soprattutto la sa usare. Se volesse studiare, in futuro, sarei onorato di potergli fare da tutore.

– Credo, piuttosto, che sarebbe il signor Viviani ad esserne onorato. Non è da tutti, avere come insegnante il più grande scienziato d'Italia e, forse, del nostro tempo.

– Parlate più forte, Eccellenza – rispose Galileo con un sorriso triste. – A Roma non vi sentono.

– Galileo, Galileo... – disse l'Arcivescovo, con tono di amichevole rimprovero. – Forse, stavolta, siete voi che avete parlato col tono sbagliato. A volte, col vostro libro, avete gridato, e altre volte avete parlato troppo piano, in modo ambiguo.

– Avrei parlato ben volentieri in modo chiaro, se mi fosse stata data l'occasione... Ma lasciamo perdere, Eccellenza. Così è andata.

– A che cosa vi riferite? – chiese l'Arcivescovo, lasciando intendere che non sapesse nulla.

– Se avessi potuto parlare con Sua Santità da solo a solo, per qualche mezz'ora, le cose sarebbero andate diversamente.

– È vero, dunque – constatò l'alto prelato. – Volevate parlare da solo con il Papa.

– Vi domando perdono, Eccellenza. La vostra ospitalità è squisita, e sono un villano a parlarvi in questo modo, ma vi prego in tutta franchezza di non accennare più a questo argomento. Mi provoca una sofferenza indicibile.

– Spesso, condividere i nostri segreti allevia la sofferenza.

– Per quanto riguarda me, senza dubbio. Ma ho timore per voi. Ho capito, Eccellenza, che questo segreto è come il fuoco greco. La conoscete sicuramente, questa storia.

– Certo. Anzi, sapete, da giovane mi affascinava. Il fuoco greco, la formula segreta per lanciare proiettili di fuoco che l'acqua non era capace di spengere. Che solo l'imperatore di Bisanzio conosceva, e che veniva preparata da schiavi resi ciechi e sordi...

– ... perché chiunque ne veniva a conoscenza era punito con la morte. E quindi, nei corridoi imperiali, dove era un'offesa mortale anche calpestare l'ombra dell'imperatore, il modo sicuro per liberarsi di qualcuno era mettere nei suoi alloggi la pergamena con quella formula.

L'Arcivescovo scosse la testa.

– Sono passati secoli dall'epoca di Bisanzio, Galileo. Ne abbiamo parlato spesso anche con voi, oggi gli scienziati condividono le loro scoperte, e si aprono alla discussione.

– Il fuoco greco, Eccellenza, era un'arma solo se a usarlo era l'imperatore. Anche oggi viviamo in un'epoca in cui il giudizio di uno solo può eliminare chiunque. Non serve il fatto, ma il semplice sospetto. Oggi non lo si chiama più imperatore, ma il significato non cambia.

Galileo si fermò, e mise una mano sulla spalla dell'Arcivescovo.

– Eccellenza, voi siete uno dei fari della nostra Chiesa. Un giorno, forse, ne diverrete il più splendente, come già è successo a qualcuno nella vostra famiglia. Dio non voglia che io rechi danno a questo vostro possibile cammino.

– Ho capito, messer Galileo. Non parliamone più.

Molto Ill.re e Amatiss.mo Sig.r Padre,

che la lettera che Vostra Signoria mi scrive di Siena (ove dice di ritrovarsi con buona salute) mi habbia apportato contento grandissimo, e similmente a Suor Arcangela, non occorre che io mi affatichi in persuadernela...

Seduto nella sua stanza affacciata sul cortile, Galileo aveva appena aperto la lettera di suor Maria Celeste, datata 13 luglio 1633. Era passato quasi un anno dall'ultima volta che l'aveva vista, e sembrava un secolo. Avevano ricominciato a scriversi, ma non era la stessa cosa.

... poi che la madre Badessa, con molte altre sorelle, sentendo l'avviso del suo ritorno, mi corsono incontro con le braccia aperte, e lagrimando per tenerezza e allegrezza; cosa veramente che mi ha legata per schiava di tutte, per aver da questo compreso quanto affetto esse portino a Vostra Signoria et a noi. Il sentir poi ch'Ella se ne stia in casa d'ospite tanto cortese e benigno, quanto è monsignor Arcivescovo, raddoppia il contento e sodisfazione...

Galileo sorrise. E te credo, che ci tengono a me e a voi due. Senza l'abilità di suor Maria Celeste, senza la perseveranza di suor Arcangela, e senza le sue conoscenze scientifiche, col cavolo che sarebbe mai arrivata la rendita. Duemila scudi l'anno, come avevano chiesto le suore stesse attraverso la badessa: una cifra che non le faceva ricche, ma le metteva al riparo dalla morte per consunzione.

> *Il Sig.ʳ Geri fu qui una mattina, mentre si dubitava che Vostra Signoria si trovasse in travaglio, e insieme con il S.ʳ Aggiunti fece in casa di Vostra Signoria l'opera, che poi m'avvisa che gli ha fatto intendere...*

Galileo tirò un sospiro di sollievo.

L'opera. Cioè, il bruciare tutti gli scritti che avrebbero potuto comprometterlo ancora di più agli occhi dell'Inquisizione. Dopo l'esito del processo, Galileo aveva raggiunto Siena in tre giorni, e sperava di anticipare in ogni modo una probabile perquisizione tra le sue carte. Perché se avessero cercato, se avessero perquisito, avrebbero trovato quello che cercavano. Una cosa che avrebbe messo nei guai non solo lui, perché le carte compromettenti non erano sue, ma di una suora del convento.

Le carte che Galileo stava leggendo mentre, a sua insaputa, nello stesso convento maturavano gli eventi che avrebbero portato alla scoperta di padre Gioacchino.

Le carte di suor Agnese, corredate dal suo disegno, con la descrizione precisa dell'esperimento che provava senza ombra di dubbio che la Terra si muove.

Quello che Galileo, in un primo momento, aveva scambiato per un orologio. Ed era, in un certo senso, un orologio. Un orologio a pendolo. Ma il pendolo non era incernierato a un cardine. Era appeso al soffitto.

Un pendolo che in realtà era un secchio di ferro pieno di vino, bucato in fondo. Molto pesante, talmente pesante che la forza della sua oscillazione era molto maggiore della forza sufficiente a torcere il filo che lo reggeva.

Come il giocattolo con cui il piccolo Vincenzio Viviani stava giocando.

Se il bambino avesse ruotato il piatto sotto alle forchette che reggevano il pendolo, questo avrebbe continuato a oscillare lungo lo stesso asse. E se qualcosa di piccolissimo, mettiamo una pulce, fosse rimasta ferma sopra il piatto, gli sarebbe sembrato che il pendolo avesse cambiato il suo asse di oscillazione, e non che fosse ruotato il piatto.

Allo stesso modo funzionava l'invenzione di suor Agnese: a mano a mano che oscillava, la Terra sotto di esso ruotava, e il dondolio del pendolo cambiava angolazione. Un secchio bucato, che perdeva vino goccia a goccia, e le cui gocce lasciavano durante la notte una traccia colorata simile a una coppia di ventagli, che mostravano col crescere della loro ampiezza lo scorrere delle ore.

Compieta, mattutino, laudi, prima, terza, sesta e nona: quindici ore, in totale. Se è vero che la Terra è tonda, il tempo che il pendolo ci avrebbe messo dipendeva dalla latitudine alla quale si trovava: e suor Agnese aveva fatto il conto, alla latitudine di Firenze ci sarebbero volute esattamente quindici ore per fare un mezzo giro. E quindici ore ci metteva anche nella realtà.

Quindi girava su se stessa, la Terra. Non era ferma in mezzo al centro dell'universo. E se girava su se stessa, poteva anche essere che girasse intorno al Sole. Galileo ne aveva la prova inoppugnabile.

Prova che avrebbe detto al Papa, e solo al Papa. Se mai ci fosse stata occasione di parlarci ancora, o se fosse salito al soglio di Pietro un nuovo pontefice non devastato dalla paranoia. Avrebbe avuto una occasione magnifica, quel Papa, per riprendersi il primato della Chiesa: correggere Galileo Galilei, il più grande scienziato vivente. Altro che i gesuiti con il loro calendario, il Papa in persona avrebbe dimostrato al mondo che la Terra gira.

E se non ci fosse stata occasione? Se fosse morto lui, prima di Urbano VIII?

Galileo guardò dalla finestra. Nel cortile, il piccolo Vincenzio continuava a giocare col pendolo, girando il piatto di sotto. Aveva una mano sul polso: probabilmente misurava il tempo che impiegava a oscillare, contando i battiti del cuore.

Chissà se sarebbe stato lui a scoprirlo nuovamente, o qualcun altro. Prima o poi, il tempo avrebbe svelato la verità. Sarebbero nate, con il tempo, altre persone come suor Agnese, che lo avrebbero capito e lo avrebbero detto. Galileo non poteva più parlare, ormai lo sapeva: avrebbe messo a rischio la sua stessa esistenza e quella del convento. L'ambasciatore Niccolini su questo era stato chiaro: per il Granduca siete importante, ma il Papa è più importante di voi. Non fate cretinate, o quello che avete fatto in una vita potrebbe venire disfatto in un attimo.

... e prego Dio benedetto che gli doni la Sua santa grazia.

*Fig^la^ Aff.^ma^*
Suor M.ª Celeste

Galileo piegò con cura il foglio e lo mise sopra il cuscino del proprio letto. L'avrebbe riletta prima di andare a dormire, come faceva spesso. Poi prese carta, penna e calamaio, e cominciò a scrivere.

Mia amatiss.^{ma} *Fig.*^{la},

ricevo la vostra lettera che mi colma di gioia e mi svuota dalle inquietudini. Il motivo non lo sto a ripetere, perché già lo sapete. Vi ripeto, invece, la medesima precauzione della volta scorsa: bruciate questa mia missiva quando la havrete letta. Anche di questo, non vi do motivazione: troppo ho avuto a soffrire per le mie ricerche perché anche voi e vostra sorella ne andiate di mezzo.
Ho molto pensato, nei giorni passati in compagnia dell'Arcivescovo, il quale diceva di ben capire i miei travagli trascorsi e presenti; ma mi suggeriva anco di volgere la mia mente di scienziato a cose più terrene, come i problemi dell'ingegneria, e di aprire il mio cuore all'amore di Nostro Signore, e di tenere le due cose ben separate fra loro. Così mi sono messo di nuovo in capo di riprendere i discorsi sulla robustezza delle costruzioni e dei materiali, come già avevo fatto in passato. Volgerò dunque il capo a terra, distogliendolo dalle stelle, e tento di rendermi grata e giusta questa scelta dicendomi che sto cominciando anco a perdere sempre più la vista, e questa mia capacità che vado perdendo mi procura disgusto e sofferentia, massimamente di notte, quando punto gli occhi alla volta celeste e la trovo sbiadire di mese in mese. E mi trovo a chiedermi, come voi mi chiedeste tante volte, il perché di questa mia fascinazione per i moti celesti.

Perché studiare i pianeti? Perché cercare di capire come vadia il cielo, oltre a come si vadia al cielo?
Alla fine sono giunto a una conclusione, figlia mia adoratissima, e chissà se questa conclusione è giusta, perché se anche lo fusse non sarà mai possibile provarla.
Io credo che i pianeti sieno alla più giusta distanza tra noi e l'Altissimo; è come se fussero il tramite, il mezzo per il quale il Creatore ci vuole far capire come funzioni il creato, sempre e continuamente avendo contezza di quanto grande sia l'ignoranza nostra. Ignoranza, figlia mia, è non quietarsi nel vero: non riconoscere l'errore nelle nostre ipotesi e suppositioni, quando esse non rieschino a corrispondere alla realtà, a ciò che veramente succede, e continuare a sostenerle contro ogne evidenza. E son talmente tante le cose di cui siamo ignoranti, a fianco a quelle di cui veramente sappiamo, che considerar l'ampiezza della nostra insipienza in toto ci schiaccerebbe come un grappolo d'uva. Periglioso è credere di sapere una cosa quando la si ignora, come diceva il saggio Socrate; ma se non la so, come faccio a darmene conto e a riconoscerla?
Provo a fare una previsione. Provo a dire: ecco, andrà così, e vedo se ho ragione. Grazie al passare del tempo, all'imperscrutabile confine oltre il quale i sensi non possono andare, la mente arriva. Ma in questo modo ogne passo che facciamo, ogne picciolo avanzamento che otteniamo grazie alle matematiche dimostrazioni, diventa vero non solo per noi, ma per gli uomini tutti: diventa un gradino ulteriore, invisibile eppur solido come diamante, di una scala che tutti possono usare per avvicinarsi alla volta celeste.

Dio, nella sua infinita saggezza, ha messo i pianeti e le stelle affinché capiamo la sua grandezza: non ci insegna, vuole che

impariamo noi. Ma nella sua saggezza le ha poste lontane, acciocché forse noi non ci illudiamo di poter mai un giorno toccare il cielo, montando su que' pianeti e quelle stelle come se fussero carrozze, come si illusero quelli di Babele.
Dio ci ha fatto a sua immagine e somiglianza, il che significa che sembriamo lui ma non lo siamo, e quindi ciò che ci sembra, ciò che risulta ai nostri sensi può essere identico e pur diverso.
E come la scopriamo questa diversità?
Col passare del tempo, anche questo, come prima.
A mano a mano che il tempo passa questo povero Galileo che pochi decenni fa era giovane adesso è vecchio, e diverrà ancora più vecchio sino al momento in cui morrà, laddove Dio nella sua perfezione non cambia né può cambiare.
Noi invece no. Cambiamo, impariamo e invecchiamo. E, soprattutto, moriamo. Il nostro tempo è limitato.
Il tempo è limitato, ma ogni causa che comprendiamo implica un'altra causa. E ognuna una precedente, come quando Bozzone chiedeva al giovane Mario «chi l'ha fatto il muratore?» e lui rispondeva «il babbo», e quello chiedeva «e allora chi l'ha fatto il babbo del muratore?» e lui «il babbo del babbo», e così via, a furia di risalire al babbo del babbo del babbo, fin quando Bozzone non lo ferma e dice: «No, è stato Dio».
E allora forse è qui che si capisce la perfezione di Dio, nell'infinita distanza tra Lui e noi, che non potrà mai essere colmata dalla somma delle nostre azioni. Ogni scoperta aumenta la nostra conoscenza, come una scala che si erge nei cieli, ad altezze sempre maggiori, e ci permette di guardare più da vicino la volta celeste; e come guardando da una torre si distingue la costruzione di una città, così dall'alto di questa scala si vede più distintamente anco quel che succede a terra.

Ma se Dio è infinito, per quanto cresca questa scala non riuscirà mai a raggiungerlo. Resterà sempre qualcosa al di là della nostra conoscenza; ci sarà sempre irraggiungibile la causa che move il sole e l'altre stelle, oscura e celeste come qualsiasi volontà divina. E mentre scrivo, mi si disvela chiaramente di come voi abbiate raggiunto questa consapevolezza ben prima di me, e di come, io padre e voi figlia, mi abbiate guardato giocare e aiutato a mettere in ordine i miei balocchi, mentre di fronte a noi si stendeva l'oceano della conoscenza, come una madre amorevole farebbe coi propri figliuoli, con quella capacità di amare che da quando vi conosco vi rende più saggia e ben migliore di vostro padre. Prego Dio benedetto che guardi voi e vostra sorella, e vi abbraccio con tutto il mio amore.

Di Siena, li 2 di agosto 1633,
vostro affezionat.^{mo}

Babbo

Nota dell'autore

Questo non è un libro di storia

Questo libro non sarebbe mai stato nemmeno pensato senza la passione e l'intelligenza di Giulia Ichino, e non avrebbe la forma che ha adesso senza la competenza di Antonio Franchini e la disumana pazienza di Tommaso Maiorelli. A loro tre va il mio primo e più sentito ringraziamento.

Un grazie sincero anche a Paolo Galluzzi e Franco Giudice per aver letto il manoscritto e avermi aiutato a emendarlo da errori; qualsiasi inesattezza storica che sia rimasta è da attribuirsi a me, e la rivendico con orgoglio e anche un gocciolino d'arroganza. Come sempre quando si scrive un romanzo storico, è d'obbligo avvertire chi legge che quello che ha appena letto o sta per leggere è un romanzo, non un libro di storia; tuttavia, in questo caso, separare il vero dal verosimile non è così facile. E molte delle cose che potrebbero apparire incredibili alla lettrice (o, statisticamente meno probabile, al lettore) di questo libro sono invece storicamente fondate.

Potrebbe sembrare inattendibile che Galileo Galilei abbia scritto un poema nel quale si lamenta di non poter andare a puttane per colpa dell'uniforme universitaria, ma le terzine che si trovano nel romanzo sono autografe.[1]

Potrebbe apparire implausibile anche che una seria congregazione religiosa dichiari guerra a un metodo matematico per calcolare aree e volumi, o che la vita quotidiana delle monache di alcuni conventi avesse aspetti così miseri e squallidi – ci arriveremo. Prima, però, vorrei sottolineare che quasi tutti i personaggi che compaiono in questo romanzo (escluse alcune delle suore) sono realmente esistiti. Alcuni sono noti a tutti (come Galileo Galilei), altri un po' meno.

Sicuramente meno famosa del padre è stata Virginia Galilei, poi divenuta suor Maria Celeste, che passò nel convento di San Matteo in Arcetri più della metà della sua breve vita, insieme alla sorella Livia (suor Arcangela): i brani di lettere riportati nel libro sono testualmente ripresi dagli originali. Celeste e il padre infatti si mandavano lettere con grande frequenza, e l'unico periodo in cui non si scrissero (proprio perché Galileo, abitando ad Arcetri, poteva andarla a trovare tutti i giorni) è tra il 1631 e il 1632, quando il fisico e filosofo pisano stava ultimando il *Dialogo sopra i due massimi sistemi*. L'idea di questo libro è nata proprio dalla possibilità di sfruttare questo intervallo privo di attestazioni scritte – come tutti i buchi nella documentazione, disperazione degli storici ma benedizione per i romanzieri. Purtroppo le lettere di Galileo sono andate perdute, probabilmente bruciate dalla stessa figlia: l'epistolario completo di suor Maria Celeste (Virginia Galilei, *Lettere al padre*, Salerno) è una delle letture più commoventi che possa-

[1] *Contro il portar la toga*, in Galileo Galilei, *Opere*, Edizione nazionale, vol. IX, Giunti-Barbèra, 1899, pp. 213-223.

no toccare sia al filologo che allo scienziato, mentre la storia del rapporto tra padre e figlia è raccontata nel bellissimo *La figlia di Galileo* di Dava Sobel (Rizzoli).

Per rendersi conto di quali fossero le condizioni in cui si viveva in convento e, soprattutto, di come ci si arrivava, una lettura molto meno amorevole delle lettere di Virginia sono gli scritti di Elena Cassandra Tarabotti, nota come suor Arcangela (esatto, il medesimo nome con cui aveva preso il velo Livia Galilei), monaca per insufficienza di dote nella Venezia del Seicento. Prima di sette figlie, e l'unica a essere schiaffata dal padre in convento, riuscì a pubblicare il suo libro più importante solo nel 1654, presso gli Elsevier, in Olanda, dopo aver tentato invano di ottenere l'autorizzazione alla stampa a Roma, a Firenze e in Francia – lo stesso destino che ebbe l'ultima e più fondamentale opera di Galileo, i *Discorsi e dimostrazioni matematiche intorno a due nuove scienze*. Le coincidenze con la famiglia Galilei non finiscono qui: identico il nome di battaglia delle due monache ribelli, identica l'assoluta assenza di vocazione di entrambe. *La semplicità ingannata* – questo il titolo definitivo del libro di Tarabotti, più smussato rispetto a quello iniziale, *La tirannia paterna* – è un atto di accusa verso la pratica della monacazione forzata, ed è seguito da un testo ancora più tremendo, *L'inferno monacale*, che la stessa autrice ritenne talmente forte e compromettente da decidere di non pubblicarlo – il libro, rimasto manoscritto, verrà dato alle stampe solo nel 1990, due anni prima che la Chiesa ammetta di essersi comportata maluccio con Galileo.

Che in quegli anni un certo canonico Cini rivestisse il ruolo di commissario generale di sanità, è accennato nel testo di Carlo Cipolla *Contro un nemico invisibile* (Il Mulino), uno dei non pochi dedicati dal grande storico italiano alla pestilenza che colpì Firenze nel 1630; un personaggio con lo stesso nome e vissuto nello stesso periodo compare nell'elenco degli accademici della Crusca, con l'epiteto di Assottigliato, e in quello dei «gentiluomini fiorentini che furono discepoli di Galileo», nella celebre biografia galileiana compilata da Vincenzo Viviani. Le ricerche su questa figura affascinante sono complicate dal fatto che il nome «Niccolò Cini» era decisamente comune all'epoca, e se tutte le testimonianze che lo citano si riferissero alla stessa persona, questi avrebbe dovuto possedere il dono dell'ubiquità – o un cavallo molto veloce.

Autentici sono i cognomi dei padri gesuiti del Collegio Romano che, il 10 agosto del 1632, bollarono la tesi della composizione del continuo da parte di indivisibili come falsa, in quanto «in contrasto con la comune dottrina aristotelica», e per questo motivo «disapprovata e proibita nelle nostre scuole». Non era la prima volta che i gesuiti se la prendevano con l'idea che il continuo fosse composto da una infinita quantità di parti indivisibili; la prima condanna formale risaliva al 1615,[2] e per i decenni successivi, quando si parlava di indivisibili, i gesuiti letteralmente sbroccavano. Pure André Tacquet, il più grande matematico gesuita del Seicento e uno dei più versatili ingegni della Compagnia, scrisse nel suo *Cylindricorum et annularium libri VI* che la disciplina degli indivisibili «fa guerra alla geometria a tal punto che, se non la distrugge, deve essere essa stessa distrutta». E qui, forse, è necessario un piccolo inciso.

[2] Archivium Romanum Societatis Iesu, manoscritto FG 656A II, p. 456 e FG 656A II, p. 462.

Il punto di vista di Cavalieri, secondo cui un qualsiasi ente matematico può essere pensato come composto da un numero infinito di parti piccole a piacere, con il tempo si sarebbe rivelato più potente di quanto anche il più fanatico dei gesuiti avrebbe potuto immaginare; poco tempo dopo, in Inghilterra, Isaac Newton avrebbe sviluppato sulla base di queste stesse idee il calcolo infinitesimale e, di conseguenza, la fisica teorica.

Al di là delle implicazioni teologiche che al tempo venivano attribuite a qualsiasi affermazione scientifica o filosofica, va detto che la nozione originale di «indivisibili» di Cavalieri, così come quella di Newton, a livello puramente matematico era problematica da parecchi punti di vista, e se ne accorsero in molti, non necessariamente ecclesiastici; la divisione del continuo passerà da molti grandi matematici, da John Wallis fino a Augustin-Louis Cauchy, ma troverà la sua stabilità e coerenza solo nella prima metà dell'Ottocento con il concetto di limite formalizzato da Karl Weierstrass. Una bellissima lettura sull'argomento è *Infinitamente piccoli* di Amir Alexander (Codice).

Improbabile che si trovasse a Siena nel 1633, ma realmente vissuto è Vincenzo Viviani, ultimo allievo di Galileo, il quale fu il primo ad osservare nel 1661 il cambiamento dell'angolo di oscillazione di un pendolo nel corso del giorno – il fenomeno alla base di quello che oggi chiamiamo «pendolo di Foucault» –, ma senza probabilmente comprenderne il significato.[3]

A proposito delle fonti è bene ricordare che il *Dialogo sopra i due massimi sistemi del mondo* di per sé non conteneva al-

[3] Roberto Mantovani, «Before Foucault. The Proofs of the Earth's Rotation», in *Transversal. International Journal Historiography of Science*, 2019, n. 7, pp. 58-69.

cuna idea che non fosse già stata pubblicata o discussa da Galileo o da altri; la teoria eliocentrica si doveva a Copernico, mentre l'argomentazione delle maree, dello stesso Galileo, era già stata esposta quasi vent'anni prima nel *Discorso sopra il flusso e il reflusso del mare*. Il libro più originale e significativo di Galileo dal punto di vista scientifico è l'ultimo, cui si accennava prima, i *Discorsi e dimostrazioni matematiche intorno a due nuove scienze*. Composto pochi anni prima della morte, con questo libro il genio pisano fonda effettivamente due nuove scienze, la dinamica e la scienza delle costruzioni. Era un testo destinato agli scienziati dell'epoca, e colse nel segno: tra coloro che lo lessero ci fu proprio Isaac Newton, che riconobbe a Galileo la paternità dei primi due principi della dinamica. Il *Dialogo*, invece, era un'opera divulgativa, scritta in italiano e destinata ad un'audience il più vasta possibile.

Ripercorrere l'intricata vicenda che portò alla pubblicazione di quest'opera non è semplice, per i vari motivi raccontati nel romanzo: il lettore appassionato di storia può approfondire il problema in un ampio articolo di Luca Bianchi.[4] Per il curioso, il romanziere o il pigrotto raccomando invece, tra le molte, la stupenda biografia di Pietro Greco, *Galileo. L'artista toscano* (Springer).

Tra i pochi personaggi di fantasia, il ruolo d'onore spetta senza dubbio a suor Agnese, la quale è un omaggio già a partire dal nome ad Agnes Pockels, pioniera della fisica a cavallo tra il XIX e il XX secolo. Pockels compì degli studi fondamentali

[4] Luca Bianchi, «Galileo fra Aristotele, Clavio e Scheiner. La nuova edizione del Dialogo e il problema delle fonti galileiane", in *Rivista di Storia della Filosofia*, 1999, vol.LIV, n. 2, pp. 189-227.

sulle superfici, arrivando a determinare la dimensione di una molecola di acido oleico con precisione sbalorditiva, avendo a disposizione un apparato di laboratorio piuttosto rudimentale: un lavandino, dei fili e dei bottoni. Non era però una scienziata di professione, ma una domestica che nel suo tempo libero si dilettava di fisica: avendo notato le curiose proprietà dell'acqua saponata mentre lavava i piatti, aveva costruito un apparecchio per misurare la tensione superficiale dei film di sapone all'interfaccia tra aria e acqua. Le misure di Pockels vennero pubblicate su *Nature*[5] grazie all'intervento di Lord Rayleigh, dando vita alla moderna scienza delle superfici; tuttavia, il riconoscimento del ruolo della dilettante tedesca arrivò solo tra il 1931 e il 1932, con il conferimento del premio Leonard e il dottorato *ad honorem* in chimica dall'Università di Braunschweig. Nel tempo intercorso tra le sue scoperte e gli onori, Agnes Pockels aveva continuato tranquillamente a dividersi tra i lavori domestici e le cure agli anziani genitori.

Non sono poche, da Sophie Germain a Emmy Noether, le donne che hanno contribuito alla scienza in maniera fondamentale lavorando praticamente di nascosto, e quasi sempre grazie alla gentile intercessione di uomini in grado di distinguere l'università da uno spogliatoio – l'unico luogo dove la distinzione tra uomini e donne ha ancora un minimo di senso.

[5] Agnes Pockels, «On the Relative Contamination of the Water-Surface by Equal Quantities of Different Substances», *Nature*, 1892, vol. XLVI, p. 418-419.

Cronologia della vita di Galileo

1564

15 febbraio: a Pisa, in una casa nel chiasso dei Mercanti, nasce da Vincenzo Galilei (1520-1591), compositore, teorico musicale e liutista fiorentino, e da Giulia Ammannati (1538-1620), di famiglia artigiana ma dalle origini illustri.

1565-1573

Il piccolo Galileo trascorre l'infanzia a Pisa. Durante le lunghe assenze del padre, gli fa da tutore un amico di famiglia, il doganiere Muzio Tedaldi. Vincenzo infatti è spesso a Firenze, dove si riunisce con nobili, musicisti e poeti con l'intento di far rivivere la tragedia greca attraverso la musica: da questi incontri nascerà il melodramma italiano.

1574-1580

Galileo si trasferisce a Firenze con la famiglia. Impara a suonare il liuto e frequenta il monastero benedettino di Vallombrosa, dove affina gli studi. Alcune fonti riferiscono che Galileo soggiornasse lì come novizio.

1581

Per volere paterno Galileo intraprende lo studio della medicina a Pisa.

1583

Allievo a Firenze di Ostilio Ricci (1540-1603), matematico del granduca e ingegnere, Galileo rimane folgorato dalla lettura degli *Elementi* di Euclide e degli scritti di Archimede.
Osservando la lucerna della cattedrale di Pisa, scopre l'isocronismo delle oscillazioni del pendolo.

1584-1586

Studente ampiamente fuoricorso, molla l'università. Non prenderà mai la laurea.
Scrive *La bilancetta* (1586), testo dove progetta una bilancia idrostatica per la determinazione della densità dei corpi.

1587

Primo viaggio a Roma, dove conosce il matematico e astronomo tedesco Cristoforo Clavio (1537-1612), il gesuita che pochi anni prima aveva definito il nuovo calendario gregoriano (tuttora in uso).

novembre 1589 - settembre 1592

Ottiene la cattedra di matematica all'Università di Pisa.
Perde il padre, morto nel 1591.
Studia il movimento dei corpi e compie esperimenti sulla caduta dei gravi.

dicembre 1592 - 1598

Insegna sotto la Serenissima all'Università di Padova, che già aveva ospitato tra 1501 e 1503 il polacco Copernico (1473-1543).
In due lettere, una all'amico e collega Iacopo Mazzoni (1548-1598) e una Giovanni Keplero (1571-1630), si dichiara «copernicano».

1599

Conosce Marina Gamba (1570-1612), che diventa la sua compagna, ma senza che i due si sposino. Dalla relazione nasceranno tre figli. Prende in casa l'artigiano Marcantonio Mazzoleni e la sua famiglia. Insieme a lui, Galileo creerà gli strumenti matematici più disparati, come il compasso geometrico e militare e il termoscopio.

1600

Nasce la figlia Virginia (1600-1634).

1601

Nasce la figlia Livia (1601-1659).

1602-1603

Compie esperimenti sulle calamite e sull'influenza della temperatura sulla densità dell'aria.

1604

21 aprile: è denunciato come eretico al Tribunale inquisitoriale di Padova. Le accuse cadono perché giudicate inconsistenti dal governo della Serenissima.
16 ottobre: in una lettera al teologo e scienziato Paolo Sarpi (1552-1623) enuncia, per la prima volta, la proporzione tra gli spazi e i quadrati dei tempi nel moto naturalmente accelerato.
Mentre si occupa della caduta dei gravi, si imbatte nei problemi causati dai paradossi del continuo e dell'infinitamente piccolo.
Benedetto Castelli (1578-1643), futuro lettore di matematica a Pisa e professore della stessa materia alla Sapienza di Roma, diventa suo discepolo.

1605

Galileo è nominato membro dell'Accademia della Crusca, che allora si occupava della codificazione del toscano. Collaborerà alla redazione di alcune voci del primo e del secondo *Vocabolario* della lingua italiana.

1606

Gli nasce il terzo figlio, Vincenzo (1606-1649).

1609

Prosegue le ricerche sul moto dei proiettili. In una lettera ad Antonio de' Medici, nipote del granduca, spiega una proprietà del moto di proiezione, per la quale nei tiri di artiglieria fatti partire alla stessa altezza, qualsiasi sia la forza impressa al corpo sparato, quest'ultimo si dirigerà verso terra a velocità identica.

Viene a sapere che alcuni occhialai olandesi producono un tubo munito di lenti capace di far apparire vicini gli oggetti lontani: Galileo lo perfeziona e costruisce il «cannocchiale». Il congegno, presentato al doge e al Senato di Venezia, gli vale un contratto a tempo indeterminato e un raddoppio dello stipendio.

Tra novembre e dicembre compie numerose osservazioni sugli astri e scopre che la Luna non è immateriale e perfetta, come voleva Aristotele, ma ha invece una superficie frastagliata, solcata da crateri e catene montuose.

1610

Scrutando il cielo, osserva per la prima volta le macchie solari, i satelliti di Giove, le fasi di Venere.

Pubblica in latino il *Sidereus Nuncius*, in cui racconta le scoperte astronomiche compiute con il cannocchiale.

Ancora affascinato dalla composizione del continuo, annuncia di voler dedicare alla questione un intero libro (che però non vedrà mai la luce).
Torna in Toscana per rientrare al servizio del Granducato come primario matematico e filosofo «senza l'obbligo di abitare a Pisa né di insegnarvi».

1611

Secondo viaggio a Roma, dove ottiene l'approvazione delle scoperte astronomiche da parte di papa Paolo V e dei gesuiti del Collegio Romano.
È nominato membro dell'Accademia dei Lincei.

1612-1615

Mette a punto il micrometro, un dispositivo che, innestato lungo il tubo del cannocchiale, permette di misurare le distanze tra pianeti.
In polemica con il gesuita Christoph Scheiner pubblica *Istoria e dimostrazioni intorno alle macchie solari* (1613).
Ottiene, grazie all'intercessione del cardinale Francesco Maria Del Monte, che le figlie Virginia e Livia, di tredici e dodici anni, siano ammesse nel convento delle clarisse di San Matteo in Arcetri.
Scrive le quattro *Lettere copernicane* (1613-1615), tra le quali una indirizzata all'allievo Benedetto Castelli e una a Cristina di Lorena, a sostegno dell'eliocentrismo e per difenderne la compatibilità con le Sacre Scritture.
Nel 1615 la lettera inviata a Castelli finisce nelle mani di un cardinale e prefetto della Congregazione dell'Indice, mentre un padre domenicano, Tommaso Caccini, denuncia le idee galileiane al Santo Uffizio.
Molte delle tesi di Galileo sono giudicate «o sospette o temerarie».
Terzo viaggio a Roma per rispondere alle accuse.

1616

Termina la stesura del *Discorso sopra il flusso e reflusso del mare.*
La Congregazione dei teologi del Santo Uffizio si riunisce e dichiara la teoria dell'immobilità e della centralità del Sole nell'universo «stolta, assurda e formalmente eretica», mentre ritiene la tesi del moto della Terra assurda dal punto di vista filosofico e falsa rispetto alle Scritture.
Il nome di Galileo non compare mai nei documenti ufficiali, ma il cardinale Roberto Bellarmino (1542-1621) lo ammonisce personalmente, alla presenza di alcuni testimoni, «a non tenere, insegnare e difendere in qualsivoglia modo, né in voce né in scritto» le tesi di Copernico. Non specifica, però, il divieto di illustrare la dottrina copernicana considerandola nei limiti di una semplice ipotesi scientifica. Ciò nonostante, Galileo non si dà per vinto e resta a Roma altri mesi per chiarire le sue opinioni.
La figlia Virginia prende i voti con il nome di suor Maria Celeste.

1617

Va a vivere in affitto a Bellosguardo, in una villa sui colli fiorentini.
La figlia Livia prende il velo con il nome di suor Arcangela.
Il cardinale Federico Borromeo (1564-1631) gli raccomanda un giovane dell'ordine dei gesuati, precoce talento della matematica, Bonaventura Cavalieri (1598-1647).

1618

Va in pellegrinaggio al santuario della Madonna di Loreto.

1619

Aiuta l'amico Mario Guiducci (1584-1646) nella scrittura di un opuscolo, il *Discorso delle comete.*

1620

Muore sua madre Giulia.

1621

È eletto console dell'Accademia fiorentina.
Impressionato dall'acume del giovane Bonaventura Cavalieri, inizia con lui una fitta corrispondenza. Tra gli argomenti trattati, compare il problema degli indivisibili. Del loro carteggio, purtroppo, non ci sono pervenute le lettere di Galileo.

1622-1623

La comparsa di ben tre comete nel cielo fa nascere tra gli studiosi accese discussioni sulla loro natura. Galileo interviene nella polemica e pubblica *Il Saggiatore* (1623).

1624

Quarto viaggio a Roma, dove è ricevuto da papa Urbano VIII (1568-1644) in persona. In una lettera inviata pochi giorni dopo al granduca Ferdinando II de' Medici (1610-1670) il pontefice esalta le scoperte galileiane e ricorda il suo affetto nei confronti di Galileo.
Regala al cardinale Federico Eutel di Zollern un «occhialino per veder da vicino le cose minime»: è uno dei primi microscopi della storia.
Inizia la stesura del *Dialogo sopra i due massimi sistemi del mondo*.

1626

Si dedica a ulteriori ricerche sull'armatura delle calamite.

1628

A causa di alcune affermazioni atomiste contenute nel *Saggiatore*, viene accusato dal Collegio degli inquisitori di negare la trasformazione del pane e del vino nel corpo e nel sangue di Cristo e, di conseguenza, di mettere in dubbio il dogma dell'Eucaristia. L'accusa è archiviata grazie all'intervento di papa Urbano VIII.
In autunno il granduca Ferdinando II de' Medici gli concede la cittadinanza fiorentina.

1629

Il figlio Vincenzo sposa Sestilia Bocchineri, sorella di Geri, uno dei segretari personali del granduca.
Acquista una casa a Firenze, in Costa San Giorgio.

1630

29 aprile – 26 giugno: quinto viaggio nella Città Santa, dove incontra il papa per ottenere la licenza di stampa per il *Dialogo* a cui sta lavorando e che vorrebbe chiamare *Dialogo sul flusso e reflusso del mare*. Il libro è piaciuto al maestro di Sacro Palazzo, il domenicano Niccolò Riccardi (1585-1639), detto Padre Mostro, secondo il quale il testo potrà essere pubblicato a patto di apportare alcune piccole modifiche. Anche il papa Urbano VIII sembra d'accordo, a parte un rilievo: il flusso e il reflusso del mare, ovvero le maree, non sono un'evidente prova del moto terrestre. Quindi il titolo andrà cambiato.
Fine agosto – 11 settembre: Galileo decide di non pubblicare più il libro a Roma, ma a Firenze. Riceve l'*imprimatur* dalle autorità religiose della città, tra cui Pietro Niccolini, vicario dell'arcivescovo, e Clemente Egidi, inquisitore generale.
In autunno, un'epidemia di peste bubbonica si abbatte su Firenze.

Padre Riccardi chiede ripetutamente l'invio del manoscritto a Roma. Galileo risponde inviando soltanto la prefazione e le conclusioni. La revisione del *Dialogo* per intero viene affidata al domenicano Giacinto Stefani.

1631

24 maggio: Niccolò Riccardi rimette all'inquisitore fiorentino, Clemente Egidi, il compito di concedere o meno il permesso di pubblicare il *Dialogo*. Ricorda a Galileo, inoltre, che nel testo il sistema copernicano deve apparire soltanto come un'ipotesi matematica.
19 luglio: padre Riccardi conferma la precedente autorizzazione, a patto di inserire un «Avviso al discreto lettore» e cambiare il titolo del libro: *Dialogo di Galileo Galilei Linceo, dove ne i congressi di quattro giornate si discorre sopra i due massimi sistemi del mondo, tolemaico e copernicano.*
22 settembre: per stare più vicino alle sue figlie, Galileo prende in affitto sulla collina di Arcetri villa Il Gioiello, accanto al convento di San Matteo.

1632

21 febbraio: forte dei permessi di padre Riccardi, dell'inquisitore e del vicario dell'arcivescovo fiorentini, Galileo pubblica a Firenze il *Dialogo* con una dedica al granduca Ferdinando II de' Medici. Non è un'opera di ricerca, ma di divulgazione, ed è significativo che manchi il terzo dei sistemi astronomici, quello di Tycho Brahe (1546-1601), adottato dai gesuiti del Sacro Collegio.
Fine maggio: arrivano a Roma le prime copie del *Dialogo*. Tra i gesuiti la risposta non si fa attendere: dicono che il libro contraddice le Sacre Scritture e che Galileo non ha rispettato gli ordini delle autorità romane.

11 settembre: dietro consiglio di Benedetto Castelli, un giovane matematico, Evangelista Torricelli (1608-1647), scrive a Galileo per dirgli che la lettura del *Dialogo* lo ha convinto della veridicità del copernicanesimo. Di qui agli anni seguenti, Torricelli svilupperà il suo metodo degli infinitesimi, ma senza stampare niente sull'argomento.
1-13 ottobre: il padre inquisitore del Santo Uffizio gli ingiunge di presentarsi entro lo stesso mese al Tribunale di Roma. Galileo risponde che è pronto a obbedire, ma la peste ne ritarda la partenza.

1633

20 gennaio: Galileo parte per il suo sesto e ultimo viaggio a Roma.
12-30 aprile: primo esame davanti al Tribunale del Santo Uffizio. Detenuto nel palazzo dell'Inquisizione, fornisce una deposizione spontanea proponendo di integrare il *Dialogo* con sezioni che espongano le ragioni anticopernicane.
10 maggio: è ancora chiamato a deporre al Santo Uffizio, dove gli viene comunicato che ha otto giorni per produrre una eventuale difesa. Galileo consegna una memoria difensiva.
16 giugno: papa Urbano VIII decreta che, dopo l'abiura, lo scienziato debba essere «condannato al carcere ad arbitrio della Sacra Congregazione con l'ingiunzione di non trattare in alcun modo, né per iscritto, né con discorsi, del moto della Terra e della stabilità del Sole».
22 giugno: Galileo abiura e gli viene imposto il confino a Siena.
1° dicembre: ottiene il permesso di rientrare ad Arcetri.

1634

Muore la figlia Virginia.

1635

Durante un viaggio in Germania, il principe Mattias de' Medici (1613-1667) porta con sé la prima parte dei *Discorsi e dimostrazioni matematiche intorno a due nuove scienze* di Galileo, con il proposito di farla pubblicare. Il tentativo però non sortisce alcun effetto.
L'allievo Bonaventura Cavalieri pubblica a Bologna il libro *Geometria indivisibilibus continuorum nova quadam ratione promota*, con la quale introduce il metodo degli indivisibili per calcolare aree e volumi.

1636-1638

Galileo perde definitivamente la vista.
Il Santo Uffizio gli dà il permesso di spostarsi dalla villa di Arcetri alla casa fiorentina di Costa San Giorgio.

1638

Ormai ultrasettantenne, pubblica a Leida i *Discorsi e dimostrazioni matematiche intorno a due nuove scienze*: è l'opera che segna la nascita della moderna scienza del moto.
Nella prima delle quattro giornate dei *Discorsi*, Galileo enuncia un nuovo modo di pensare al mondo materiale: il personaggio di Salviati propone un punto di vista matematico che ammetta una «composizione del continuo di atomi assolutamente indivisibili».

1639

Su raccomandazione del granduca di Toscana e del padre scolopio Clemente Settimi, accoglie a casa un ragazzo poco più che sedicenne, Vincenzo Viviani (1622-1703). Diventerà il suo segretario, biografo e allievo prediletto.
Dopo aver ricevuto una copia dei *Discorsi* di Galileo, Bonaventura Cavalieri gli scrive e lo ringrazia per la sua coraggiosa difesa degli

indivisibili. Nella lettera, però, rivendica anche la propria sospensione di giudizio sulla questione.

1641

In ottobre ospita il matematico Evangelista Torricelli, già conosciuto anni prima via lettera, che si trasferisce da lui e gli starà accanto fino alla morte.

1642

8 gennaio: colpito da febbre e palpitazioni cardiache, muore ad Arcetri all'età di settantasette anni.
Pochi giorni dopo viene sepolto nella Basilica di Santa Croce a Firenze.

Indice

MISTO
Carta da fonti gestite in maniera responsabile
FSC® C021883
FSC www.fsc.org

Stampato presso Grafica Veneta S.p.A.
Stabilimento di Trebaseleghe